EL ENIGMA DE ANA

María Teresa Álvarez

EL ENIGMA DE ANA

temas'de hoy. TH NOVELA

Primera edición: noviembre de 2009
Segunda impresión: noviembre de 2009

El papel utilizado para la impresión de este libro
es cien por cien libre de cloro
y está calificado como **papel ecológico.**

Ediciones Temas de Hoy es un sello editorial de Ediciones Planeta Madrid, S. A.
Paseo de Recoletos, 4. 28001 Madrid
www.temasdehoy.es
ISBN: 978-84-8460-819-6
Depósito legal: M. 47.141-2009
Preimpresión: J. A. Diseño Editorial, S. L.
Impreso en Artes Gráficas Huertas, S. A.
Printed in Spain–Impreso en España

A Sabino

I

En la total oscuridad de la noche, aquella luz sorprendía y asustaba. Procedía de la hermosa casa de La Barcarola, situada en las afueras de Biarritz. Uno de sus grandes balcones aparecía iluminado, algo que no tendría importancia si fuera otra época del año, pero aquella noche ofrecía un aspecto insólito y su aparente irrealidad atraía la atención como si de un imán se tratase.

Por lo general, todas las lujosas residencias cercanas a la costa de Biarritz se mantenían cerradas durante el invierno, y si alguno de sus propietarios decidía acudir a despedir el año, la luz reinaba intramuros y la música y alegría de los invitados lo llenaban todo. Sin embargo, en esta noche, la última de 1894, el silencio era total en La Barcarola y la mansión permanecía entre tinieblas. Solo aquella luz, una luz que asomaba por el balcón entreabierto, encarnaba la nota discordante en la negra sinfonía nocturna.

Acariciada por el murmullo del mar, Ana Sandoval por fin había conseguido relajarse; a su lado descansaban el violín y una botella de champán a la que aún le quedaba para dos copas. No era su bebida favorita, pero en Año Nuevo la tradición exigía el brindis, aunque en aquella ocasión tendría que brindar consigo misma: había decidido despedir el año completamente sola, darle la bienvenida a 1895 de forma especial, ahora que la muerte de su amado padre la enfrentaba a una existencia diferente para la que iba a precisar nuevos estímulos.

Si alguien se detuviese a enjuiciarla, probablemente tomase por excentricidad, provocación o desequilibrio el hecho de aislarse en una noche como aquella, pero a ella no le importaba. 1895 iba a ser un año en el que tendría que tomar importantes decisiones y necesitaba pensar, encontrarse consigo misma y decidir sobre lo que de verdad deseaba hacer. Había terminado la carrera de violín con notas extraordinarias y se consideraba una persona privilegiada porque amaba la música y podía dedicarse a ella, aunque ahora la oprimía una sensación de pérdida: había estado muy unida a su padre, que había sabido encauzar sus pasos hacia ese maravilloso «mundo» de la música. Todo se lo debía a él.

Pensó en lo importante que sería para ella contar con la opinión paterna al respecto de la decisión que debía tomar. Se dio cuenta de que nunca habían hablado de su futuro como violinista. La mayoría de las personas mayores que conocía la aconsejaban que hiciese gala de sus habilidades con el violín solo en determinados actos sociales, pero que no se dedicara profesionalmente a la interpretación. ¿Cuál habría sido la postura de Pablo Sandoval?

A través de un profesor de la Escuela le habían propuesto formar parte de un grupo de cuerda vienés que recorrería Europa dando conciertos, y la oferta resultaba sin duda tentadora, aunque arriesgada de cara a su entorno, que nunca aprobaría semejante decisión en una mujer en aquel tiempo.

Ana miró con especial ternura el violín y, como si pudiera oírla, le dijo que juntos verían amanecer un nuevo día y un nuevo año. Le gustaba tenerlo cerca. Desde la primera vez que tuvo un violín en sus manos, supo que aquel era su medio de expresión, el instrumento musical con el que mejor se identificaba.

La joven apartó suavemente la manta que la cubría. Se levantó del sofá donde se encontraba tumbada y colocó unos troncos en la chimenea avivando el fuego que a punto estaba de extinguirse. Se sirvió una copa de champán y con ella en la mano salió a la pequeña terraza contigua al balcón, para mirar el mar. La luna llena jugaba con las inquietas aguas y estas festejaban su presencia adornándola con blancos encajes. Ana quedó extasiada ante semejante espectáculo. Era verdaderamente hermoso.

Siempre le había interesado observar cómo discurría el mundo cuando el sueño se convertía en amo y señor de todo, en centinela de la vida. Tal vez por eso tenía la impresión de que era otra la existencia que se percibía en la noche, y por el mismo motivo siempre procuraba llegar a las ciudades que no conocía cuando la actividad las había abandonado. Imaginaba que de esa forma establecía una vinculación especial con ellas: junto a la quietud llegaban las voces susurradas, las vivencias intuidas en otros que, como ella, habían sentido la necesidad de comunicarse con aquel silencio de siglos.

Ana Sandoval iba vestida como si fuese a asistir a la más elegante de las fiestas. Llevaba un traje maravilloso de vaporosa gasa blanca, que no dudó en desvirtuar al ponerse encima una enorme chaqueta roja de punto. Esas eran las ventajas de estar sola: no tenía que dar cuenta a nadie de sus actos. Podía ponerse la ropa que le apeteciese, sin escuchar los críticos comentarios de su madre. Nunca había experimentado una sensación de libertad tan grande como la que estaba disfrutando desde su llegada a La Barcarola.

Por la mañana había descubierto un nuevo Biarritz. No es que ella fuera una habitual de esta localidad francesa que años atrás puso de moda la emperatriz Eugenia de Montijo, pero sí la había frecuentado algunos veranos. Aunque el pueblo que hoy había recorrido no era el mismo que acudía a sus recuerdos. Lo primero que le sorprendió fue la panorámica de Biarritz que, en el trayecto de bajada desde la casa hasta la playa, pudo contemplar a través de los tamariscos. Allí, en la atalaya, comprobó que el escenario que se abría ante sus ojos le resultaba mucho más atrayente en esta época del año. La playa que recordaba multicolor y llena de personas y casetas estaba ahora desierta, y era tan sugerente y tan nueva que no pudo resistirse a dar un paseo por la orilla, en compañía de unas cuantas gaviotas que tan pronto la ignoraban como parecían celebrar su presencia.

A pesar de que el día estaba nublado, o tal vez por ello, descubrió un encanto especial en aquel rincón de la costa atlántica. Pensó que al igual que la belleza de las personas se puede resaltar con determinados colores, el auténtico encanto del paisaje únicamente se desvela bajo diferentes luces. Ella, una gran enamorada del sol, se dio cuenta de que este era menos importante en las costas atlánticas, que resultan mucho más misteriosas y atrayentes con la luminosidad pastosa de un día nublado.

Incitada por las gaviotas, aquella mañana había acudido, como ellas, al pequeño puerto pesquero para dar la bienvenida a los pescadores que regresaban a casa con buenas capturas de sardinas. Nada de aquello le resultaba ajeno, sin embargo, eran otros los círculos por los que se movía una clase social acomodada como la suya: terrazas llenas de gente refinada, calles repletas de tiendas de postín y los conocidos que cada verano acudían allí a pasar sus vacaciones. Aun así, tampoco disfrutaba de estos ambientes. Por suerte, Ana contaba con un componente romántico tan desarrollado y una imaginación tan viva que no le resultaba complicado evadirse con relativa frecuencia de la realidad que la rodeaba. Era sencilla, generosa, sincera y por ello disfrutó charlando con los verdaderos habitantes de este pueblo, sobre todo con la preciosa muchachita que atendía una tienda de objetos de regalo. Le compró una colección de postales. En una de ellas se veía La Barcarola. Al observar la bella mansión allí reproducida, entendió por qué su tía se había encaprichado con la casa. Nadie podía dejar de fijarse en ella, era perfecta. No solo llamaba la atención por estar situada sobre una especie de acantilado, sino por unos robles centenarios que como guardianes celosos custodiaban la airosa y estilizada edificación construida en piedra, y esa belleza se extendía a su interior, que era una auténtica delicia.

Elvira Sandoval, la tía de Ana, se había encargado personalmente de la decoración y no cabía duda de que había hecho un buen trabajo. Quizá un poco atrevido. Por ejemplo, en el salón, donde se hallaba Ana, la tela de las paredes era adamascada en un tono oro viejo tirando a amarillo y los cortinones de generosas rayas de vivos colores —naranja, marrón, verde musgo y beis clarito— proporcionaban un ambiente un tanto oriental. Aquel era uno de los rincones preferidos de su tía Elvira; el lugar donde recibía a sus amigos más íntimos.

Ana seguía mirando ensimismada en medio de la oscuridad de la noche el ir y venir de las atrayentes olas. Pensó en las veces que su tía Elvira habría contemplado aquel espectáculo. «Seguro que Juan ha estado aquí a su lado en más de una ocasión», se dijo. Juan Blasco era el amigo íntimo de Elvira desde hacía casi veinte años. Era un hombre guapo, rubio, de mediana estatura. Últimamente se había dejado barba; una barba corta que le favorecía y que siempre llevaba perfecta, porque Juan era una persona pulcra no solo en su exterior, sino en todo su ser. Ana tenía el convencimiento de que estaban enamorados, y no entendía por qué no se habían casado. Los dos continuaban solteros pese a haber dejado atrás los cuarenta.

Entró de nuevo en la habitación y se situó cerca de la chimenea que alegremente crepitaba, creando unas hermosas y sugerentes llamas. No rechazó el fascinante atractivo que estas ejercían sobre ella. Cuando por fin pudo liberar sus ojos de aquella presión hipnótica, se fijó en el grupo de payasos que parecían observarla sobre una mesa. Pertenecían a la colección de su tía Elvira y los había de todo tipo: grandes y pequeños; de porcelana, madera, trapo y barro; unos melancólicos y otros verdaderamente divertidos; jóvenes y ancianos. Recordaba el nombre de alguno de ellos (todos los payasos de su tía tenían nombre propio) y mientras los miraba pensó que nunca le había preguntado cuál era para ella su atractivo y por qué los coleccionaba. Tal vez obedeciera a una reminiscencia de la infancia o simplemente alguien le había regalado uno, despertando en ella el deseo de hacerse con otros. Ana no creía en la opinión que aseguraba que los coleccionistas eran siempre personas avaras, encerradas en sí mismas. Esa definición seguro que podría aplicarse a muchos de ellos, pero jamás a su tía, que era una de las personas más generosas que conocía.

Al descubrir a *Bepo,* lo tomó en sus manos. Estaba hecho de porcelana muy fina y poseía una figura muy estilizada. Siempre le había llamado la atención porque al mirarle creía percibir una sensación especial, como si el payaso quisiese comunicarse con ella para transmitirle su incomodidad al verse encerrado en aquel traje. Se dijo que probablemente el creador de *Bepo* ideó su cara y su cuerpo para hacer de él un pianista, un director de orquesta o un violonchelista, pero algún contratiempo o compromiso hizo que lo convirtiera en payaso. De repente una fuerte y desconocida emoción la llevó a prometerse que no se separaría de él, que no lo dejaría solo en La Barcarola. *Bepo* viajaría con ella a Madrid. No volvió a colocarlo junto con los otros payasos. Lo depositó con delicadeza en una mesita auxiliar, muy cerca del violín, y luego comprobó la hora: eran las cinco de la madrugada. Se sirvió una copa y decidió salir de nuevo a la terraza, oscilando su ánimo entre la ilusión de ver nacer un nuevo año y el dolor de saber que no volvería a contar con el amor incondicional de su padre.

El paso de una estrella fugaz la obligó a abandonar sus pensamientos. La vio desaparecer..., le hubiese gustado fijarse más en ella. Y se preguntó si la estrella se habría desintegrado o simplemente apagado. Aunque quizá fuese lo mismo; se dio cuenta de que no sabía nada de estrellas fugaces: «Bueno —se dijo—, no son más que cuerpos luminosos cargados de energía»... Aunque Ana bien podía pensar que la estrella le había robado la suya porque de repente sintió frío, mucho frío, un frío intenso. Percibió algo en el ambiente que la envolvió y la hizo temblar.

Con la copa aún en la mano se abrazó para protegerse y darse calor. Si continuaba un minuto más en la terraza, corría el riesgo de quedarse helada; intentó entrar en la habitación, pero algo le impidió abandonar aquel lugar, como si unas manos invisibles la sujetaran. A duras penas logró traspasar el umbral de la puerta... No encontraba explicación para lo que le estaba sucediendo. ¿Por qué esta angustia que casi le impedía respirar? Sintió la acuciante necesidad de interpretar música; solo así podría escapar de aquella tristeza, de aquella angustia que se estaba apoderando de ella. No conseguía dominar su estado de ánimo y agarrada a su violín como única tabla de salvación, se dispuso a tocar uno de los solos de Mendelssohn, los preferidos de su padre...

Cierra los ojos, se concentra y el violín comienza a sonar... Algo la desconcentra... Sus ojos recorren la habitación asustados, tratando de identificar el sonido que parece salir de su violín... ¡No! Es imposible... Está interpretando a Mendelssohn y lo que se escucha es el Capricho 24 *de Paganini... Ana no puede ser la intérprete, desconoce esas partituras. Quiere detener sus manos, pero se siente invadida de una voluptuosidad tal que no opone resistencia y sigue tocando, tocando...*

Jamás había escuchado una versión del 24 mejor que aquella. La conmovió de tal forma que las lágrimas se deslizaron por sus temblorosas mejillas. Miró con incredulidad sus manos, consciente de que no era ella quien había arrancado del violín aquellos vibrantes y frenéticos sonidos. Era buena, pero no sabría tocar así a Paganini y sin partitura. ¿Tendría el violín vida propia? ¿Se habría convertido en mágico? No encontró ningún tipo de respuesta para lo sucedido, aunque afortunadamente la angustia había ido desapareciendo, y poco a poco fue recuperando la calma.

Al llevarse a los labios la copa de champán, cayó en la cuenta de todo lo que había bebido y en cierta forma aliviada, trató de agarrarse a la posibilidad de que la extraña experiencia se debiese tan solo a los efectos del alcohol. «Seguro que todo ha sido una especie de ensoñación», se dijo, y en su empeño de convencerse de que no había pasado nada, decidió olvidarlo porque, además, nadie creería semejante historia.

Horas después, la luz del nuevo día comenzaba a rasgar la oscuridad de la noche. Sin embargo, Ana se olvidó de que quería ver amanecer porque seguía dándole vueltas a lo sucedido. Desde sus primeros pasos en la Escuela de Música sabía que nadie había podido igualar el genio de Paganini, que no solo era bueno interpretando, sino componiendo y realizando innovaciones en la técnica del violín, como el uso exclusivo de la cuarta cuerda en composiciones de cierta extensión o los *pizzicatos* con la mano izquierda, que pellizcaba con una rapidez inusitada las cuerdas del violín. A pesar de todas estas genialidades, no era una entusiasta de Paganini, aunque la experiencia vivida aquella noche la llevaba a buscar un significado y se sintió impulsada irremisiblemente hacia las composiciones del violinista genovés. Se convenció a sí misma de que lo sucedido podía responder a su inconsciente: aquello hablaba a las claras de que su deber era intentar ser la mejor con el violín.

Poco antes de quedarse dormida, decidió que lo primero que haría nada más regresar a Madrid sería volver a tomar lecciones particulares de violín para tocar a Paganini como una auténtica virtuosa.

Elvira Sandoval terminó de arreglarse. Aquella mañana se encontraba bastante animada. Los comienzos de año siempre eran dificultosos para ella y ya tenía una edad en la que el paso del tiempo se convertía en dura realidad, aunque el desasosiego no le duraba más de cuatro o cinco días, los necesarios para habituarse a los nuevos dígitos. 1895. Año impar, aquello le despertaba buenos presagios. Además, estaba estupenda, nadie diría que había cumplido los cuarenta. Se puso el abrigo y solo se detuvo unos segundos ante el espejo para colocarse el sombrero.

—Abríguese, señorita. Hace muchísimo frío. Creo que hoy nevará.

—Gracias, María. ¿Me espera el coche?

—Sí. Lo he avisado hace quince minutos. ¿Vendrá la señorita a almorzar o se quedará en casa de su cuñada?

—No, regresaré a casa porque he quedado con el señorito Juan, que viene con un amigo francés. Prepáralo todo para las dos y media. Ahora debo darme prisa, no quiero que Ana llegue antes que yo.

Tenía ganas de ver a su sobrina. Ojalá la estancia en Biarritz le hubiera venido bien. Ignoraba si había sido un acierto que se fuera sola, pero la entendía muy bien: la muerte repentina de Pablo de un ataque al corazón los había dejado sumidos en la más profunda de las tristezas. Ana estaba muy unida a su padre y necesitaba asimilar la dura realidad; también para ella la pérdida de su único hermano había sido un durísimo golpe del que nunca se repondría del todo.

Elvira confiaba en los efluvios especiales de La Barcarola. No pudo evitar sonreír al recordar la primera vez que vio la que sería su casa en Biarritz. Estaba paseando con un grupo de amigos cuando de repente la descubrió sobre un pequeño acantilado al final de la playa. «Fijaos, es maravillosa.» «Sobre todo la ubicación —había puntualizado Juan—. ¿Os imagináis la vista desde allí?» La panorámica era, en realidad, única. Desde las inmediaciones de la casa, que entonces se llamaba «Villa Olimpia», podía contemplarse la playa en su totalidad, con Biarritz al fondo. A ninguno de sus amigos le impactó tanto como a ella, y esa noche Elvira soñó que aquella increíble mansión era suya.

El tren acababa de llegar a Madrid y tardó en descubrir a Ana, que avanzaba por el andén entre la gente. Al instante pensó en Enrique Solórzano, el joven abogado que estaba enamorado de su sobrina, y se dijo que buenas razones tenía para estarlo.

Nada más bajarse del tren y mientras aguardaba a que el mozo sacara todo su equipaje, Ana vio a su tía esperándola al fondo. Una vez más volvió a sorprenderse ante su aspecto: era tan alta que no podías dejar de fijarte en ella. Si la observabas en su ambiente, con personas de su círculo, no extrañaba tanto su físico, pero viéndola entre desconocidos en un lugar público, llamaba la atención porque era distinta. Su cabello rojo, su tez pálida y su elevada estatura llevaban a imaginarla danesa o más bien austríaca. Sí, austríaca, y además ella se preocupaba de acentuar su aspecto extranjero, tanto en la apariencia externa como en su conducta, con frecuencia no muy ortodoxa.

Estaba segura de que su tía jamás se escandalizaría de nada de lo que pudiera contarle, pero de momento pensó que sería mucho mejor no hablarle de su extraña experiencia en La Barcarola. La verdad era que no había vuelto a ocurrirle nada fuera de lo normal en Biarritz. Los días siguientes habían discurrido tranquilos. No, no había observado nada anormal hasta hacía unos minutos en el tren.

Ana era una gran lectora y desde muy jovencita tenía la costumbre de plasmar, en una especie de diario, anotaciones de frases que le habían llamado la atención o pensamientos suscitados después de una reposada lectura. Le encantaba releer sus impresiones, pues le servían como recordatorio de determinados libros y también le permitían ver cómo iba cambiando su carácter. Al ir a guardar el libro que estaba leyendo y la libreta en la que había escrito algunas ideas, se fijó en que, sin ser consciente de ello, había dibujado varias hojas de árbol todas idénticas. Eran hojas acorazonadas, un poco aserradas. No tenía ni idea de a qué tipo de árbol podían pertenecer, y durante un buen rato estuvo dándole vueltas al asunto, aunque pensó que de no ser por el recuerdo de la experiencia vivida o tal vez soñada de la noche de fin de año, no le daría ninguna importancia a aquellos trazos garabateados.

La voz de su tía la devolvió a la realidad.

—¡Feliz año, mi amor! Has llegado como un regalo de Reyes —decía Elvira mientras abrazaba a su sobrina, y sin dejarle tiempo para saludar siquiera, le preguntó por su estancia en Biarritz para añadir acto seguido—: Seguro que has hecho nuevas amistades. Llegas con carita de felicidad.

—He estado sola todo el tiempo, pero me ha sentado muy bien. No sabes cómo te agradezco que me hayas dejado tu casa. He pensado mucho en papá y ya puedo hacerlo sin sollozos y con una paz interior que me permite sentirlo cerca. ¿Cómo estás tú, tía Elvira? ¿Y mamá, por qué no ha venido? ¿Sigue enfadada?

—Es probable que sí, y no me sorprende. Eres su única hija y la abandonas en fin de año, cuando ella lo está pasando fatal, igual que todos cuantos queríamos a tu padre. Menos mal que has vuelto para pasar los Reyes en casa. No te preocupes, que a tu madre no le ocurre nada. No ha venido a recibirte porque debía acompañar a tu tía Ernestina al médico.

—¿Está enferma? ¿Le pasa algo grave? —preguntó preocupada Ana.

—No, es un reconocimiento rutinario. Pero cuéntame qué has hecho tú solita en Biarritz.

—Pensar, tocar el violín, pasear y beber champán.

—La verdad es que me cuesta entenderos a los jóvenes. ¿No habrías estado mucho mejor con Enrique? ¿Sabes, Ana? Si yo a tu edad, aunque lo estuviese pasando tan mal como tú, pudiese elegir entre celebrar sola o en buena compañía el fin de año, y más si se trata de compartir o no mi pena, habría elegido estar al lado de mi amigo.

—Si tanto quieres a Juan —sonrió Ana, que sabía bien a quién tenía Elvira en mente—, no sé por qué no os habéis casado.

—Es posible que algún día te lo explique, cuando tenga una mínima seguridad de que puedas entenderme.

Ana se arrepintió al instante de haberle hecho aquella pregunta porque estaba segura de que había algo extraño en la relación de su tía con Juan, y esta acababa de confirmárselo con aquella respuesta. De todos modos, no le gustó que la mortificara tratándola como a una niña.

—Perdóname, tía Elvira, no tienes por qué darme ningún tipo de explicación. Pero debes saber que ya soy una mujer, pronto cumpliré veintidós años. Bueno —dijo con sonrisa ingenua—, puede que tengas razón y que en el fondo todavía siga siendo una niña. ¿Sabes?, he traído conmigo a uno de tus payasos. ¿Me lo regalas?

—¿Te has encaprichado de *Toti*? —le preguntó Elvira.

—No, de *Bepo*.

—Claro que te lo regalo. Aunque en realidad *Bepo* es el único payaso de la colección que no me pertenece de verdad.

—¿Cómo que no te pertenece? ¿No es tuyo?

—Sí, ahora sí, pero ya estaba en la casa cuando la compré.

Ana no le dio ninguna importancia a lo que acababa de decirle su tía sobre la procedencia de *Bepo,* antes bien, se centró en averiguar cómo empezó ese afán coleccionista.

—No lo sé —se sinceró Elvira—, es posible que el responsable sea Juan. Cuando decoramos La Barcarola no sabíamos qué hacer con el payaso que había quedado olvidado o abandonado por los antiguos dueños. Yo quise regalárselo a la hija pequeña de los caseros, pero Juan me convenció de que lo dejáramos. Al día siguiente, al venir a buscarme me trajo otro payaso para que le hiciera compañía. Fue entonces cuando les pusimos los nombres: *Bepo* y *Toti,* así comenzó todo. Bueno, ya está bien de payasos. ¿Te apetece un chocolate con churros?

—Muchísimo —contestó con una sonrisa; le encantaba el chocolate y su tía lo sabía bien. Ana la miró fijamente—. Tía, quiero que seas la primera en saberlo: voy a dedicarme a la música profesionalmente.

Elvira respondió a la mirada de su sobrina intentando disimular su admiración. «No cabe duda de que es una Sandoval auténtica —pensó— y mucho más fuerte que yo.»

—¿Lo has pensado bien? —preguntó, sintiendo tanta alegría como temor ante la noticia de su sobrina—. Es un mundo de hombres en el que te sentirás extraña y obligada a demostrar continuamente lo que vales. Tendrás que viajar. ¿Y el matrimonio? ¿Crees que Enrique estará de acuerdo? Pasaréis largas temporadas separados. Y luego están los hijos. Además, tú no tienes problemas económicos y podrías viajar y disfrutar de las cosas más hermosas, sin dedicarte a nada en concreto. ¿No has pensado en la posibilidad de ejercer como profesora de violín en Madrid?

—Ya he sopesado todo eso, pero mi vida es la música; el violín, mi compañero inseparable, y necesito conocer otros ambientes musicales. Deseo introducirme en el mundo de la interpretación. Además, tía Elvira, no estoy enamorada de Enrique. Me he dejado llevar, pero en el fondo no deseo unir mi vida a la suya. Tal vez un día descubra que le quiero y nos casemos, pero de momento espero que Enrique entienda mis aspiraciones profesionales. Imagínate por un momento que quien tuviese que tomar la decisión fuera él, ¿crees que se plantearía lo mismo que yo?

—Estoy de acuerdo, aunque nuestra educación nos obliga a sacrificarnos por la buena marcha de la familia.

—Pero si tú siempre has hecho lo que has querido...

—Solo en apariencia, cariño. En el fondo he aceptado el juego que la sociedad me ofrecía y me he plegado a sus exigencias.

Ana miraba sorprendida a su tía.

—Bromeas, ¿no?

—No, es la pura verdad. Pero sigamos hablando de tu futuro, Ana. Entonces, ¿cuándo te vas a Viena? —Elvira no ignoraba la oferta que tenía su sobrina sobre la mesa, y tampoco que la capital austríaca siempre había estado en el punto de mira de Ana. La capital de la música. ¿Dónde si no? Su sobrina no pareció sorprendida al ver que su meta resultaba tan transparente para ella.

—De momento retrasaré el viaje. Escribiré al director del grupo de cuerda diciéndole que acepto encantada ser una más del equipo, pero que no podré incorporarme hasta el año que viene. Si están de acuerdo, perfecto, y si no ya aparecerá otra oportunidad.

—¿Para qué necesitas un año? Sabes que aunque no puedas independizarte por la edad, entre todos convenceríamos a tu madre para que te diera el consentimiento —le dijo Elvira.

—No, no es por eso. Lo cierto es que me he dado cuenta de que si quiero ser de las mejores con el violín, debo perfeccionar mi estilo. Me he propuesto tocar a Paganini como los buenos violinistas.

—¿Y eso? —preguntó Elvira un tanto extrañada ante el repentino interés de su sobrina por la obra del músico genovés.

Ana dudó, no quería revelar sus verdaderos motivos. En su lugar, salió al paso excusándose tras su profesor de música:

—Hace tiempo que don Santiago me propuso trabajar a Paganini, y la verdad es que lo intenté pero sin interés. Sin embargo, ahora creo que la interpretación de los Caprichos constituye un buen aprendizaje para conseguir ese virtuosismo al que todos aspiramos.

Elvira, complacida ante la respuesta de su sobrina, tomó su mano y con gesto aprobatorio le dijo:

—Haces muy bien en retrasar el viaje y en dedicarte a Paganini y nadie mejor para enseñarte que Santiago Ruiz Sepúlveda.

Lo que no podía sospechar Ana es que esa decisión la iba a arrastrar hacia un misterio que habría de trastocar su vida. Sin saberlo, se introducía en una realidad confusa envuelta en las grandes incógnitas de la mente.

II

El día no había empezado nada bien. Ana se había despertado con un ligero pero persistente dolor de cabeza y cuando se miró al espejo, después de aclararse la cara con agua muy fría, le devolvieron la mirada dos ojos enrojecidos bajo unos párpados hinchados. No había cometido excesos la noche previa, ni ninguna de las noches desde su regreso de Biarritz. Claro que eran días de comidas copiosas y de abundantes dulces. Pero Ana no había caído en ninguna de esas tentaciones: sabía que su estado era la consecuencia de la enorme discusión que había sostenido con su madre la tarde anterior.

Cuando Dolores Navarro conoció las intenciones de su hija, sufrió un desvanecimiento del que, tan milagrosamente como de costumbre, la recuperaron las sales. Era bastante dada a la teatralidad en todas sus acciones, y si con Pablo la estratagema siempre le dio buenos resultados, ahorrándole más de un disgusto, de igual modo había de funcionar con Ana, que tanto se parecía a su padre. Sin embargo, no fue así: su hija se mostró inflexible en sus deseos de dedicarse profesionalmente a la música.

—Madre, se lo he repetido mil veces. Al cumplir la mayoría de edad, puedo decidir qué hacer. Es una pena que mi padre, que en gloria esté, no pueda apoyarme y hacerla reflexionar.

—No voy a consentir que te vayas. No puedes tirar por la borda un matrimonio tan estupendo. Enrique es uno de los mejores partidos de Madrid. ¿Cómo crees que reaccionará cuando sepa que quieres dedicarte a tocar el violín? Su familia goza de un merecido prestigio en esta sociedad, al igual que la nuestra, y vosotros habéis nacido el uno para el otro. No, Ana, no irás a Viena ni a ningún otro sitio. Te casarás y serás feliz. Harás lo que yo te diga. No vas a privarme de la alegría de emparentar con los Solórzano de la Cruz.

—El hecho de que me dedique a la música no significa que renuncie a Enrique. Quiero que sepa, madre, que aunque me quedara aquí no me casaría de forma inmediata con él porque no estoy enamorada. Puede que un día lo esté y todos seamos felices. Y si no es así, tampoco hay por qué disgustarse. Eso es lo que nos aconsejaría papá.

—Tu padre, tu padre... Él es el responsable de lo que está sucediendo. No tenía que haberte enviado al conservatorio. ¿Sabes por qué lo hizo? —preguntó con una sonrisa diabólica, y sin darle tiempo a contestar, añadió—: Tu padre quiso que estudiaras porque no conseguimos tener un hijo varón y se consoló preocupándose por ti como si fueras un chico.

—¿Está diciéndome que si hubiese tenido un hermano, a mi padre no le habrían preocupado mis estudios?

—Es de suponer que en tal caso se habría volcado en el varón y tú, querida, habrías pasado a un segundo lugar.

—Madre, ¿por qué desea hacerme daño? No es verdad. Mi padre quería que yo fuera una gran concertista. ¿Acaso no recuerda su ilusión cuando asistió a mi primer recital? —Al rememorar aquel día, no pudo evitar que sus ojos rebosasen de emoción. Su padre la adoraba; estaba segura de que su madre mentía al afirmar aquellas cosas.

Llamó a la criada para que le llevara unas compresas muy frías con el fin de aplicarlas a los párpados y pidió que le sirviera el desayuno en la habitación. Lo mismo le daba desayunar en el comedor que en su cuarto, estaría sola en ambos sitios. Nunca había desayunado con su madre, que acostumbraba a hacerlo en su habitación y cerca del mediodía.

Ana tenía que recuperar fuerzas y tratar de eliminar de su rostro las huellas del llanto de la pasada noche, porque aquella mañana debía solucionar dos asuntos: en primer lugar, conseguir que el profesor Sepúlveda accediera a darle clases particulares; en segundo, almorzar con Enrique para contarle sus proyectos.

Ana vivía en una hermosa casa de la calle Almagro, y a pesar de la distancia y de los restos de nieve que aún quedaban en las aceras tras la intensa nevada de la noche de Reyes, decidió ir andando hasta la Escuela de Música. Desde hacía bastantes años, exactamente cuarenta y tres, esta formaba parte de las dependencias del Teatro Real, pero no siempre había sido así: en sus orígenes, allá por 1830, el Real Conservatorio, como entonces se llamaba, ocupaba un inmueble en la plaza de los Mostenses. Después cambió a un nuevo edificio en la calle de Isabel la Católica, para, en 1852, trasladarse al lugar que aún ocupaba en aquel recién estrenado 1895. La Historia tampoco había pasado de largo ante sus muros, y la revolución del 68, la llamada «Gloriosa» que destronó a Isabel II y trajo consigo el Sexenio Democrático, le brindó un nuevo nombre —Escuela de Música y Declamación— y le puso al frente un nuevo director, Emilio Arrieta. Cosas de la vida, no dejaba de resultar curioso que el elegido fuese alguien tan vinculado a la reina doña Isabel que se había visto obligada a abandonar España. En cualquier caso, Arrieta había permanecido en el cargo hasta su muerte el año anterior, y ahora era Jesús de Monasterio el encargado de dirigir la Escuela de Música.

Ana se había esmerado en su arreglo y el efecto era casi milagroso: su rostro resplandecía bajo un gorrito marrón de visón, a juego con el cuello y las bocamangas de su abrigo; debajo, un traje beis que realzaba la melena rubia, septentrional, casi reñida con unos ojos tan negros como los suyos.

No había llegado a la calle Hortaleza y ya se había arrepentido de no haber pedido el coche. La temperatura era agradable y lucía el sol, pero las aceras permanecían heladas y un resbalón a punto estuvo de hacerle perder el equilibrio. Ana decidió extremar la precaución y caminar muy despacio. Tenía tiempo suficiente. El profesor Ruiz Sepúlveda no finalizaba las clases hasta la una.

—Qué miedosa eres. El suelo no se volverá más seguro por mucho que lo mires, si no te vas a caer.

Nada más escuchar aquella voz, Ana supo que quien le hablaba era María Luisa Chevalier. Su acento resultaba inconfundible.

—No sería la primera vez —dijo apartando la vista de la acera para mirarla. Extendió una mano y se apoyó en su brazo, al tiempo que le decía—: Soy bastante patosa, querida, y seguro que si no me fijo en el suelo, pisaré donde haya más hielo. Pero ¿qué haces tú en Madrid? Creía que estabas en París.

—He decidido volver para descansar un tiempo en casa y también para contemplar la posibilidad de dedicarme a la enseñanza, aquí en la Escuela.

—¿Abandonas los recitales?

—No inmediatamente, pero me gustaría hacerlo dentro de uno o dos años.

María Luisa Chevalier Supervielle había sido una niña muy aventajada. A los trece años se presentó como concertista de piano en París y Burdeos. Cuando Ana la conoció, acababa de recibir el premio de honor de la Exposición Internacional de París de 1889; desde entonces había dado recitales en las más importantes salas europeas y también formaba parte del cuarteto creado por Jesús de Monasterio.

—Lo cierto es que estoy preocupada. Me han llegado comentarios no muy buenos sobre la gestión de Monasterio en su primer año a cargo de la Escuela —le confesó María Luisa a la vez que ambas retomaban del brazo el camino hacia la Escuela, Ana con la vista aún anclada en la acera.

—No había oído nada..., pero creo que no lo está haciendo mal. Lo que pasa es que son muchas las esperanzas puestas en él y es posible que no responda a todas las expectativas. Tal vez su carácter no sea el más apropiado para asumir un cargo de este tipo, pero tú le conoces mejor que yo.

—Le conozco y le admiro mucho como persona y como artista porque fue mi profesor y todo lo que sé lo he aprendido de él: es un violinista excepcional con una gran sensibilidad, pero como gestor... Bueno, tú misma lo has dicho: no sería la primera vez que genio y gestión no van de la mano.

—Ahora que lo comentas, recuerdo que mi padre me contó que Jesús de Monasterio fue alumno del gran violinista de Beriot, el que fuera marido de la Malibrán, y que prefirió regresar a España aun teniendo al alcance de la mano el éxito internacional.

—Eso hizo, sí... De todos modos, todavía hoy conserva un gran prestigio en los ambientes musicales europeos. Yo misma he podido apreciarlo en mis giras... No sé qué pensarás tú, pero a mí me cuesta comprender cómo un violinista con su talento puede ser capaz de renunciar a una proyección internacional para encerrarse en España.

—Es extraño, sí —afirmó Ana al tiempo que sacudía de su hombro un copo de nieve derretida de las ramas superiores de algún árbol. Luego guardó silencio unos segundos y retomó la palabra—. Por suerte, las personas somos distintas. Pienso que existen músicos que estarían dispuestos a entregar años de su vida a cambio de la oportunidad de ser valorados y admitidos en la élite musical europea. Sin embargo, otros como Monasterio rechazan esta posibilidad tal vez por amor, por estar cerca de los suyos o porque el éxito ocupa un lugar secundario en su escala de valores. También puede suceder que lo que de verdad les apasione sea la enseñanza y, si es así, lo mejor es ejercerla en el propio país. —Calló aún una última opción: sabía bien que para unos pocos, lo único primordial era la música en su más pura esencia; un anhelo tan personal e intransferible que solo podía saciarse en la mayor de las soledades... algo demasiado cercano a lo que ella misma vivió en la mansión de Biarritz.

—Tienes toda la razón —hablaba ya María Luisa a su lado—, y no creo equivocarme si digo que tú y yo no estamos hechas de esa misma pasta, ¿verdad? Las dos queremos convertirnos en grandes intérpretes; no hay nada como despertar el aplauso de un auditorio emocionado.

Ana pensó en lo que acababa de oír: era cierto que amaba la interpretación, y también que no se veía capaz de dedicar sus esfuerzos a la enseñanza, entre otras cosas porque carecía tanto de vocación como de paciencia. Tampoco se imaginaba a sí misma como compositora, porque a pesar de su desbordante fantasía, su inspiración musical resultaba escasa para tales menesteres, así que las opciones se limitaban y tuvo que darle la razón a María Luisa, que la miraba esperando su respuesta.

—Creo que yo estoy entre esos que se irán a probar suerte al extranjero, sí —sonrió—, aunque no tanto por el éxito, que puede ser caprichoso y a veces injusto, como por las posibilidades que se me ofrecen, tanto en el aspecto personal como en el profesional.

—¿Así que has decidido marcharte? ¡Cuánto me alegro! Aunque no creas que todo es tan maravilloso —apuntó María Luisa, para añadir—: Resulta bastante duro enfrentarse de forma profesional a la música. Se te exigirá una entrega completa, no lo olvides.

—¿Tú te arrepientes de haberte dedicado a dar recitales?

—No, en absoluto. Si pienso en dejarlo dentro de unos años no es porque me haya cansado, sino por exigencias familiares. —María Luisa la miró con una expresión de cierta complicidad resignada que Ana no supo interpretar porque desconocía si estaba casada o si iba a contraer matrimonio dentro de poco. Consideró que no era aquel el momento oportuno para preguntarle por los verdaderos motivos que la hacían regresar a casa. Además, ya habían llegado a la Escuela.

Se despidieron con un abrazo y Ana subió las escaleras con cierta prisa, aunque en vez de dirigirse al aula del profesor Ruiz, se detuvo en uno de los salones, el que presidía un cuadro de

Arrieta, y se quedó mirándolo totalmente absorta. Ajena a lo que sucedía a su alrededor, no sintió los pasos de alguien que se acercaba: era un muchacho más o menos de su misma edad, rubio, guapo y muy consciente de serlo. Permaneció durante unos minutos observándola, y luego, con andar sigiloso, se acercó para tocarla en el hombro.

—Mi preciosa Ana, no esperaba verte. ¿No me digas que has venido a decirle adiós a don Emilio Arrieta? No, ya sé, estabas haciendo tiempo para encontrarte conmigo. Sabes perfectamente que a esta hora siempre paso por este salón.

Ana lanzó al joven una mirada despectiva y sin molestarse en contestar, abandonó el lugar de forma apresurada. Nunca había podido soportar a aquel futuro pianista. Por suerte, no habían coincidido en las aulas, aunque el asedio al que la sometía cada vez que se cruzaba con ella por los pasillos bastaba para que se sintiera feliz ante la perspectiva de no regresar cada día a la Escuela.

No sabía por qué se había detenido ante el cuadro de Arrieta, pero tenía la impresión de haberlo hecho en otras muchas ocasiones... y aunque estaba segura de que aquello no era cierto, no podía evitar esa sensación de *déjà vu,* como si estuviera reviviendo una escena ya vivida otrora. Recordó que su tía Elvira le había hablado de algo similar, aunque se dijo que no era exactamente lo mismo que ella estaba experimentando en aquellos momentos.

Al llegar al aula vio la puerta entreabierta y temió que el profesor se hubiera ido, pero por suerte comprobó que don Santiago Ruiz Sepúlveda aún permanecía en la sala, de pie, apoyado en la mesa mientras tomaba unas notas. Ana lo miró durante unos segundos. Y como siempre que se encontraba con él —fuera del trato habitual de las clases—, se sintió cohibida. Nunca se lo había contado a nadie: no era tímida y sin embargo, cuando veía a don Santiago por algún pasillo, en la calle, en cualquier lugar que no fuera la clase, el rubor teñía sus mejillas y debía hacer un esfuerzo por ocultarlo. Sus compañeras de violín siempre la provocaban diciendo que don Santiago la miraba de forma especial; no les hacía caso, pero la ilusionaba pensar que estuviesen en lo cierto, porque le admiraba mucho y además le parecía muy interesante. Ahora estaban en un aula, y aun así notó que comenzaba a sentirse intimidada, como si le asustara cualquier tipo de relación con él fuera de lo establecido.

—Perdone, don Santiago, buenos días —dijo Ana.

El profesor se volvió. Por sus palabras, cualquiera hubiese dicho que había estado esperándola...

—Señorita Sandoval, no sabe cómo le agradezco la deferencia de pasar por la Escuela para despedirse.

A Ana le pareció que se comportaba de una manera un tanto forzada. Nunca le había visto sonreír de aquella forma. «Tal vez le han sentado bien las vacaciones de Navidad —se dijo—. Mejor que así sea.» Comprobó que llevaba el pelo un poco más largo, y que sin duda aquello le favorecía. A sus treinta y pocos años, seguía estando muy delgado e iba tan impecablemente vestido como siempre. Santiago era en apariencia muy distinto al resto de los profesores, algo que Ana percibió desde la primera vez que le vio.

—De momento no me voy, don Santiago. He decidido quedarme todo este año en Madrid y he venido a verle para pedirle que me dé clases particulares. Sé que aquí, en la Escuela, es imposible que se dedique solo a mí. Quiero tocar a Paganini, y me encantaría que aceptara venir a casa el tiempo que tuviera disponible. No me importa mantener un mismo horario ni días fijos; puedo adaptarme a sus compromisos.

Santiago Ruiz no salía de su asombro. Aquella hipótesis con la que soñaba últimamente se presentaba ahora como una realidad prometedora... Y es que los sentimientos del profesor hacia Ana estaban lejos de limitarse a lo académico: al principio le sorprendió su buena disposición para el violín; después empezó a sentirse orgulloso de ella, y aunque a menudo buscó calmar su conciencia diciéndose que era un sentimiento lícito —el lógico interés por una alumna aventajada—, cuando llegó el final de curso y se enfrentó a la realidad de que no volvería a verla, tuvo que admitir lo que en verdad le estaba pasando. A partir de ahí, le esperaban unas Navidades duras, en las que había tratado de convencerse de que lo más aconsejable era olvidarla; resignarse ante la imposibilidad de aquel sueño; terminar con un sentimiento que solo le ocasionaría dolor. Ahora tenía la oportunidad de negarse amablemente y olvidarla. Eso haría. Pero era tan hermosa y tan buena con el violín... No, no podía defraudarla.

—Creo que las tardes de los martes y viernes podría dedicarle dos horas —dijo al fin—. Consulto mi agenda y se lo confirmo. Pero dígame, ¿a qué se debe su interés por Paganini? ¿No pensaba aceptar la oferta de irse a Viena?

—He reflexionado y creo que, si de verdad quiero ser una buena profesional, no debo renunciar a tocar los Caprichos de Paganini, o intentarlo al menos con interés y dedicación.

—Estoy seguro de que lo conseguirá y la felicito por la decisión que ha tomado. —El profesor miraba en la libreta que utilizaba como agenda, o hacía que miraba, porque estaba tan contento que era incapaz de descifrar sus propias anotaciones—. Sí, no me he equivocado, las tardes de los martes y los viernes las tengo libres. ¿Le viene bien?

—Perfecto, pero, don Santiago, si le surge algún compromiso o tiene que cambiar una clase, yo no tengo inconveniente, pues no voy a dedicarme a otras cosas y, como le decía, puedo adaptarme a sus horarios.

—De acuerdo. ¿Cuándo quiere que empecemos?

—¿La próxima semana?

Santiago le hubiese contestado que no era necesario esperar, pero en lugar de eso dijo:

—Muy bien. El martes que viene a las cinco.

Mientras él guardaba en una cartera la libreta y el resto de los papeles colocados sobre la mesa, Ana se fijó una vez más, siempre lo hacía, en las manos del profesor. Eran unas manos preciosas de dedos larguísimos. «Tienen que ser maravillosas acariciando», se dijo, y un poco avergonzada de sus pensamientos, se despidió.

—Señorita Sandoval, un momento, por favor, no se vaya —pidió él—. Tenemos un pequeño problema. Yo no dispongo de las partituras de los Caprichos y convendría que solicitáramos cuanto antes las copias. ¿Tiene tiempo ahora para subir a la biblioteca?

—Por supuesto —respondió ella.

—Pues le hago una nota para la señorita Belmonte y así nos aseguramos de tenerlas para la semana que viene.

A pesar de la fama de la señorita Belmonte, Ana mantenía una buena relación con ella y jamás había tenido ningún tipo de problemas con la copista de la Escuela. Según sus amigas, la Belmonte la trataba bien porque sabía que tenía novio y por lo tanto no la consideraba rival. Todos en la Escuela de Música hablaban de la pasión que la señorita Belmonte sentía por el profesor Ruiz Sepúlveda. Ana recordó esos rumores y pensó que si era así, no tendrían ningún problema con las copias de las partituras, aunque seguro que a la Belmonte no le gustaría la idea de que don Santiago le diese clases particulares.

Cuando entró en la biblioteca, la copista estaba sentada de espaldas a la ventana para que la luz incidiese directamente en las partituras en las que trabajaba. Se saludaron con afecto, y antes de que Ana pudiera entregarle la nota del profesor, la señorita Belmonte le preguntó con verdadero interés si había estado en los conciertos del profesor Fernández Arbós en San Sebastián.

—Dicen que fueron maravillosos —aseguró.

—Me hubiera encantado asistir —dijo Ana—. Además, deseaba ver a don Enrique.

—Es verdad, no recordaba que fue profesor suyo.

—Sí, he tenido mucha suerte al dar mis primeros pasos con el violín de la mano de un virtuoso como él.

No pudo evitar recordar aquella mañana en que Fernández Arbós afirmó en clase que la influencia del violín era patológica, mientras que la del piano era ideal. Después de aquello, Ana fue a verle muy convencida, para asegurarle que si aquello era una enfermedad, ella ya la padecía.

«Yo también, señorita —le aseguró el profesor—. Pero dígame, ¿cuáles fueron los primeros síntomas?, ¿por qué se inclinó por el violín?» Aquel era su primer curso en la Escuela y Ana temía no dar la respuesta adecuada; se decidió por la verdad: «No lo sé muy bien. Lo cierto es que el violín me cautivó desde el primer momento. Tal vez haya influido, no estoy segura, que mi voz de mujer se identificaba más con el sonido del violín que con el de cualquier otro instrumento». «Es cierto que la voz del violín es comparable a la de tiple —le dijo con evidente complacencia Fernández Arbós—. Mire, Ana, el sonido del violín es tan rico de color que nos seduce, pasando de ser mero sonido para transformarse en una voz que nos llega al alma, verdadera voz que llora, grita, se lamenta, canta, ruega y delira.»

El recuerdo de estas palabras trajo de la mano un escalofrío que recorrió su columna de arriba abajo: la noche de fin de año su violín había llorado y gritado como jamás lo había hecho. Un deseo irrefrenable de recorrer con sus ojos las notas de las partituras de los Caprichos la llevó a rogarle a la señorita Belmonte que le permitiera verlas.

—Siento una enorme curiosidad, nunca las he visto. Será solo cuestión de minutos —dijo tímidamente.

—Siéntese en aquella mesa, ahora se las acerco, pero le ruego que no trascienda, no suelo permitir que los alumnos manoseen los originales.

A Ana le costaba disimular la emoción al tener ante sus ojos la carpeta que contenía las partituras. Era consciente de que su reacción no podría ser considerada de normal. Abrió la tapa de la carpeta con manos temblorosas y allí estaban los Caprichos de Paganini. Se trataba de una edición de Peters, una de las mejores firmas europeas. En total, las partituras ocupaban cuarenta y cuatro páginas. Las recorrió con rapidez y se detuvo para leer en el pentagrama las notas del *Capricho 24*. Estaba segura: ella jamás podría haber interpretado aquella partitura. Lo sucedido en fin de año no era más que una ensoñación. «Ya está bien de fantasías», se dijo.

Cerró el cuaderno y después la carpeta. Cuando iba a levantarse para entregarla, algo le hizo volver a abrirla. Tenía la sensación de haber visto algo, aunque no sabía muy bien qué. Miró de nuevo una por una todas las partituras y no observó nada extraño, pero cuando iba a cerrar la carpeta, se fijó en que en la parte interior de la tapa había algo escrito a lápiz: era una letra clara, firme, fácil de entender. Leyó con verdadero interés:

> No puedo soportar la idea de abandonar Madrid, pero me obligan a irme y no sé dónde me llevan. Espero que al no verme acudas a nuestro correo particular y te enteres del porqué de mi ausencia. Sé que es arriesgado seguir utilizando este medio, alguien puede consultar las partituras y descubrirnos, pero confío en que tú llegues antes y lo borres como siempre. Búscame en mis orígenes. Te espero.

No había firma, solo el dibujo de una hoja. Ana se quedó horrorizada: la hoja era idéntica a las que ella había dibujado sin ser consciente de ello en el tren a su regreso de Biarritz. Lo que le estaba sucediendo no podía ser real. Cerró la carpeta y la apretó contra su pecho. Debía colocarla inmediatamente en su sitio. La persona a quien iba destinado el mensaje podría llegar en cualquier momento, ya que el hecho de que el texto siguiera existiendo era prueba evidente de que su destinatario aún no lo había leído. ¿Cuánto tiempo llevaría escrito? Tal vez solo unas horas o unos días. ¿Y quién sería su autor?, ¿o quizá habría que hablar de «autora»? ¿Ya se habría marchado?

«Lo que sí está claro —pensó Ana— es que las dos personas acceden a la biblioteca con cierta libertad... Tienen que ser profesores. O también cabe la posibilidad de que sean alumnos como yo y hayan conseguido autorización, pero es demasiado arriesgado. Además, del texto se deduce que ya han utilizado el mismo sistema en otras ocasiones...»

Entregó la carpeta de los Caprichos, y al despedirse le preguntó a la señorita Belmonte si aquellas partituras estaban muy solicitadas.

—No, que yo recuerde. En los casi diez años que llevo en la Escuela solo me las han pedido una vez. Precisamente quien quiso consultarlas —le dijo en tono confidencial— fue el profesor Ruiz Sepúlveda.

¿Sería don Santiago el autor del texto? Al instante Ana se dio cuenta de que aquello no era posible porque no se había ido y seguía en Madrid acudiendo a clase. Tampoco era el destinatario, porque lo habría borrado. Al utilizar las partituras, ¿se habría percatado el profesor de aquel texto, o le pasó totalmente desapercibido?

—Ahora que lo pienso —dijo la señorita Belmonte mirando las partituras—, no eran estas. A don Santiago le di las editadas por Ricordi. La verdad, no me explico muy bien por qué le he entregado a usted las de Peters. Mire, las de Ricordi están colocadas siempre delante. No entiendo cómo no las vi.

Todo resultaba muy extraño. «Imagino que la persona que escribió el mensaje no las volvió a colocar en su lugar exacto

—se dijo Ana—; la señorita Belmonte las vio las primeras y me las dio creyendo que eran las que utiliza habitualmente.» Estaba claro. El hecho de que las partituras de Peters no tuvieran mucho uso podría ser una de las causas de haberlas elegido como soporte de un «correo secreto». La copista estaba segura: nunca las había entregado, pero eso no quería decir que permanecieran inaccesibles porque existía la posibilidad de que alguien las consultara y ella no se hubiese percatado.

—Una pequeña curiosidad, señorita Belmonte: si los profesores quieren revisar alguna partitura, ¿pueden hacerlo sin más o siempre tienen que pedirle autorización al bibliotecario o a usted?

—Lo habitual es que nos lo pidan a nosotros. Lo que sucede es que a veces, si estamos muy ocupados, los profesores acuden directamente a los estantes para utilizar lo que precisen.

—O sea, que alguien puede haber consultado los Caprichos sin que ustedes se enteraran.

—Sí, pero ¿qué pasa con estas partituras? ¿Les sucede algo?

—Nada, no me haga mucho caso. Es simple curiosidad —replicó Ana con gesto inocente.

Abandonó la biblioteca preocupada. ¿Qué tipo de relación existiría entre las dos personas del texto? ¿Sería amorosa, artística o tal vez podría deberse a conexiones políticas? Quería quitarle importancia al tema y trató de analizarlo con objetividad: al fin llegó a la conclusión de que lo más probable era que en una situación distinta, el mensaje escrito en la partitura no la hubiese inquietado. «Posiblemente lo habrán leído otras personas —se dijo— y no le prestaron ninguna atención.» Pero ¿cómo no iba a darle importancia ella? ¿Qué significaba la hoja? ¿Por qué ella había dibujado una igual?

Ana se sentía confusa, incapaz de razonar, de ordenar sus ideas. No, lo que le estaba sucediendo no podía ser fruto de la imaginación. Tal vez debería haberle enseñado a la señorita Belmonte lo escrito en la carpeta de la partitura, así tendría un testigo de lo que había visto. A punto estuvo de regresar a la biblioteca, aunque rechazó la idea porque no quería perjudicar a las personas que así se comunicaban. «Voy a intentar olvidarlo todo y dentro de unos días solicitaré de nuevo las partituras para comprobar si el texto sigue existiendo o si ya lo han borrado», se dijo. Miró su reloj y bajó corriendo las escaleras. Enrique llevaba más de un cuarto de hora esperando.

Los trataron, como siempre, con una deferencia exquisita. Lhardy era uno de los mejores restaurantes de Madrid y se comportaban con Enrique como si fuese el mejor de los clientes. Ana era consciente de que él disfrutaba haciendo alardes delante de ella, y la verdad era que no le importaba, más bien al contrario: le resultaba muy agradable que todos estuviesen pendientes de ellos y que al menor gesto acudieran para ver qué deseaban. Habían tomado el tradicional cocido y de postre un insuperable *soufflé.* En la prolongada sobremesa, le contó a Enrique sus planes de futuro y muy al contrario de lo que pensaba su madre, él no se mostró molesto; sí un tanto disgustado, pero dispuesto a esperar por ella el tiempo que fuera necesario.

—Además —le decía él—, tenemos un año por delante y sabe Dios qué pasará. Mientras tanto yo me emplearé a fondo para enamorarte.

—No insistas demasiado, puede ser peor —dijo Ana sonriendo—, igual tú te desenamoras. Sabes que tienes plena libertad. Si quieres seguimos saliendo juntos, pero sin que nos ate ningún tipo de compromiso formal.

—¿No me quieres ni un poco? —le preguntó Enrique en broma.

—Eres un buen amigo, aunque por encima de todo deseo dedicarme a la música de forma profesional. Entiéndelo, de no hacerlo, nunca podría ser feliz.

Estaban a punto de levantarse de la mesa cuando de un reservado salieron cuatro hombres más o menos de la edad de Enrique, entre veintiséis y treinta años. Al principio Ana no identificó a ninguno de ellos, pero al ver que uno caminaba hacia su propia mesa con una gran sonrisa iluminándole la cara, supo que era un compañero de su novio, el abogado Ricardo Donnes.

—Querido Enrique, qué casualidad. Esta tarde iba a acudir a tu despacho. Necesito hablar contigo. —Al darse cuenta de su descortesía, Donnes buscó la mirada de Ana—. Perdón, señorita Sandoval. Es un placer como siempre volver a verla. A sus pies. —Ella le tendió una mano que el joven acercó a su cara con auténtica reverencia. Y siguió dirigiéndose a Enrique—. Si tienes un hueco, esta tarde pasaría por tu despacho. Es por el tema Dreyfus. Ya sabes que lo han degradado y condenado a cadena perpetua. ¿Recuerdas que hace un tiempo te comenté que un familiar suyo vive aquí en Madrid y trata de convencerme de la inocencia de su pariente? Pues quiere que le ayude a hacer algo para demostrarlo. La verdad es que es un asunto interesantísimo sobre el que me gustaría conocer tu opinión. De hecho, son muchos los franceses que no se creen las acusaciones contra Dreyfus.

Enrique, o más bien su padre, tenía uno de los bufetes de mayor prestigio de Madrid y era lógico que este buen amigo quisiera conocer su opinión al respecto.

—Me interesa muchísimo la polémica que se ha organizado en torno a ese caso —le contestó Enrique—. Si te acercas esta tarde al despacho, podremos charlar con tranquilidad. Además, le pediremos a mi padre que nos acompañe.

—Estupendo. Qué suerte he tenido al encontrarte ahora en el restaurante. Buenas tardes, señorita.

—Buenas tardes —respondió Ana.

El caso Dreyfus había conmovido a la opinión pública: el capitán francés de origen judío Alfred Dreyfus, destinado en el Estado Mayor del Ejército, Ministerio de la Guerra, había sido acusado de entregar documentos secretos a los alemanes. Un tribunal militar lo condenó a cadena perpetua en la isla del Diablo, situada frente a las costas de la Guayana francesa, tras considerarlo culpable de alta traición, pero ni la familia Dreyfus ni un sector de la población aceptaron nunca la condena por considerar falsas las acusaciones. Y desde el mismo momento en que Dreyfus fue trasladado a la prisión, comenzaron sus reivindicaciones para intentar descubrir la falsedad de todos los cargos de los que se le había acusado.

—¿De qué lado te inclinas tú? —preguntó Ana a Enrique mientras esperaban en el coche—. ¿Consideras a Dreyfus culpable o crees que es todo un montaje para desprestigiarlo, especialmente por ser judío?

No es que Ana estuviera muy al tanto de las noticias de actualidad, pero de este tema le había hablado su tía Elvira, que era una gran defensora y admiradora de la etnia judía.

—La verdad es que no tengo elementos de juicio para hacer una valoración seria. Aunque en principio creo que un tribunal militar es garantía suficiente para pensar que si han tomado esa decisión, sus motivos tendrían.

Verdaderamente resultaba muy difícil poder opinar. Y sin duda, lo lógico era inclinarse del lado de la postura mantenida por la justicia que había estudiado el caso. Aunque el empeño que ponían la familia y los conocidos cercanos del inculpado en demostrar su inocencia equilibraba la balanza: no se limitaban estos a unas meras declaraciones, sino que intentaban seguir investigando para llegar al fondo del asunto. Nadie podría imaginar en aquellos momentos el rumbo que tomaría este tema después de unos cuatro o cinco años.

Enrique tomó una de las manos de Ana y le suplicó.

—Querida, hablemos de nosotros, prométeme que seguiremos haciendo durante este año la misma vida de siempre y que irás conmigo, como habíamos planeado, al cóctel en casa de tu tía Elvira.

—Por supuesto que iré contigo —afirmó ella sonriendo—, aunque no debes hacerte excesivas ilusiones.

Durante el trayecto a casa hablaron poco. Ana se sentía muy bien con la cabeza reclinada sobre el hombro de Enrique: le gustaba su perfume, varonil y sugerente. Llevaban dos años saliendo juntos y él rayaba la perfección. Jamás le había dado pie para iniciar una pelea... Claro que la suya no era una relación seria de pareja, porque aunque Ana le apreciaba, nunca había estado segura de que aquel sentimiento llegara un día a convertirse en amor. Ahora tenía la certeza de que en su relación con Enrique faltaba, además de ese sentimiento, la confianza. En el silencio del coche, la joven siguió dándole vueltas a los misterios que la rodeaban desde su estancia en Biarritz, pero ni una palabra al respecto salió de sus labios.

III

El aspecto del salón principal de la casa de Elvira era soberbio. A pesar de que oficialmente estaba de luto por la muerte de su hermano, había querido mantener el tradicional encuentro con sus conocidos y amigos. Organizaba tres fiestas anuales. Esta de ahora era la destinada a darle la bienvenida al nuevo año. La segunda —en opinión de la organizadora— no perseguía más que un objetivo: abandonarse en manos de la primavera, y para la ocasión era preceptivo llevar atuendos relacionados con esta estación. La tercera solía ser a la vuelta de las vacaciones de verano y tenía carácter benéfico: normalmente se sorteaba un cuadro de su amigo Juan —que era un afamado pintor— y lo recaudado se destinaba a obras de caridad.

En esa ocasión, la muerte de Pablo había empujado a Elvira a buscar un tono más austero: si no una fiesta, se podría hablar de un cóctel, ya que se había suprimido la música, el baile y otras manifestaciones lúdicas, limitándose a reunir a un grupo de amigos a los que ni siquiera se les había exigido vestir de etiqueta. Aun así, la mayoría de las señoras aparecían hermosísimas con sus elegantes vestidos y joyas espectaculares.

Mientras observaba el atuendo de sus invitadas, Elvira pensó que cualquiera que las hubiese visto entrar en su casa creería que iban a asistir a una fiesta de renombre y se preguntó si había hecho bien en seguir adelante con la tradicional reunión de inicio de año. No le importaba lo que dijeran de sus costumbres, pero le disgustaba la sospecha de que alguno de los no invitados comentaría antes o después lo inapropiado de no guardar un luto estricto tras la muerte de su hermano. A Elvira le hubiera gustado vivir en otra sociedad más auténtica que la suya. Estaba harta de tanta hipocresía. Pero era una cobarde y no se había atrevido a dejar de lado la mayoría de las imposiciones establecidas como buenas y correctas. Algunas veces, como ahora, se permitía romper algún que otro molde; era una forma de sentirse viva.

La tía de Ana era la anfitriona perfecta, en eso estaban de acuerdo quienes algún día tuvieron la suerte de ser invitados a su casa. Aquella noche ya habían llegado todos. Solía enviar unas noventa invitaciones, contando con que al final asistirían en torno a sesenta personas porque siempre surgían contratiempos. En esta ocasión, el número de ausencias era inferior y alrededor de setenta invitados llenaban los distintos salones.

Cualquier tipo de velada organizada por Elvira resultaba interesante, sobre todo por la variedad de asistentes, aunque siempre sucedía lo mismo: en la primera media hora se mezclaban todos, pero según iban pasando los minutos, los hombres formaban sus corrillos y lo mismo hacían las mujeres. Solo el grupo de amigos íntimos de Elvira permanecían mezclados entre ellos —tres hombres y cuatro mujeres—. No era inusual que según avanzase la velada los ojos del resto se fuesen volviendo hacia este pequeño círculo, atrapados en lo extraño de su comportamiento.

Elvira se sorprendió al ver que Ana se encontraba con ellos y escuchaba muy atenta lo que decía un conocido catedrático de Historia a su amigo Juan.

—La pena es que en esas declaraciones, de las que se hace eco Morayta en su reciente *Historia de España,* el tal Ramón Martínez Pedregosa no desvele quiénes les pagaron para irse al extranjero después de participar, como asegura, en el asesinato del general Prim.

—Lo extraño es que ese Pedregosa falleciera de muerte natural. Lo más probable es que no tuviese nada que ver con el asesinato —dijo Juan.

—Es probable. Lo cierto es que nunca sabremos la verdad —concluyó el catedrático con cierta resignación.

—Quién sabe, es posible que alguno de los que intervinieron en el asesinato se atreva a desvelar la verdad y así conozcamos la identidad de quienes les encargaron el crimen.

Era Juan quien había manifestado esta opinión.

—No lo harán. —Elvira no salía de su asombro al escuchar a su sobrina, que muy seria intervenía ahora en la conversación—. Es imposible porque los han ido matando a todos. A los que de verdad podían hablar, ya se ocuparon de silenciarlos.

Pero ¿qué sabía Ana de todo aquello? «Tal vez ha leído algún libro sobre el asesinato del general Prim —se dijo Elvira—, aunque no imaginaba a mi sobrina interesada por estos temas.»

El profesor tomó la palabra.

—Querida señorita, no lamento en absoluto la muerte de toda esa gentuza que en realidad no eran más que asesinos a sueldo.

—Seguro que tiene usted razón, profesor —replicó Ana—, pero los verdaderos culpables, los que lo organizaron todo, los que decidieron acabar con la vida de Prim, siguieron disfrutando aquí de la misma situación de poder sin que nadie les pidiera cuentas de lo que habían hecho.

—Nunca se encontraron pruebas para confirmar eso que usted apunta —matizó el profesor.

—¿No se encontraron o no se buscaron? —interpeló ella, que aparecía totalmente acalorada, como fuera de sí, para añadir acto seguido—: ¿No recuerda lo que la viuda del general asesinado le dijo al rey Amadeo de Saboya?

Elvira observó la copa de su sobrina; estaba medio vacía, pero comprobó con alivio que bebía limonada. Después se giró hacia su amigo Juan, interrogándole con la mirada y pidiéndole ayuda para que diese por terminada aquella conversación. Necesitaba averiguar qué le estaba sucediendo a Ana. Él, tan receptivo como siempre, captó en el acto el mensaje de su amiga y dijo desenfadadamente:

—Perdón, profesor, ¿qué le parece si suspendemos de momento esta charla? Sé que Elvira está deseando mostrarnos su última adquisición, ¿no es así, querida? —le preguntó mientras tomaba una de sus manos.

Elvira, que se había incorporado al grupo, asintió con una sonrisa.

—Me da un poco de apuro, aunque la verdad es que me apetece mucho que lo veáis. Os aseguro que es la mejor obra que ha salido de las manos de Juan.

Antes de que ninguno de los amigos de Elvira dijera nada, fue el profesor quien intervino.

—Querido Juan, no sabía que fueras tan presumido. Vayamos a ver tu obra de arte. Tiempo tendremos para seguir charlando.

Entre risas, se disponían a abandonar el salón cuando Elvira se fijó en su sobrina, que permanecía sentada ajena a todo.

—Ana, ¿no te apetece verlo?

—¿Qué es lo que tengo que ver? —respondió ella un tanto sorprendida.

—No me digas que no has escuchado la propuesta que acaba de haceros Juan para ir a ver el cuadro que me ha regalado.

—Pues la verdad es que no.

—¡Pero si estabas aquí! Si discutías acaloradamente con el profesor sobre los asesinos de Prim —argumentó Elvira un poco enfadada.

—¿Yo? Imposible —replicó Ana—. Sabes que a mí la política... Seguro que te has confundido.

—No, eras tú, y parecías de lo más enterada.

—Que no, tía, créeme —insistió ella—. No he participado en ninguna conversación. La verdad es que no sé ni de lo que hablaban. Estoy bastante cansada, ¿en qué salón estará Enrique?

Ana parecía sincera, pero Elvira habría jurado que la había oído... Tenía que estar mintiendo. Aunque era cierto que su sobrina se había expresado de una forma poco habitual en ella, como si fuera otra persona. «Algo extraño le está sucediendo», pensó, y preocupada le propuso que se quedara aquella noche con ella para que pudiesen hablar con calma y sin que nadie las molestase.

—Ahora voy a buscar a Enrique. Tengo que decirle algo. Avisaré a mamá y me quedaré contigo. Creo que podrás aclararme muchas cosas que, según tú, me han sucedido esta tarde —dijo Ana, irónica, mientras abandonaba el salón.

Era consciente de que no tenía que haber acudido a casa de su tía. No se encontraba bien; no es que estuviese enferma, era su cabeza la que no conseguía centrarse. Tendría que hacer algo, no podía permanecer más tiempo dándole vueltas a lo que le había pasado en Biarritz, a las hojas pintadas en su libreta, al texto en la partitura de los Caprichos... Al principio había creído poder dominarlo porque confiaba en que fuera su inconsciente, pero aquel texto en la carpeta de las partituras constituía la prueba de que sus extrañas experiencias respondían a alguna fuerza que precisamente la había empujado hacia ellas. Ana se desesperaba al no ser capaz de llegar a ninguna conclusión.

Dos días después de toparse con las anotaciones en los Caprichos, volvió a la biblioteca y utilizando la excusa de que había perdido una tarjeta con unos apuntes importantes, le rogó a la señorita Belmonte que le permitiera ver otra vez las partituras por si se hubiese quedado en la carpeta.

Disimulando a duras penas el nerviosismo, la había abierto con la esperanza de no encontrar el mensaje; deseaba que el texto hubiera desaparecido, bien porque el destinatario lo borrara o porque todo hubiese sido fruto de su imaginación. Ana prefería creer que sufría ciertas alucinaciones antes que ser consciente de que algo extraño le estaba sucediendo.

Pronto se desvaneció su ilusión; allí seguía el texto.

Sin dudarlo ni un segundo, se dirigió a la copista.

—Señorita Belmonte, ya he terminado. Desgraciadamente, la tarjeta no está, pero mire —dijo mientras le acercaba la carpeta de las partituras—, fíjese, aquí hay algo escrito y lo cierto es que el pasado día ni me di cuenta.

—Déjeme ver —pidió la copista mientras tomaba las partituras en sus manos. Después de leer el texto y mirarlo con detenimiento, afirmó muy convencida—: Estoy segura de que es una broma, un juego que no ha encontrado el eco deseado. No tiene ninguna importancia. Ahora mismo voy a borrarlo —añadió resuelta.

—Por favor, no lo haga —le suplicó Ana—. ¿Y si no es un juego?

—Sea lo que sea, una partitura no es lugar para enviar mensajes —concluyó la señorita Belmonte a la vez que borraba enérgicamente aquellas líneas.

Una profunda desazón invadió el espíritu de Ana, que salió de la biblioteca con paso inseguro. Era tal el desgarro interior que sentía que tuvo que buscar asiento y permanecer durante unos minutos con la cabeza reclinada entre las manos mientras las lágrimas resbalaban mansamente por sus mejillas.

Desde ese momento, Ana fue consciente de que lo que le estaba sucediendo se escapaba a su control. Se dijo que tal vez se estaba volviendo loca, pero tenía un testigo de que el texto de las partituras no era ningún invento. Lo cierto era que desde hacía unos días notaba que en algunos momentos se quedaba como ausente —lo mismo que, según su tía, le había sucedido hacía unos segundos—. ¿Era posible que ella hubiese opinado del asesinato de Prim? No podía seguir así, tenía que contárselo a alguien.

«Tal vez lo mejor sea desahogarme esta noche con Elvira —se dijo—. Seguro que ella es capaz de ofrecerme ese sosiego que tanto necesito.»

—Te estaba buscando, ¿dónde te habías metido? —Enrique se acercaba a ella con cierto gesto de enfado. Ana le miró y respondió muy seria.

—Lo mismo te pregunto yo. También llevo varios minutos buscándote, ¿con quién estabas?

—Pues con el grupo de siempre. Algo que no has hecho tú porque todas tus amigas me han dicho que no has querido saber nada de ellas.

La verdad era que Ana no sabía muy bien por qué no se había unido a sus amigas, pero prefirió no decírselo a Enrique y se limitó a contarle con quién había estado.

—He saludado a unos y a otros. Al final me entretuve con los amigos de Elvira.

—Sabes que no me gustan demasiado —comentó él sin darle mayor importancia.

—Pues a mí me parecen muy interesantes y sobre todo divertidos.

—Tal vez demasiado —concluyó Enrique—. ¿No te apetece que nos vayamos a cenar? Tengo ganas de charlar a solas contigo.

—Lo siento, no es mi mejor día. Estoy cansada y además le he prometido a Elvira que me quedaría con ella esta noche.

—Lo mejor que puedes hacer si no te encuentras bien es irte a casa. Yo te acompañaré ahora mismo.

—Te ruego que no decidas por mí, Enrique. Sé muy bien lo que debo hacer. Puedes marcharte de la fiesta cuando quieras. Te libero del trabajo de acompañarme, puesto que me quedaré aquí.

El joven no salía de su asombro, pero no pudo decir nada porque en aquellos momentos uno de sus amigos lo reclamó para que les aclarara un tema sobre el que debatían. Ana, con cierto alivio, le observó mientras se alejaba. La verdad era que no le apetecía nada estar con él. ¿Debía romper de forma inmediata aquella relación que no conducía a ninguna parte? ¿Se disgustaría si él decidiera dejarla por otra? ¿Tenía algo que ver su profesor de violín?

De todos los interrogantes que Ana se planteó, solo para este último obtuvo algo parecido a una respuesta; al recordar a don Santiago advirtió que pensar en la remota posibilidad de que pudiesen pasar juntos una velada la hacía emocionarse y descubrió que una ilusión desconocida la recorría interiormente. «Seguro que es el atractivo de lo prohibido», se dijo al tiempo que notaba cómo la vergüenza hacía presa en ella. Ruborizada, cayó en la cuenta de que el simple hecho de compartir unas horas a solas, mientras él la enseñaba a interpretar a Paganini, despertaba en su interior una alegría tan plena y profunda como no recordaba otra.

—Vamos, Ana, ya se han ido todos. Subamos a la saleta, allí estaremos mucho más cómodas. Te puedes cambiar de ropa. Pasas un momento por tu habitación y nos reunimos en unos minutos. He mandado a María que nos prepare un chocolate, que a estas horas nos vendrá estupendamente.

Elvira Sandoval rodeaba la cintura de su sobrina con un brazo mientras subían la escalera. Componían una hermosa imagen. Podrían ser las modelos perfectas para un pintor vanguardista. En más de una ocasión al contemplar el brillo fulgurante de su mirada, alguien le había dicho a Ana que en ella habían quedado los destellos de la locura febril de algún antepasado. Quienes la conocían bien sabían que poseía una gran fuerza interior. Elvira —que adoraba a su sobrina, pero que era objetiva en sus apreciaciones— solía comentar que al observar la pasión con la que Ana acometía todas sus acciones, tenía que creer en la trascendencia de la vida.

—¿Se ha molestado tu madre cuando le dijiste que te quedabas conmigo? —le preguntó Elvira.

—No. Todo lo contrario: cree que tú puedes influir en mí para que recapacite mi decisión de dedicarme a la música. Mi madre siempre te pone de ejemplo, porque siendo como eres una virtuosa del violonchelo, solo lo interpretas en fiestas sociales de amigos y reuniones benéficas. Asegura que tú eres una mujer moderna, pero que siempre has sabido cumplir a rajatabla las normas sociales.

—Y es verdad —dijo muy seria Elvira.

—¿También lo es que vas a tratar de convencerme? —preguntó Ana con cierta ironía.

—No. Nada más lejos de mi intención. Algún día te explicaré por qué me conformé yo y decidí seguirles el juego a todos. Pero ahora es de ti de quien tenemos que hablar. No sabes cómo te agradezco que te hayas quedado. Lo cierto es que me preocupó muchísimo tu comportamiento de esta noche, no parecías tú misma. Puede que no tenga ninguna importancia, pero me gustaría que charláramos sobre ello. ¿Te has divertido esta tarde?

—A ti no quiero engañarte. No ha sido una de mis mejores veladas, tía. He estado nerviosa y distraída. Además, y puede que eso sea bueno, me he dado cuenta de que Enrique me interesa mucho menos de lo que pensaba.

Al llegar a la galería del primer piso, Elvira abrió la puerta del cuarto de invitados y sin hacer ningún comentario sobre la última revelación de su sobrina, la animó a pasar con un gesto de la mano.

—Ponte cómoda, Ana —le dijo tan solo—. Ahora nos vemos.

Estaba amaneciendo. Tía y sobrina, ajenas a todo, seguían hablando. Al principio Ana se había mostrado un poco reacia a contarle cuanto le estaba sucediendo, pero después de que Elvira mostrara su extrañeza por lo que había presenciado aquella tarde, cuando la oyó hablar del general Prim, consideró que debía abrirle su corazón. Sea como fuere, era la única persona que de verdad podría ayudarla, y después de sincerarse del todo con Elvira, comprobó aliviada que se sentía mucho mejor.

Juntas habían intentado razonar. La joven estaba segura de que algo la había impulsado hacia el misterioso texto de las partituras. Pero ¿para qué? ¿Cuál era el objetivo? Por su parte, Elvira no entendía nada.

—Tienes que ayudarme —reclamaba Ana con vehemencia—. Lo primero que debemos hacer es descubrir la identidad de las personas protagonistas de ese texto y qué ha pasado con ellas.

—No estoy tan segura —replicó su tía—. Verás, reflexionemos un momento: es fácil que al destinatario se le haya olvidado borrar el texto, o que no lo haya leído porque supo de la marcha de la persona que le escribía y no precisó recurrir al correo que utilizaban en casos de urgencia. Y además, querida, debes pensar que todo esto pudo haber sucedido hace muchos años.

Ana sabía que quizá su tía estuviera en lo cierto, pero aun así debía tratar de convencerla; en su interior presentía que no era eso lo que había ocurrido.

—Tal vez tengas razón —comentó muy pensativa—, aunque entonces no tiene ningún sentido que esa fuerza interior que desconocemos me haya llevado hasta las partituras. Si lo ha hecho, es por algo. Debo reaccionar, y el único hilo del que puedo tirar ahora mismo pasa por descubrir quién fue el autor del texto y a quién iba dirigido. Tú puedes ayudarme a ir atando cabos hasta aclararlo todo.

A Elvira le parecía todo muy poco serio, pero no quería incomodar a su sobrina, así que asintió con un gesto.

Animada por la postura de su tía, Ana empezó a ordenar los pasos que debería dar en aquella investigación que estaba a punto de acometer.

—Será necesario que averigüe cuántos profesores han abandonado la Escuela en los últimos tiempos —apuntó—, prestando especial atención a los de violín, porque estoy convencida de que una de las dos personas, si no las dos, interpretaba a Paganini.

—No debes descartar otro tipo de profesores; pueden haber elegido las partituras de los Caprichos simplemente porque les gustasen o guardasen algún recuerdo especial de ellos —manifestó Elvira—. A fin de cuentas, el dato que te lleva a pensar que son profesores es el libre acceso a las partituras, no el que ellos supieran interpretarlas.

—Tienes toda la razón —asintió Ana—, por lo tanto, habrá que tener en cuenta también a otro tipo de personas. Ese texto bien lo pudo haber escrito un bibliotecario o un copista, quién sabe. Es verdad que la noche de fin de año salieron de mi violín las notas del *Capricho 24*, pero eso no tiene por qué significar que las personas implicadas en esta historia fueran violinistas, sino que lo escucharon en aquel lugar, en La Barcarola. Tía Elvira, ¿serías capaz de recordar si alguna vez has tenido invitados en tu casa de Biarritz que tocaran el violín?

Un tanto sorprendida, ella le contestó que no recordaba a nadie tocando el violín en La Barcarola.

—Es posible que algunos de los amigos que en estos años nos visitaron sí supieran tocarlo, pero que yo recuerde, en La Barcarola ha habido pianos y violonchelos..., pero jamás violines.

—Sería muy importante que pudieras recordarlo con detalle, porque tu casa es el lugar donde empecé a percibir cosas extrañas. ¿Te acuerdas de quiénes fueron sus antiguos propietarios? —preguntó Ana con verdadero interés.

—Sé que eran italianos, aunque no recuerdo el nombre. Hace más de veinte años que la compré. De todos modos, Ana, ¿qué importancia tiene? ¿Para qué quieres saberlo? No estarás pensando en localizarlos, ¿verdad?

—No lo descarto, porque después de haber pensado mucho en lo que me está pasando, tengo la sensación de que ese alguien con el que yo he entrado en contacto vivió o estuvo de paso en la casa de Biarritz.

Elvira miraba con preocupación a su sobrina. Extendió un brazo y cogió de la pequeña mesa auxiliar un plato llano con algunas pastas que María les había dejado antes de retirarse a dormir. Se las ofreció a Ana y luego retomó la palabra.

—Entiendo muy bien lo que quieres decirme, pero considero que es un trabajo ímprobo que no seremos capaces de realizar. Admitiendo tu hipótesis, esa persona que según tú estuvo en La Barcarola puede ser un amigo o quizá incluso un mero conocido al que cualquiera de los distintos propietarios hubiese invitado a la casa. A saber cuántos fueron. Y por supuesto, sin olvidar al personal de servicio que haya trabajado allí todos estos años. De verdad, Ana, creo que va a ser prácticamente imposible que los localices. ¿Y si el texto es una broma, como apuntó la señorita Belmonte?

—Eso es imposible —se negó—. A mí me han conducido hacia las partituras con algún fin. Es necesario que descubra la verdad. Tía Elvira, prométeme que buscarás la documentación de la casa.

—Lo haré y también le preguntaré a Juan el nombre de un doctor amigo que acaba de regresar de París. Creo que es muy bueno. Dicen que fue discípulo de Charcot y que se formó en la Escuela de Neurología de la Salpêtrièr.

—Por favor, no quiero que ni Juan ni nadie se enteren de lo que me está pasando —pidió Ana.

—No diré nada, pero tú me acompañarás para que le comentemos todo al doctor.

Elvira no dudaba de su sobrina, ella misma había presenciado su sorprendente comportamiento hacía unas horas, sin embargo, necesitaban ayuda y orientación porque todo aquello la superaba: ¿cómo era posible que de pronto asumiese sin más que su espíritu percibía experiencias ajenas?, ¿en qué punto había empezado a creer semejantes patrañas? Ella misma consideraba a los adivinos y videntes unos farsantes que buscaban engañar a gente incauta, y la reacción de Ana la asustaba. ¿Qué le estaba pasando?

—Tía Elvira, tienes que observarme, que no se te escape nada de mi comportamiento. Creo que cualquier cosa que haga fuera de lo normal puede ser una pista que nos ayude a descubrir la identidad de las personas que nos interesan. Me has dicho que he opinado sobre los asesinos del general Prim... Tal vez la persona que quiere comunicarse conmigo vivió cuando se produjo el atentado. Si es así, ahora tendrá entre cuarenta y cincuenta años.

—No necesariamente —matizó Elvira—. Depende de la edad que tuviera en los setenta. Lo que sí parece seguro es que no puede tener menos de cuarenta.

—Qué pena que tú hayas estudiado música en París —apuntó Ana—, porque de haberlo hecho en Madrid, tal vez habrías coincidido con ellos.

Elvira a punto estuvo de decirle a su sobrina que su padre, su hermano Pablo, sí había asistido esos años a la Escuela de Música, pero prefirió guardar silencio. Ignoraba si Ana sabía que su padre había intentado tocar el violín y además no quería causarle dolor recordando la ausencia de su progenitor.

—Y si esa persona contemporánea del asesinato de Prim fue quien escribió el texto de la partitura —proseguía la joven—,

¿quiere eso decir que el mensaje podía llevar años ahí escrito? —preguntó con cierta impaciencia

—No tengo ni idea, pero ya te comenté —le recordó Elvira— que quizá el destinatario se enterara por otros caminos de la marcha de su amigo o amiga y de ahí que el texto haya permanecido.

—En el supuesto de que eso fuese como dices —le planteó Ana—, ¿por qué me hacen a mí participe de este secreto?, ¿qué pretenden con ello? Tiene que existir algún fin. Sé que debo llegar hasta el fondo del asunto. He de conocer la identidad de esas dos personas y saber qué pasó con sus vidas. Una de ellas, no sé para qué, me está pidiendo que lo haga —dijo Ana muy seria.

—También debemos averiguar a qué árbol pertenece la hoja que dibujaste —comentó Elvira.

—Es verdad, me había olvidado de ese detalle. ¿Y todavía piensas que el texto de la partitura puede ser una broma? La hoja que yo pinté de forma inconsciente es idéntica a la que aparece en el mensaje. ¿Por qué tracé sus bordes dentados cuando sería mucho más sencillo que fueran lisos? Pero tenía que ser igual a la que figura como firma en el mensaje. ¿No te das cuenta de lo que me está sucediendo? —Ana la miraba implorante y Elvira no tenía respuestas. Lo único que sabía era que, según su sobrina, esta había interpretado el *Capricho 24* de Paganini aun desconociendo la partitura; una partitura que, por cierto, contenía un misterioso mensaje al margen, y el mensaje en cuestión iba firmado con el mismo dibujo que ella había plasmado al detalle en su viaje en tren desde Biarritz. Ana parecía confusa, casi habló para sí cuando sus labios volvieron a despegarse y clavó sus pupilas en las de su tía—: Podrían ser coincidencias... e intento convencerme de ello..., pero me cuesta creer que todas estas coincidencias sean fruto del azar. Estoy segura de que algo o alguien ha guiado mis pasos hacia esas partituras.

IV

Ana llevaba casi tres semanas recibiendo clases de don Santiago Ruiz y progresaba a ojos vistas, aunque seguía dudando de su *stacatto,* que le parecía poco contundente. Aquella tarde su profesor había llegado tan puntual como siempre.

Desde el primer día daban las clases en uno de los tres salones con los que contaba la espléndida casa en la que vivía Ana. Su madre le había permitido elegir cualquiera de ellos, y la joven se decantó por el más pequeño no porque reuniera mejor acústica, sino por los espejos: de esa forma se convertía a la vez que intérprete en espectadora de sus propios ensayos. Le gustaba verse al lado de su profesor y observarlo sin que él se diera cuenta.

—Don Santiago, creo que nunca conseguiré identificarme plenamente con la fisonomía del arco —comentó Ana con cierta tristeza.

—Es cuestión de paciencia. Su mano, señorita Sandoval, ya domina el arco —le dijo él convencido.

—Pero mis *spicattos* no son rápidos y vibrantes como los suyos —replicó ella.

—Seguro que dentro de muy poco me supera. La técnica es indispensable, por supuesto, pero a la hora de llevar ese conocimiento a la práctica no basta con dominar el violín para arrancar de sus cuerdas la Música, con mayúscula. Lo fundamental es sentir la partitura que interpretas, vivirla. Y para eso lo más recomendable es conocer la vida del compositor que la ha creado, la época en la que vivió. Conectar con su mundo y entender las claves que utilizó para transmitirnos sus sentimientos. ¿Qué le parece si interpretamos juntos uno de los Caprichos? —le preguntó don Santiago antes de añadir—: Hoy dispongo de unos minutos más.

—De acuerdo —respondió Ana con cierto temor.

—¿Cuál prefiere?

Sabía que a su profesor le entusiasmaba el *Capricho 15* y pensaba decirle que tocaran ese. Sin embargo, no fue eso lo que salió de su boca.

—Me encantaría que lo intentáramos con el 24.

—Perfecto. Vamos allá.

Se asustó al escuchar su propia voz y advirtió al instante que había cometido un error: ¿cómo iba a tocar el 24? Y si lo hacía igual que en Biarritz, ¿qué pensaría don Santiago? ¿Por qué lo había dicho cuando no era esa su intención? La muchacha intentó darse ánimos diciéndose que no volvería a suceder. Ella no sabía interpretar bien ninguno de los Caprichos y, además, lo haría con su profesor. «Seguro que me muestro insegura y fallo en algunas notas», se dijo.

Los violines comenzaron a sonreír. A sonreír triunfantes ante la alegría de vivir, sumergiéndose en un bucle de felicidad en el que todo giraba, giraba... daba vueltas, vueltas y más vueltas. Ana podía estar tranquila, su interpretación era mucho peor que la del profesor. Su violín no alcanzaba la expresividad que don Santiago arrancaba del suyo... De repente, la partitura cayó del atril obligándolos a parar. Don Santiago quiso recogerla, pero Ana se le adelantó y al levantarse perdió el equilibrio y casi cae de bruces sobre una de las mesas auxiliares. Era una mesa de cristal en la que se encontraban distintas figuras y don Santiago se fijó en una de ellas que a punto estuvo de estrellarse contra el suelo pero que él consiguió sujetar antes de que se desplomara. Era la escultura de un payaso.

Ana aprisiona nerviosa el violín y se desliza por sus cuerdas... Y vuelve a suceder, de nuevo la inmersión gozosa en la vorágine de las emociones. Unos segundos para la melancolía y después el vértigo y el delirio... Todo gira, gira... da vueltas, vueltas y más vueltas y el violín se complace emitiendo su voz clara, sonriente, plena de felicidad. Sin darse cuenta, se abandona mecida por aquellas sensaciones...

Al final, sucedió lo mismo que en Biarritz: la emoción apenas la dejaba respirar, pero a diferencia de aquella noche, Ana no estaba sola... Hacía unos minutos que el profesor había dejado de tocar, impresionado por la interpretación de su alumna.

—Señorita Sandoval —dijo muy serio—, jamás había escuchado una interpretación como la que usted acaba de hacer, ¿qué ha sucedido? ¿Ha disimulado durante todo este tiempo al interpretar a Paganini? ¿Cómo ha podido tocar ahora con esa maestría? ¿Qué es lo que pretende? ¿Por qué ha ocultado sus conocimientos? No entiendo por qué me ha pedido que le dé clases.

Mientras buscaba una respuesta, Ana advirtió que su profesor la estaba mirando directamente a los ojos. Aquella mirada la desconcertó y antes de que reaccionara, don Santiago añadió:

—Supongo, mi querida señorita, que ahora que he descubierto la verdad y he comprobado cómo interpreta a Paganini, no necesitamos seguir con este juego. Buenas tardes.

Ana estaba petrificada, incapaz de reaccionar, pero algo tenía que hacer, don Santiago no podía irse de aquella forma.

—Por favor, espere, no se vaya. De verdad que no es lo que parece —dijo de forma automática mientras se debatía buscando una explicación. De pronto decidió que le diría solo una parte de la verdad—. Verá, don Santiago, me acaba de escuchar, pero no soy yo quien ha interpretado el *Capricho 24*. Es mi mano, no soy yo quien la guía. Mis manos obedecen a una fuerza con la que nada tengo que ver.

Él la escuchaba muy serio y con la ironía pintada en su cara.

—Ya está bien, señorita Sandoval. No siga burlándose de mí.

—Es la verdad —replicó Ana—, le aseguro que intento tocar cualquier otro Capricho y no puedo. Además, no siempre consigo una versión del 24 como la que he interpretado hace unos momentos. No tengo ni idea de qué factores pueden influir para que se produzca en mí este fenómeno. La primera vez que me sucedió fue en fin de año. Y ahora ha sido la segunda.

A don Santiago le costaba dar crédito a lo que estaba escuchando, pero decidió seguir con la conversación como si fuera normal, preguntándole a Ana.

—¿Por eso ha decidido perfeccionar su técnica con Paganini?

—Sí. Pensé que podría ser mi inconsciente y decidí que lo mejor sería aprender a interpretarlo bien.

—Señorita, por favor, ¿qué pretende con esta historia?

—No miento. Debe creerme, profesor.

—Es difícil. No le encuentro explicación.

—Tampoco yo, y es posible que nunca descubra qué me pasa.

Santiago no sabía cómo reaccionar, su cabeza era un auténtico caos. Nunca había escuchado una interpretación del *Capricho 24* mejor que aquella. Jamás se había conmovido de esa forma. ¿Cómo había conseguido aquella rapidez endiablada? Le costaba creer lo que estaba sucediendo. Si se lo hubieran contado, jamás se habría fiado de semejante historia, pero él había sido testigo. ¿Qué explicación podía tener un fenómeno así? ¿Era cierto lo que le había asegurado Ana, y no era ella quien conseguía arrancar aquellas notas del violín... o disimulaba cuando decía que no sabía interpretar a Paganini? Pero si era así, ¿qué sentido tenían las clases? El profesor, normalmente muy adusto y serio, no pudo evitar pensar que tal vez su alumna las utilizaba para conseguir una mayor intimidad con él, para llamar su atención y conocerle mejor. Por unos momentos la idea de que Ana estuviese interesada en él le hizo sentirse el hombre más feliz del mundo. Pero no debía engañarse: a su alumna, a quien él conocía muy bien, le sucedía algo extraño.

—De verdad, don Santiago —seguía diciendo Ana—, debemos continuar con las clases. Usted sabe perfectamente cuál es mi nivel de destreza. Lo que hemos escuchado hace unos minutos no es real, mejor será que lo olvidemos.

—De acuerdo —dijo sin mucho convencimiento.

—El martes le espero como siempre, ¿verdad? —preguntó nerviosa Ana.

—Claro que sí. Aquí estaré. Buenas tardes, señorita Sandoval —dijo don Santiago al tiempo que abría la puerta de la calle. Era consciente de que de nuevo había sido débil. Le resultaba muy difícil reunir la fuerza necesaria para renunciar a aquellas clases que le causaban tanto sufrimiento como alegría. No podía evitar que sus sentimientos por Ana fuesen cada vez más fuertes, pero ahora se sentía tan confuso... «Lo mejor será que pase por casa a dejar el violín y después vaya a tomar unas copas con mi amigo Gálvez», se dijo mientras lanzaba un último vistazo por encima del hombro a la casa de su alumna.

Media hora después de que se hubiera ido el profesor, Ana seguía sentada dándole vueltas a lo que había sucedido. ¿Por qué tuvo que pedir el *Capricho 24*? Tal vez, por algún motivo, esa fuerza desconocida quería que hiciese partícipe a don Santiago de la experiencia vivida en Biarritz, aunque también era posible que fuese ella misma quien estuviese deseando hacerlo. Con auténtica sorpresa se dio cuenta de que deseaba tenerle a él como confidente de sus problemas y no a Enrique, y esto a su vez le llevó a pensar que aquella timidez que solo experimentaba ante su profesor quizá respondiese a algún sentimiento que aún no era capaz de reconocerse a sí misma. Siempre lo había admirado porque era el mejor maestro y porque compartían la misma pasión por el violín. Sin embargo, ahora Ana no estaba tan segura de que solo fuese eso lo que despertaba en ella su afecto por don Santiago. «Tal vez me sienta atraída por personas mayores a las que admiro —se dijo—. Sí, es posible que en el amor se fundan muchos aspectos.»

—¿Aún no te has arreglado? —preguntó sorprendida Elvira, que acababa de entrar en la habitación.

Sobresaltada, Ana consultó el reloj de la mesa y al instante se puso en pie.

—Mil perdones, tía, no tardo ni cinco minutos. Me he despistado, no tenía ni idea de que ya fueran las siete.

Habían quedado para ir juntas al Café de Levante; con suerte, allí daría un paso más que le ayudase a resolver el misterio: ya había hablado con los tres profesores más antiguos en activo de la Escuela y les había pedido información sobre algún compañero o compañera que hubiese dejado el centro de forma repentina hacia 1870. Había decidido centrar la búsqueda en la época que rodeó a la muerte del general Prim. Sabía que aquello no dejaba de ser una hipótesis, pero algo le llevaba a relacionar ambos sucesos y en cualquier caso no podía hacer nada para avanzar en su investigación salvo agarrarse a ese clavo ardiendo. Dos de los profesores no recordaron nada que pudiese darle alguna pista, pero uno sí le facilitó el nombre de dos compañeros que habían abandonado el centro a comienzos de los años setenta. Después de muchos esfuerzos, Ana consiguió localizarlos.

El primero de ellos vivía retirado en el campo, muy cerca de Guadalajara; se llamaba Nemesio García y sobrepasaba los sesenta. Era un hombre huraño, encerrado en sí mismo, desengañado de la sociedad y no quería ver a nadie. A Ana le costó muchísimo que le hablara de su etapa en la Escuela, pero al final le confesó que la había dejado por un enfrentamiento personal con otro profesor: «Me fui antes de cometer una barbaridad —le dijo—. Existen personas, señorita, que mejor que no hubieran nacido. A mí me tocó convivir con una de ellas, un ser despreciable que disfrutaba haciendo el mal y yo era su objetivo. He quedado escarmentado. Aquí en la soledad del campo soy feliz».

Aquel individuo no guardaba ninguna relación con el tema que la preocupaba. A quien Ana pretendía ver en el Levante era al segundo: Fernando Gálvez.

—¿A qué hora me has dicho que actúa ese señor? —preguntó Elvira con desgana.

—No, él no está contratado para actuar. Me han contado que acude con frecuencia al café y que muchas veces se anima a tocar, aunque muchos días, si no le apetece, no se ocupa del violín.

—Bueno, en realidad nos da lo mismo porque lo que nos interesa es hablar con él —apostilló Elvira.

—Ya sé que no te apetece nada acompañarme —le dijo Ana cariñosa— y puedes estar segura de que si no fuera necesario, no te lo pediría. Es que si voy yo sola puede haber algún malentendido, y además no me atrevo.

—No digas tonterías —respondió su tía—, te acompaño encantada. Lo que sucede es que creo que estamos perdiendo el tiempo, pero con tal de que te quedes tranquila, sea como tú quieras.

—¿Crees que nos dirán algo inconveniente por ir dos mujeres solas?

—Pues depende de quién esté en el café, aunque seguro que la mayoría se sorprenderá y nos mirará como a bichos raros.

—Me han asegurado que al Levante van muchos literatos —matizó Ana—, y que es el único en el que la música ocupa un lugar destacado.

Ninguna de las dos había estado nunca en un café, entre otras razones porque hasta hacía muy poco estaba prohibida la entrada a las mujeres en estos locales. De los más de sesenta cafés que abrían sus puertas en el centro de Madrid, solo uno, el Suizo, disponía de un salón destinado en exclusiva a las damas. En este salón, que llamaban Blanco, únicamente se servía chocolate, cremas y una especie de bollos que se harían famosos con el nombre de «suizos».

El Café de Levante era un local grande un tanto lúgubre, sobre todo traspasados los primeros metros, en la zona donde no llegaba la luz del día que se colaba por los ventanales de la entrada. Pese a la escasa iluminación, pudieron comprobar el deterioro de muchos de los otrora espléndidos sofás tapizados en terciopelo verde, que pedían a gritos una reparación. A Elvira no le pasó desapercibida la decoración pictórica y pensó en preguntarle a Juan de quién eran aquellos óleos. Le parecieron buenos, en especial uno de ellos, pues tuvo la sensación de que reflejaba el interior del propio café: la escena mostraba a un grupo de personajes, unos sentados y otros de pie, escuchando a otro que les leía probablemente el periódico.

Había pocas personas en el Levante, dos o tres grupos no muy numerosos —algo que agradecieron tanto Elvira como Ana, porque, aunque disimulaban para darse ánimo, estaban bastante nerviosas—. Observaron que alguno de los reservados se hallaba ocupado, ya que la cortina aparecía echada.

Al final del salón, en una especie de tarima muy baja, estaba el piano y a su lado un hombre tocaba el violín. A juzgar por su aspecto —parecía rondar los sesenta—, bien podría ser la persona a quien buscaban. Ana y Elvira se sentaron bastante cerca de la tarima y pidieron café a un camarero que las miró con cierta suspicacia; a diferencia del resto del escaso público, se dispusieron a escuchar la interpretación musical en silencio.

Tocaba a Juan Sebastián Bach.

Era hermoso el lamento del adagio en la primera sonata. En aquel ambiente, parecía que el sentimiento de soledad y dolor que expresaba el violín se multiplicara.

Metiéndose en la piel del intérprete, Ana pensó en lo frustrante que debía de ser tocar ante diferentes grupos de personas y que estas se mantuvieran al margen de la partitura. Se fijó en las reacciones del violinista y tuvo la sensación de que se aislaba por completo, no le importaba lo que sucedía a su alrededor. Aunque podría tener una edad similar a la de Nemesio García, no se parecían en nada: pese al desaliño con el que vestía Fernando Gálvez, se percibía en él un cierto estilo. Tenía que haber sido un hombre muy elegante. Llevaba el pelo bastante largo, blanco, muy lacio pero perfectamente cuidado. No se le escapó a Ana una mirada del violinista que de soslayo se fijó en ellas, tal vez sorprendido al ver que estaban pendientes de la música.

—Qué falsos suenan los aplausos cuando sabes que no te han escuchado —susurró Ana al oído de su tía.

—Sin duda —le respondió Elvira—, aunque no deja de ser una muestra de cortesía.

El público aplaudía con tibios aplausos la interpretación del violinista. Al ver que no atacaba otra pieza y que hacía ademán de abandonar la tarima, Ana preguntó el nombre del artista, y una vez se aseguró de que era él a quien buscaban, pidió al camarero que se acercase de nuevo, ¿podría por favor avisarle de que dos señoritas deseaban hablar con él? Pasaron cinco, diez minutos y nadie aparecía. Con muestras evidentes de nerviosismo Ana se volvió hacia Elvira.

—Seguro que no quiere atendernos. Sin duda es un violinista buenísimo —apostilló.

—Sí que lo es, y todavía guapo —dijo riendo su tía, para añadir—: No te impacientes, habrá tenido que ir al cuarto de baño o tal vez le esperaba otra persona.

Ninguna de las dos se percató de la llegada del violinista, que, con la finalidad de observarlas sin que ellas se dieran cuenta, había salido por la puerta de atrás para entrar de nuevo por la de la calle.

—Estoy seguro de que ustedes aman la música —les dijo de repente a su espalda— y que no están habituadas a escucharla en locales como este.

—Le felicito —dijo Ana—. Ha sido una interpretación magnífica.

—Muchas gracias. No sabe cuánto tiempo hace que no escucho ningún tipo de comentario sobre lo que hago. Agradezco su benevolencia, es usted muy generosa. Aunque sí hubo un tiempo en el que fui bueno. Ahora simplemente utilizo el violín para sentirme vivo. Se me hace raro ver a unas señoritas en un lugar como este —continuó Gálvez cambiando de tema—. De ir a algún café, encajarían mejor en el Fornos, que es mucho más apropiado para ustedes.

—¿Frecuenta usted el Fornos? —le preguntó Elvira a Gálvez. Por supuesto, ni ella ni su sobrina habían estado nunca en su interior, pero Juan era asiduo a una de sus tertulias y en más de una ocasión le había descrito la majestuosidad del que sin duda era el más elegante de todos los cafés madrileños. Situado en la calle Alcalá esquina con Peligros, abría sus paredes, cubiertas de espejos que permitían que los curiosos observaran con discreción cuanto sucedía en su entorno. También el Fornos disponía de gabinetes reservados que aseguraban una total intimidad. Decorado con pinturas murales de autores como Sala, Gomar y Plasencia, contaba con ricas alfombras, tapices y muebles de caoba. De sus techos colgaban relojes de dos esferas y estatuas de bronce hacían de sugerentes pies de lámparas.

—No. Allí no puedo desahogarme con el violín, como aquí —respondió Gálvez.

—La verdad es que nos interesan muy poco los cafés —intervino Ana— y si estamos aquí, es porque deseábamos hablar con usted.

—Es verdad que me buscaban, por unos momentos lo olvidé, perdonen. ¿En qué puedo servirlas?

Después de presentarse y de agradecerle que las atendiera, la joven dudó unos segundos, porque —aunque lo había ensayado mil veces— no sabía muy bien cómo abordar el tema. De pronto decidió que lo mejor sería preguntarle directamente.

—Señor Gálvez, le ruego que me disculpe por lo que voy a preguntarle, no quiero que piense que deseo inmiscuirme en su vida, pero necesito saber si usted se vio obligado a abandonar la Escuela de Música o si recuerda a algún compañero que sí haya tenido que hacerlo. Estoy intentando localizar a una persona que supuestamente en los setenta tuvo que alejarse de Madrid.

—No se preocupe, señorita. Sería pretencioso por mi parte creer que una hermosa joven como usted desea conocer la vida de un viejo músico como yo. Aunque es posible que yo sea el hombre que usted trata de localizar. —Mirándolas muy sonriente, se atusó sus abundantes cabellos blancos. Mientras Ana hacía verdaderos esfuerzos para dominar su impaciencia, Gálvez tomó un sorbito de la copa de coñac que el camarero, por propia iniciativa, le había servido y les dijo—: A estas alturas de mi vida muy pocas cosas me importan y si ustedes quieren dar conmigo por lo que me imagino, pues les voy a facilitar el trabajo, no me esconderé más.

Ana no podía creer lo que estaba escuchando. Miró a su tía Elvira con las pupilas dilatadas por la ansiedad; en aquel hombre podría estar la clave de todo.

—En el 71 me vi obligado a irme de Madrid —apuntó Fernando Gálvez— y por lo tanto tuve que dejar mis clases en la Escuela de Música. Los acreedores no me dejaban vivir y decidí desaparecer. Me fui a Viena y allí intenté encontrar trabajo. Después de haber recorrido las ciudades más importantes de Europa, hace solo dos años que he regresado. Volví porque mi situación se repite en todas partes y pensé que en Madrid se habrían olvidado de mí después de veinte años. Pero veo que no es así. Es muy posible que ustedes trabajen para ellos, pues aquí me tienen. No pienso huir más.

Efectivamente, el violinista podía ser el autor del texto de la partitura. Había tenido que salir huyendo por causas económicas, y al no poder despedirse de alguien que le importaba, le dejó un mensaje. Por un instante, Ana pensó que estaban a un paso de desvelar el misterio, pero luego una frase cruzó su mente: *No sé dónde me llevan...* Quien escribió las líneas en la partitura ignoraba cuál sería su futuro más cercano; sin embargo, a Gálvez no se lo había llevado nadie, se fue él y sabía muy bien adónde. No, él no era el autor del mensaje. Aunque, mirándolo desde otro ángulo, pudo ocultar el nombre de la ciudad por miedo a que alguien que no fuera la persona a quien estaba dirigido leyera el texto y diese con él. También cabía la posibilidad de que la otra persona supiese, en caso de necesidad, dónde iría el violinista. La joven decidió indagar un poco más en todo aquello.

—Me imagino que habrá sido muy duro para usted abandonar a sus amigos y compañeros de toda la vida —quiso saber.

—No se crea, siempre he sido un solitario que se ha relacionado solo lo imprescindible con los demás.

Elvira acudió en ayuda de Ana.

—Señor Gálvez, al margen del interés que mueve a mi sobrina, yo siento una enorme curiosidad por conocer su opinión sobre los Caprichos de Paganini.

—¿Es usted violinista?

—No, eterna aprendiz de violonchelo, pero adoro la música. El violín me encanta, aunque no consigo conectar con los Caprichos, de ahí mi pregunta.

—La entiendo perfectamente, podría decir que a mí me pasa lo mismo. Paganini era increíble, un virtuoso en estado puro, pero sus Caprichos siempre me han parecido una exhibición del manejo del violín, una exhibición sin duda maravillosa, pero pura exhibición. Sin duda yo me identifico más con otras composiciones. Y en cuanto a virtuosismo, si soy sincero, casi prefiero a nuestro Sarasate. Puede que su reacción ante las dificultades que siempre se le pueden presentar a un intérprete sea superior a la del genio genovés y por supuesto, para mí, su habilidad en los *pizzicatos* y la nitidez de sus armónicos le hacen mejorar a Paganini.

Mientras Gálvez hablaba, Elvira estudiaba todos sus gestos y reacciones. Desde el primer momento le resultó simpático y estaba comprobando cómo una corriente de afinidad se establecía entre ellos. Para demostrarse a sí misma que no se equivocaba, le comentó:

—Tengo la sensación de que usted es de los que prefieren los adagios.

—Sin duda, ¿cómo lo ha adivinado?

—Me bastó con ver cómo interpretaba hace unos minutos el adagio de la primera sonata de Bach.

—¿Y qué le ha parecido? —preguntó sonriendo.

—Espléndido. Creo que usted, como alguien dijo de Jesús de Monasterio, «ama» con el adagio.

—No «galanteo» como Sarasate, ¿verdad? —le preguntó complacido.

—Ya veo que conoce el comentario —respondió Elvira.

Ana se estaba poniendo nerviosa. Su tía había querido ayudarla, pero se había ido por las ramas. Se habían olvidado de Paganini. Por eso intervino decidida.

—Entonces, ¿no le gustan los Caprichos de Paganini?

—No he dicho eso.

—Pues a mí me parecen maravillosos, especialmente el 24 —afirmó.

—Usted sí es violinista, ¿verdad?

—Sí.

—Pues si le soy sincero, querida señorita, no sabría decir cuál de los Caprichos prefiero —manifestó Gálvez con cierto cansancio, como si el tema le aburriera. De repente recobrando nuevas fuerzas, añadió—: Bien es verdad que si tuviéramos presente la vida de Paganini, nuestra valoración sería distinta, sobre todo la mía. Él y yo compartimos algo más que el amor por el violín.

—¿Sí? —preguntó Ana muy intrigada.

—La pasión por el juego —dijo riendo Gálvez—. De haber podido, yo también habría creado un casino como hizo él. Y probablemente, al igual que Paganini, no dudaría en pactar con el diablo para poder tocar el violín de forma tan increíble.

—¿Un pacto con el diablo?

—Quién lo sabe. En su época se decía y así ha llegado hasta nosotros en forma de leyenda. Aunque lo cierto es que él jamás quiso desmentir esos rumores, que sin duda eran muy rentables publicitariamente.

—Tengo entendido que algo similar se decía de Giusseppe Tartini, un gran violinista y compositor italiano bastante anterior a Paganini, y su sonata *El trino del diablo.* ¿No corría el rumor de que la escribió por inspiración del demonio, que se le había aparecido en sueños tocando el violín? —apuntó Elvira.

—Sí —afirmó Gálvez—, conozco algunas composiciones de Tartini y puede que exista cierta similitud entre esa sonata a la que usted alude y el *Capricho 24.*

—¿Quiere decir que el *Capricho 24* puede tener influencia del diablo? —preguntó Ana.

—Como comprenderá, señorita, yo no puedo saberlo. Que cada uno crea lo que quiera.

Ana había escuchado aquellas versiones con cierta inquietud, pero decidió que era estúpido dar crédito a ese tipo de fantasías. Además, ella era consciente de que su papel en toda aquella historia no tenía más finalidad que hacer el bien, de eso estaba segura, como también lo estaba después de observar a Fernando Gálvez de que no era la persona a quien buscaban: no había reaccionado al mencionarle el *Capricho 24* y se refería a él sin ningún tipo de interés. Si fuera el autor o el destinatario del mensaje, no podría quedarse, como había hecho, totalmente impasible. Ninguna de las dos creía que fuera él la persona que buscaban, aunque Ana necesitaba irse de allí con la certeza de que su instinto no la estaba traicionando. ¿Cómo podría asegurarse? Por suerte, el violinista les iba a facilitar el trabajo.

—Queridas señoritas, díganme ya qué es lo que desean que haga. Es triste, pero después de veinte años sigo sin poder hacer frente a la deuda. Esto es lo que deben comunicar a quienes las han enviado. Y estoy dispuesto a enfrentarme a lo que sea.

—No, verá —dijo Ana—, está equivocado. No venimos en nombre de nadie ni le reclamamos ninguna deuda. Señor Gálvez, usted no es la persona que buscamos. Nosotras no tenemos nada que ver con esos antiguos acreedores.

—Qué alegría me dan. Ya no tengo fuerzas para seguir huyendo. Entonces, ¿quién creían que era?

—Buscamos a un profesor también obligado a marcharse, pero a diferencia de usted a él se lo llevaron a la fuerza, y todo apunta a que aquello tuvo lugar pasado el 70 —aseguró Ana.

—¿Por qué han venido a verme a mí? ¿Quién les ha dado mi nombre?

—Uno de los profesores más antiguos de la Escuela nos dijo que usted y Nemesio García se habían ido a comienzos de 1871. Tal vez usted recuerde algún otro nombre.

—Que se haya marchado inesperadamente, ninguno. Pero yo me fui en enero del 71 e ignoro lo sucedido después. Un momento —se detuvo de golpe Gálvez—, alguien me comentó que una de las profesoras de violín, a la que todos queríamos conquistar, decidió abandonar su carrera. Creo que fue unos meses después de irme yo. Es posible que la persona que ustedes buscan sea una mujer y no un hombre.

—¿Cómo se llamaba? ¿Era madrileña? —inquirió Ana con verdadera ansiedad—. ¿Sabe por qué tuvo que irse?

—Un momento, por favor —dijo Gálvez—, cada minuto que pasa mi curiosidad aumenta. Sí, señoritas, me han intrigado ustedes. Desconocen la identidad de la persona que buscan, no saben si es hombre o mujer, con lo cual no quieren localizarle para hacerle entrega de una herencia. Tampoco le pueden reclamar deudas. ¿Me podrían decir para qué la buscan después de tanto tiempo?

Elvira miró a Ana para ver si quería que respondiera por ella. La verdad era que no sabía qué decir. Pero su sobrina, muy tranquila, parecía tenerlo más claro.

—Señor Gálvez, prefiero no decírselo porque es un tema privado, pero le aseguro que sería importantísimo para mí dar con esa persona. Le ruego que intente recordar algo más sobre ella.

Él las miró un tanto desconcertado. «Es posible —pensó— que la más joven esté un poco trastornada y que la otra solo le lleve la corriente.»

—Estoy casi seguro —les dijo— de que vivía en la calle Barquillo. Se llamaba Inés, pero de su apellido no consigo acordarme. Lo siento. Desconozco si había nacido en Madrid, aunque sí puedo decirle que sin duda se trataba de la mujer más sensual de toda la Escuela.

—¿Era buena interpretando a Paganini? —quiso saber Ana.

—Ella y otra, de la que no recuerdo el nombre, eran las mejores. ¿Por eso me preguntaban antes por los Caprichos? También había profesores excelentes, auténticos maestros en la interpretación del violinista genovés. Perdónenme, pero creo que con esos datos no van a conseguir nada. De todas formas, si necesitan algo, no duden en volver. Será un placer verlas de nuevo. Ya saben que mientras yo siga en este viejo café, serán recibidas con respeto. Por cierto —añadió Gálvez mirando hacia la puerta—, acaba de entrar un buen amigo que es profesor de violín y especialista en Paganini. Tal vez él pueda ayudarlas.

Ana y Elvira se giraron para ver al recién llegado. El profesor don Santiago Ruiz se acercaba sonriente a saludar a su amigo, aunque su cara cambió de expresión al reconocer a las dos mujeres que estaban a su lado.

—Qué sorpresa tan agradable —exclamó en un intento de ser amable.

—No me digas que conoces a estas señoritas —preguntó Gálvez.

—Pues sí. La señorita Sandoval ha sido mi mejor alumna en la Escuela —dijo dirigiéndose a Ana—. Ahora le doy clases particulares.

—Igual tú puedes ayudarlas —apuntó el violinista—. Están buscando a alguien experto en Paganini que haya abandonado la Escuela en los setenta. Ya sé que tú en esos años no eras ni alumno, pero puede que al estar en la Escuela consigas alguna pista.

El profesor miraba a Ana con la conversación de aquella tarde aún fresca en su memoria, pero no dijo nada.

—Santiago —llamó Gálvez—, se me acaba de ocurrir una idea: ¿qué te parece si en honor de nuestras ilustres visitantes, tú y yo les interpretamos el 15?

—Pero...

—No tienes disculpa, el violín con el que me acompañas algunas noches está en el despacho del encargado.

—Está bien —asintió don Santiago.

Las dos mujeres se quedaron en silencio viendo cómo se alejaban. La primera en reaccionar fue Elvira.

—La verdad, Ana, es que solo había visto a tu profesor en dos ocasiones y no recordaba que fuera tan interesante. ¿Cuántos años tiene? Te juro que sería capaz de enamorarme de él casi sin proponérmelo. —No le pasó desapercibido el rubor que de repente tiñó las mejillas de su sobrina—. Vaya, querida —añadió con una sonrisa en los labios—, ¿he dicho algo que te haya molestado? —Por supuesto, no esperaba respuesta, aunque tampoco le hizo falta. Le bastó con ver cómo los ojos de Ana seguían las manos de Santiago, mientras el aire del Levante se llenaba con las notas del *Capricho 15* de Paganini.

De camino a casa, cómodamente sentada en el coche de su tía, Ana se había relajado y disfrutaba con el recuerdo de las sensaciones que aquella interpretación fantástica habían conseguido despertar en ella.

Don Santiago poseía un completo dominio del arco. Ana estaba convencida de que las octavas sonaban más profundas y tristes en su violín que en ningún otro. ¿En quién pensaría mientras daba vida al 15? Sonaba como un auténtico lamento de amor. ¿Estaría enamorado? ¿Tendría novia? Recordó entonces que su tía Elvira siempre le decía que la música, además de ser maravillosa, jamás era indiscreta: cuando se lamentaba o gozaba, no decía por qué. «Es verdad —pensó Ana—. La música nos ayuda a profundizar en nuestros sentimientos, a cada uno en los suyos.» No pudo evitar plantearse en quién pensaba ella cuando interpretaba. Sinceramente, creía que la mayoría de las veces no pensaba en nadie. Sufría y amaba con la música asumiendo el placer y el dolor sin más. Sí, estaba convencida de que hacía suyo el sentimiento expresado en la música. Aunque existía una excepción: cuando se acercaba a la música de Mendelssohn, el recuerdo de su padre le inundaba el corazón.

Ana se sentía transportada a su mundo interior, donde el dolor seguía existiendo, pero percibía que bajo el efecto de la música se serenaba a la vez que se hacía más trascendente. Suspiró con tanta fuerza que Elvira, también sumida en sus pensamientos, le preguntó si le sucedía algo.

—No es nada. Recordaba a mi padre. Si supieras cuánto le echo de menos —dijo con una gran tristeza.

Pasándole el brazo sobre los hombros, Elvira la atrajo hacia sí.

—También yo me acuerdo mucho de él. Era mi único hermano y sabes lo bien que nos entendíamos.

—¿Cómo crees que reaccionaría ante lo que me está pasando?

—No lo sé, Ana. No sé qué camino seguiría, pero estoy segura de que trataría de ayudarte por encima de todo. Lo mismo que haré yo —dijo dándole un beso.

—¿Crees que puedo estar volviéndome loca?

—No digas barbaridades. Ya verás como todo tiene una explicación —la animó su tía.

Ana cerró los ojos. «¿En quién o en qué pensaría la persona que me llevó a tocar el *Capricho 24* la noche de fin de año, y la otra tarde, en presencia de don Santiago?»

V

Ana caminaba sola por la calle Barquillo. La información que le había facilitado Fernando Gálvez era correcta y después de varios días haciendo indagaciones, había conseguido que alguien recordara a la profesora de violín, que según le dijeron se apellidaba Mancebo y vivía en el número 23, aunque hacía mucho que se había ido.

A pesar de que el 23 era un edificio antiguo con un importante deterioro en su fachada, a través de las ventanas se podía apreciar que el interior de algunas de las viviendas resultaba alegre y espacioso. Ana cruzó el patio interior donde jugaban unos cuantos chiquillos y dio gracias por su buena suerte al ver a dos mujeres mayores que se calentaban al tímido sol invernal. Ninguna de las dos recordaba a nadie de las características de la profesora de violín pese a que una llevaba quince años viviendo allí, y la otra, más de veinte.

—Lo mismo cuando yo llegué, esa señora ya se había ido —le dijo la inquilina más antigua—, y no creo que pueda conseguir en todo el edificio ninguna información, porque el resto de los vecinos han llegado más tarde que yo.

—¿Por qué no la mandamos que vaya a ver a la portera del 27? —dijo la otra.

—Es verdad, la señora María lleva más de treinta años en la portería y es lo suficientemente cotilla como para saber la vida de todos los que vivimos en esta calle.

Ana se despidió de ellas dándoles las gracias. En realidad, se estaba tomando demasiado en serio aquel asunto. Pero ¿qué otra cosa podría hacer?

Su tía la había llevado a ver al doctor amigo de Juan. Si Ana —que no podía disimular su nerviosismo— esperaba encontrarse con un hombre adusto y mayor, se llevó una auténtica sorpresa: Rodrigo Martínez Escudero no tendría más de cuarenta años. Era guapo, de mediana estatura, con facciones muy finas y de trato muy afable, lo que le permitió romper de inmediato las barreras tras las que Ana se había parapetado y conseguir, sin grandes esfuerzos, que le contara con toda sinceridad lo que le sucedía. Después de hacerle varias preguntas al respecto, el doctor trató de tranquilizarla restándole importancia a todo aquello, aunque le aseguró que estudiaría a fondo su caso y le pidió que acudiera a verle cada quince días para mantener un seguimiento. También le habló de la posibilidad de mantener, junto con otras personas, una conversación sobre las circunstancias que rodearon la muerte del general Prim, a fin de observar las reacciones de Ana. Lo cierto era que ella había respirado aliviada, porque en algunos momentos temió que dudasen de su salud mental, aunque lo que no iban a conseguir era que dejase de investigar. Si el mensaje escrito en las partituras no existiera, con aquella hoja dibujada a su pie, no se preocuparía lo más mínimo de sus experiencias —como ellos la aconsejaban—, pero lo había visto y tenía que descubrir la verdad.

—Perdone, ¿es usted la señora María?

—Sí, ¿qué desea?

—Verá —dijo Ana humildemente, con verdadera necesidad—, estoy tratando de localizar a una persona que vivió en el número 23 de esta calle. Se llamaba Inés Mancebo. Era profesora de violín y creo que se fue hace muchos años. ¿La conocía?

—Claro que la conocía. Era una chica muy guapa y muy lista. Se quedó huérfana con dieciocho años, pobre, pero sus padres le dejaron dinero suficiente para que pudiera vivir tranquila. La chica siguió estudiando hasta convertirse en profesora. No sabe cuántos pretendientes tenía, aunque ella no le hacía caso a ninguno.

Ana la escuchaba encantada y emocionada porque presentía que aquella señora le facilitaría los datos necesarios.

—¿Sabe cuándo se fue de aquí y adónde?

—Creo que fue a comienzos del 71. Sé que vendió la casa porque se iba de Madrid para contraer matrimonio, aunque desconozco a qué ciudad fue o si salió de España.

—¿Dónde podría encontrar más información? —inquirió Ana, un tanto desilusionada.

—No lo sé. La portera del número 23 hace años que murió y en toda la calle la más vieja soy yo. Lo siento —dijo la mujer entrando en la portería.

La fecha coincidía, había dejado la Escuela y Madrid al mismo tiempo, pero...

—Señorita, un momento —llamó la señora María—. Ahora que recuerdo, si la Inés se fue para casarse, seguro que tuvo que pedir la partida de bautismo a la parroquia de San José, donde la habían bautizado.

—Muchísimas gracias —respondió Ana con reprimida ilusión.

—¿Estás segura? ¿De verdad no quieres que te acompañe?

—No, tía Elvira. Sé que vendrías encantada, pero prefiero ir sola.

—¿Y tu madre?

—Le he contado una mentira muy pequeña. Le dije que Fernández Arbós daría tres conciertos en Córdoba y que me vendría muy bien acudir, ya que no pude hacerlo cuando estuvo en San Sebastián.

—¿Te ha creído?

—Yo pienso que sí. Además, está tranquila porque sabe que no voy a estar sola —afirmó Ana—. Una de mis compañeras de clase vive en Córdoba desde hace un año y me quedaré en su casa.

—Querida Ana, sabes que las mentiras solo sirven para que un día descubran que te gusta engañar.

—Lo he hecho por necesidad. ¿Cómo le iba a contar...?

—Y a don Santiago, ¿qué le has dicho? —interrumpió Elvira.

—La verdad. Él conoce nuestra conversación con Gálvez y pensé que era lo mejor. Por supuesto que si no tuviera que ausentarme más de una semana, ni se lo comentaría.

Después de muchas visitas a la parroquia de San José, Ana había logrado convencer al párroco para que mirara en el libro de registro. No es que el sacerdote se negara a facilitarle la información, lo que sucedía era que casi nunca se anotaba la fecha en que habían sido solicitados este tipo de documentos. La joven había insistido, argumentando que la boda se había celebrado fuera de Madrid y que posiblemente al tener que enviar la partida de bautismo por correo, sí habrían anotado la fecha y con un poco de suerte incluso la dirección adonde deberían enviarla. El punto de partida para la búsqueda era enero de 1871, año en el que al parecer la profesora se había ido de Madrid. Ya habían revisado once meses y empezaron diciembre. Ana, sentada al lado del sacerdote, estaba decidida a no seguir forzándole si no encontraban nada en este mes, cuando por fin apareció la ansiada nota; la partida de bautismo de Inés Mancebo Sánchez había sido enviada el 11 de diciembre de 1871 a la iglesia de San Pablo de Córdoba.

Se sentía feliz. «Seguro que Inés era la destinataria del mensaje de la partitura —pensó— y viajó a Córdoba para reunirse con su novio, que había tenido que irse de Madrid.» Pero si se habían encontrado, ¿qué sentido tenía que ella localizara el texto? Probablemente tuviera razón su tía al afirmar que se había enterado de la marcha por otro conducto o también que se le hubiera olvidado borrarlo. Con un poco de suerte, pronto lo aclararía todo.

—¿Y si no encuentras a Inés en Córdoba? Han pasado más de veinte años. Igual ha muerto, o a lo mejor se mudó hace tiempo, o...

—Sí, tía, he pensado en todo. Pero, decididamente, mañana me voy.

—De acuerdo. Te dejo, he quedado con Juan. No olvides que esta noche cenamos en su casa con el doctor Martínez Escudero.

—¿Solos? —quiso saber Ana.

—Sí. El doctor, Juan, tú y yo —le respondió Elvira.

—No veo de qué puede servirnos tener una charla sobre el asesinato de Prim —comentó Ana—. Y menos si se trata de ver cómo reacciono yo: con vosotros tres mirándome, dudo mucho que me comporte con naturalidad.

—No te preocupes, el doctor sabrá cómo hacerlo. Ya conoces que desde que le contamos lo de tu discusión sobre Prim pensó que sería interesante organizar este encuentro.

Ana había mandado pedir el coche porque aunque le gustaba pasear y Juan Blasco vivía muy cerca, en Hortaleza, se había arreglado demasiado para ir sola por las calles.

—Tiene que ser una artista o una modelo —comentaron entre sí dos vecinas de Juan cuando se cruzaron con ella en el portal—. Es preciosa. Seguro que va a casa del pintor. Hay que ver las mujeres tan guapas que le visitan... ¡Y pensar que sigue soltero!

Era un edificio antiguo, de los muchos que existían en Madrid, con interiores remozados y enormemente acogedores. Juan disponía de un estudio precioso con una luz espectacular, pues ocupaba la buhardilla que había reestructurado, ampliando las ventanas y sobre todo las claraboyas para conseguir que el techo fuese casi transparente.

Solo había estado en el estudio dos veces. No se consideraba una experta en pintura, pero Juan le parecía bastante bueno y decían que sus obras cada día se cotizaban más. Le gustaba mucho el colorido de sus paisajes, también alguno de los retratos, sobre todo los que le había hecho a su tía. El último, *El violonchelo,* era espléndido, aunque tal vez demasiado atrevido.

—Nunca te había visto con ese peinado. Te sienta de maravilla —le dijo Elvira al abrirle la puerta.

Ana llevaba un moño bajo que la hacía parecer mayor, pero le imprimía un estilo tan distinguido que nadie podía dejar de mirarla.

—Gracias, tía Elvira, ¿no ha llegado el doctor?

—No.

—¿Qué sabe Juan de mi problema? —quiso saber Ana.

—Solo tu participación en la charla el día de la fiesta. Tanto a él como a mí, que te conocemos bien, nos sorprendieron tus comentarios sobre las personas implicadas en el atentado del general Prim y además me dijiste que no eras consciente de haber hablado. Eso es todo lo que Juan sabe. No le he dicho nada ni de las partituras, ni de la interpretación del *Capricho 24*.

—Mejor así —dijo Ana aliviada.

—De acuerdo —corroboró Elvira—, pero quiero que sepas que Juan es de total confianza. Por cierto, ¿no te ha dicho que quiere pintarte tocando el violín?

—No, no me ha comentado nada.

—Pues lo hará porque dice que nunca ha visto una figura más compenetrada con el violín que la que tú ofreces.

—Ana, veo que Elvira se me ha anticipado... ¿Posarás para mí? Te advierto que no voy a aceptar un no. Así que nos pondremos de acuerdo.

Juan acababa de entrar en la habitación y, dirigiéndose a una mesita auxiliar en la que se encontraban varias botellas, les preguntó solícito:

—¿Qué os apetece beber mientras esperamos al doctor? —Sin esperar respuesta les dijo—: No hemos tenido tiempo de comentar nada sobre el hundimiento del *Reina Regente*. Qué horror. Más de cuatrocientas personas ahogadas. Ha sido espantoso.

—Lo que yo no entiendo —dijo Elvira— es que uno de los mejores cruceros de la flota española pueda hundirse en las profundidades del mar por muchas olas de doce metros que haya o por mucho temporal que azotara la zona del Estrecho donde desapareció.

—¿Cuántos años tenía el barco? —preguntó Ana.

—Siete, según dicen —respondió Juan.

El crucero *Reina Regente* se construyó en Inglaterra por un coste de seis millones de pesetas. A pesar de la belleza de su línea y de todos sus adelantos técnicos, desde que en 1888 iniciara su vida en la mar, los informes de sus comandantes coincidían en denunciar que sus condiciones marineras no eran buenas, aunque no se hizo nada por solucionar esas posibles deficiencias. El 9 de marzo de 1895, el *Reina Regente* salió del puerto de Tánger rumbo a Cádiz. Nunca más se supo de él. Los testimonios de las tripulaciones de otros barcos que navegaban por la zona apuntaban al fuerte temporal como causa del naufragio que, según los citados testimonios, debió de producirse a la altura del cabo Trafalgar. Su hundimiento suponía la mayor tragedia ocurrida a la flota española. 412 hombres componían la dotación del crucero; todos desaparecieron en las profundidades del mar.

—Lo que tiene que resultar terrible para las familias de todas estas personas es no poder recuperar sus cuerpos —apuntó Ana compungida.

—Los tres barcos de la Armada que rastrearon la zona ya han cesado en sus trabajos de búsqueda. Todo ha sido inútil —apuntó Elvira.

—Nunca he creído en los refranes —señaló Juan—. Recordad ese que dice «año de nieves, año de bienes». Estas Navidades ha nevado más que en los últimos diez años juntos y menudos meses llevamos desde que comenzó 1895. Y lo que nos espera. Temo las medidas de Cánovas con respecto a Cuba.

—¡Ah, no! —exclamó Elvira—, eso sí que no. Juan, por favor, tenemos un pacto. Nada de política. Al menos, de la actual. Sírvenos unas copas y charlemos de otras cosas.

La cena estaba resultado espléndida. Si el menú lo había elegido Juan, sin duda era un excelente gastrónomo. Los cuatro comensales se sentían bien, con ganas de agradarse, y por lo tanto competían en amabilidad. Quien tenía mayores reticencias era Ana, al pensar que dentro de unos minutos la someterían a examen, pero unas copitas de vino obraron el milagro y se encontraba relajada y alegre.

Con el postre ya servido, una apetecible tarta de manzana, el doctor Martínez Escudero se dirigió a Juan de forma desenfadada.

—Tengo entendido que el día que dispararon al general Prim casi fuiste testigo del suceso.

—Exactamente por cinco minutos no presencié el atentado. Recuerdo muy bien aquel día, el 27 de diciembre del 70. Había pasado la tarde en casa de unos amigos. Lo normal era que me quedase con ellos hasta las nueve, pero había nevado y no resultaba muy aconsejable, entrada la noche, andar por las calles. De no haber sido por esa circunstancia, me hubiera encontrado con todo el jaleo posterior al trágico suceso. Pero cuando yo pasé por la calle del Turco no observé nada anormal, la verdad era que casi no se veía porque nevaba copiosamente.

—¿A qué hora se produjo el atentado? —quiso saber Elvira.

—Sobre las siete y media.

—De las cuatro personas que estamos aquí, quien más sabe del atentado a Prim sin duda eres tú, Juan —dijo el doctor—. Recuérdanos cómo fueron los hechos.

Ana permanecía silenciosa, observando. Se había dado cuenta de que el doctor, hábilmente, había introducido el tema, pero ella estaba tranquila y segura de que no podría intervenir en la conversación porque nada sabía, aunque tal vez formulase algunas preguntas.

—Se sabe que en el atentado de Prim participaron dos grupos de unas nueve personas cada uno —empezó contando Juan—. Pero a excepción de José Paúl y Angulo, conocido señorito andaluz que suspiraba por la República, a quien dicen que el propio general identificó por la voz, los demás eran gente desconocida y de mala calaña.

—Pero algunos sí fueron reconocidos —apuntó Elvira—. Recuerdo que en casa se hablaba, con vergüenza, de lo sucedido en el café Madrid la misma noche del atentado.

—¿Qué pasó? —preguntó Ana.

—Pues que a uno de los supuestos asesinos, un tal Paco Huertas, lo detuvieron en el café Madrid y cuando lo llevaban arrestado, un grupo de sujetos que se encontraban con él apaleó a la policía impidiendo que lo apresaran. Nunca más se supo de ese tal Huertas.

—Ni de ese ni de los otros. He ahí el misterio; siempre se ha asegurado que a todos los que participaron en la emboscada al general se les facilitó la huida al extranjero para evitar posibles indiscreciones —afirmó Juan, para a continuación preguntarse—: ¿Alguien puede creer que unos cuantos maleantes fueron capaces de organizar solos el atentado? ¿Quién los ayudó a escapar? ¿Dónde consiguieron el dinero para establecerse en un exilio del que se supone todavía no han vuelto?

—O sea, que vosotros sois de los que piensan que había gente importante interesada en que no se descubriera la autoría del atentado —preguntó el doctor, que no dejaba de observar las reacciones de Ana.

—Sin duda —se apresuró a contestar Juan—. Mucha gente que poseía información sobre lo sucedido murió asesinada. Las autoridades no ocultaron sus intereses al permitir y favorecer el cambio de jueces y fiscales, con la única intención de que se sobreseyera la causa de dos de las personas que aparecían implicadas en el atentado; una, el jefe de la ronda del general Serrano; y la otra, el ayudante de Montpensier.

—Creo que la masonería española tampoco se escapó de las sospechas de muchos, que la consideraron autora y promotora del atentado y por supuesto, otro que parecía implicado era el partido republicano —apuntó el doctor.

—En realidad, yo creo que todos los posibles culpables que hemos mencionado podrían beneficiarse con la muerte del general Prim —dijo Elvira—, aunque solo fuera para vengarse de los desengaños recibidos.

—Te refieres sin duda al duque de Montpensier, ¿verdad, querida? —preguntó Juan con la seguridad que proporciona el conocer la respuesta.

Solo el doctor Martínez se había dado cuenta de que desde hacía unos minutos, Ana se frotaba la sien como para ahuyentar una molestia.

—Claro que apunto a Montpensier —respondió Elvira, que trató de argumentar su postura—: No es ningún secreto que el duque ni un solo día dejó de conspirar por conseguir el trono de su cuñada, Isabel II. Él apoyó y financió la revolución del 68 con la aspiración de ser proclamado rey de España, y si no sucedió así fue porque Prim exigió que antes deberían pronunciarse sobre el tema las Cortes Constituyentes. Todos conocemos el resultado.

—Las personas y partidos que habéis enumerado tenían motivos para desear la desaparición de Prim, en eso estoy de acuerdo con vosotros, pero lo que no habéis destacado es que ni uno solo de los dirigentes políticos del momento deseaba que el general siguiera viviendo. —Ana hablaba con voz fuerte y expresión no habitual en ella—. No. No lo deseaban porque Prim no murió en el atentado. La cota de malla que desde hacía un tiempo llevaba como prevención le salvó la vida. Ninguno de los diez o doce disparos resultó mortal. El propio general subió andando a su casa. Del atentado se salvó, pero no pudo hacerlo de una infección que se le declaró tres días después. ¿Simple negligencia médica? ¿Por qué los ministros no permitieron que la policía le tomara declaración?

Todos se miraban sorprendidos. Había vuelto a suceder. Elvira, como si no se hubiera dado cuenta, le dijo a su sobrina:

—Al respecto de eso, querida, supongo que en aquellos momentos se pensaba que Prim lograría sobrevivir y podrían conocer su opinión cuando se encontrara mejor.

—Lo siento, no me lo creo. ¿Por qué Amadeo de Saboya no fue capaz de localizar a los asesinos de su mentor? ¿Mandaba él o lo hacían sus ministros? ¿No fue Serrano su primer presidente de Gobierno y Sagasta el cuarto? ¿Por qué Sagasta no había hecho nada, si siempre creyó que el crimen fue ejecutado por Paúl y Angulo y financiado por el coronel Solís, ayudante del duque de Montpensier?

El doctor Martínez Escudero acababa de comprobar que lo que le habían contado respondía a la realidad. Ana se expresaba de forma automática.

—No sé si lo conoceréis —dijo para suavizar un poco la tensión—, pero yo he tenido la oportunidad de leer el libro que Paúl y Angulo ha publicado en París sobre los asesinos del general Prim.

—No, no lo he leído —dijo Juan—, aunque me imagino que culpará a Serrano y a Montpensier.

—Sí, así es —afirmó el doctor.

—No sé qué pensaréis vosotros —planteó Elvira—, pero a mí me sorprende que un asesino, como todos aseguran que es Angulo, convencido republicano, no se haya jactado nunca de su heroicidad, más aún cuando el atentado de Prim fue el desencadenante que permitió la República. ¿Queréis decirme por qué no volvió a España?

—Es de sobra conocido —dijo Ana, como quien está de vuelta de muchas cosas— que los asesinos o cómplices de asesinato son rechazados por los mismos que los emplearon.

—Lo cierto es —añadió Juan— que José Paúl y Angulo falleció en circunstancias muy misteriosas, hace ahora poco más de dos años en París.

—La presencia de testigos siempre resulta desagradable y conviene eliminarlos —manifestó Ana convencida.

Elvira, pasmada, miraba a su sobrina. ¿Cómo estaba enterada de todos aquellos temas? ¿Les estaría tomando el pelo?

Había empezado a llover. El ruido del agua al chocar con los cristales de las claraboyas se convirtió en la excusa perfecta para desviar la atención. Juan consideró que había llegado el momento de poner fin a la charla.

—¿Qué os parece si preparo unas infusiones? —propuso.

—Estupendo —exclamó Elvira—, te acompaño. —Miró a su sobrina. Tenía aspecto de cansada, ¿qué le estaba ocurriendo? La dejaría a solas con el doctor.

—Ana, ¿se le ha pasado el dolor de cabeza? —le preguntó Martínez Escudero.

—Sí, gracias, me encuentro mejor, pero ¿cómo sabe que me duele la cabeza? No lo he comentado.

—Observé cómo se presionaba la sien. ¿Sabe que ha estado muy convincente en sus apreciaciones sobre lo ocurrido a Prim?

Ana a punto estuvo de asentir y no decir que no tenía ni idea de lo que había pasado, pero necesitaba saber a qué obedecía su extraño comportamiento.

—No recuerdo nada, doctor. No soy consciente de haber hablado. Me siento enormemente cansada.

—Relájese —le pidió el doctor—. Se le pasará enseguida.

—Doctor, creo que alguien se ha apoderado de mi espíritu y me utiliza para manifestarse.

—Yo no creo en esas posesiones, Ana —le respondió el doctor—. Pienso que es el inconsciente quien se manifiesta. Puede que lo único que haga sea repetir algo que conoce, pero de lo que no es consciente.

—¿Cómo? No he leído nada sobre el asesinato de Prim. No sé interpretar a Paganini, ¿y dice usted que mi inconsciente lo hace? Eso es imposible.

—Si prefiere pensar que alguien ha penetrado en su espíritu, hágalo, pero esa no es la explicación. Quiero ayudarla, Ana, y para eso necesito conocerla más a fondo. Prométame que seguirá viniendo a verme —le pidió—. Solo disponemos de un mes porque regreso a París, aunque creo que con ese tiempo será suficiente.

Ana se quedó muy pensativa. No tenía ni idea de si Elvira le habría contado al doctor su proyecto de viajar a Córdoba en busca de la profesora de violín, pero ella no se lo diría. «Puede que sea mi inconsciente quien me incordia —se dijo Ana—, puede que me esté volviendo loca o puede que una fuerza desconocida se haya apoderado de mi espíritu aunque el doctor no lo crea. Pero, en definitiva, todo son suposiciones. Lo que es real es el texto de las partituras y si he llegado a él, es por algo.»

VI

Le había impresionado aquella imagen de la Virgen. Era una escultura preciosa, tan real su expresión de dolor que resultaba difícil no conmoverse ante ella.

Ana había asistido a la celebración de la santa misa sin apenas prestar atención a la ceremonia, pendiente solo de aquella imagen. No pudo evitar pensar en cómo sería en realidad el rostro de María, y en que su dolor debía de ser igual que el de cualquier madre que pierde a un hijo; decían que no existía pena más profunda que esa. Le pidió a la Virgen no tener que pasar nunca por ese trance. Ya conocía el dolor por la pérdida de su padre... se sentía tan sola. «Habría preferido que hubiera muerto mi madre. Sería menos duro para mí —se dijo, y al segundo se sobresaltó al darse cuenta de lo terrible de su pensamiento—. ¡Perdóname, Dios mío! —suplicó—. Quiero muchísimo a mi madre, pero Tú sabes que él era especial.»

Con las manos cubriéndole el rostro lloró durante un buen rato y no se percató de que la misa había terminado. Un leve roce en el hombro la hizo volverse. El sacerdote, un hombre de más de sesenta años y cara bonachona, le preguntó con amabilidad si podía ayudarla en algo. Iban a cerrar la iglesia.

—Se lo agradezco —dijo ella con voz tímida—, es muy amable. Precisamente he venido a San Pablo porque quería hablar con usted. Es el párroco, ¿verdad?

—Sí, yo soy. Pero pasemos a la sacristía y así cierro el templo.

Por la edad que aparentaba el sacerdote, Ana pensó que bien podía haber celebrado la boda de Inés, pero aquello sería pedirle demasiado a la suerte. Sin embargo, lo primero que le dijo don Ramón Pozuelo —así se llamaba el cura— fue que llevaba casi treinta años en la parroquia.

—Recuerdo perfectamente el caso que me dice. La verdad es que no pedimos tantas partidas de bautismo a Madrid. En todo este tiempo, creo que ha sido la única. Así que no es extraño que me acuerde. Además, Inés y su marido siguen viviendo en Córdoba, ¿me decía que era profesora de violín? —preguntó el sacerdote.

—Sí —respondió Ana—, durante un tiempo dio clases en la Escuela de Música de Madrid.

—Qué extraño, jamás lo hubiera imaginado —comentó pensativo—. ¿Por qué no se habrá dedicado aquí a lo mismo? Si es verdad que sabe música, podría habernos ayudado con el coro y nunca lo ha hecho.

—¿Visita con frecuencia la parroquia?

Sí, colabora con nosotros en algunas obras. En fin, si no se llamara Inés Mancebo, le diría que no es la misma persona.

—¿Podría darme su dirección? —pidió Ana.

—Pues la verdad es que no sé dónde vive. Pero acérquese a la pastelería que está justo en la esquina. Según sale, en la de la derecha. Pregunte por Carmen, diga que la he enviado yo. Son muy amigas y seguro que ella le puede facilitar la dirección.

Se despidió del amable sacerdote y muy contenta por el resultado de su gestión, se dirigió a la pastelería.

Ana había dedicado la mañana a recorrer los monumentos más importantes de Córdoba, pero sin poder centrarse en su historia ni en la belleza de sus arquitecturas. Todo el tiempo había estado dándole vueltas a un mismo tema: ¿cómo una profesora de violín podía prescindir de la música? Una y mil veces se repetía que podía haberle ocurrido algún accidente o que solo se dedicase a la música en la intimidad, aunque lo cierto era que todo resultaba un poco extraño. Tan extraño como que la pastelera, que era muy amiga de Inés, desconociese dónde vivía esta. «Seguro que lo sabe y no quiso decírmelo —pensó—, pero ¿por qué?»

—Lo mejor, señorita... ¿Cómo ha dicho que se llama? —le preguntó Carmen, la pastelera.

—Ana Sandoval.

—Pues como le decía, lo mejor será que se acerque de nuevo por aquí pasado mañana, el jueves, sobre las cuatro y media de la tarde. Así podrá verla.

Ana consultó su reloj. Aún no eran las cuatro y decidió quedarse un rato paseando y poder así contemplar el discurrir del río. Prefería llegar a la pastelería más tarde que Inés. A pesar de ser invierno, el día era espléndido y la presencia del sol invitaba a disfrutar de la tranquilidad de aquel lugar.

Cuando estaba llegando a la pastelería, notó cierto nerviosismo. No sabía muy bien cómo abordar el tema.

Al entrar vio al fondo un grupo de mujeres, unas siete, que charlaban animadamente. Una de ellas era la pastelera, que, en cuanto se dio cuenta de la presencia de Ana, avisó a la que estaba sentada a su derecha. Esta se levantó y le salió al encuentro.

—Soy Inés Mancebo, ¿nos sentamos? —dijo indicando una mesa bastante distante de la que ocupaba con sus amigas.

—Sí, gracias —respondió Ana, mientras observaba con todo detalle a la mujer que tenía enfrente. Inés estaría entre los cuarenta y cinco y los cincuenta años. «Debió de ser guapa —pensó Ana—, aunque no ha envejecido de forma tranquila, se la ve contrariada. Como si las arrugas que surcan su cara fueran el desgarrado reflejo del dolor que le produce envejecer.» Sus ojos eran azules; su mirada, felina, y Ana hubo de controlarse: desde muy niña odiaba a los gatos, nunca había podido soportar la mirada de uno sin que una sensación de desasosiego y temor recorriera todo su ser.

—¿Me buscaba usted? ¿Nos conocemos? —preguntó Inés.

—No, no nos hemos visto nunca.

—Usted dirá.

—Verá, estoy tratando de localizar a una profesora o profesor de violín que en los setenta tuvo que abandonar de forma inesperada e involuntaria la Escuela de Música y Madrid, sin poder despedirse ni de sus amigos.

—¿Y para qué quiere dar con esa persona?

—Tengo la sensación de que algo le ha pasado y necesita mi ayuda.

—¿No dice que no sabe quién es? —preguntó Inés de forma irónica.

—No, no lo sé.

—Entonces, ¿cómo sabe que la necesita?

Ana se dio cuenta de que si no tomaba las riendas de la conversación, aquella mujer la podía llevar por donde quisiera.

—Perdone, ¿señora...? —quiso saber Ana.

—Llámeme por mi nombre de soltera —le rogó Inés.

—Está bien. Usted fue profesora de violín en la Escuela de Madrid. Por favor, ¿le importaría decirme cuándo se marchó de allí?

—Me fui en 1871, pero lo hice de forma voluntaria. Mi novio vivía aquí en Córdoba y decidimos casarnos. Como verá, no encajo en el perfil que usted busca. Nadie me obligó a irme.

Resultaba evidente que ella no era la autora del texto, pero sí podría ser a quien fuera dirigido. Tal vez su marido, imaginó Ana, vivía entonces en Madrid y se vio obligado a desplazarse a Córdoba.

—¿Su marido también pertenece al mundo de la música?

—No.

—¿Es cordobés? ¿Siempre vivió aquí?

—Sí, pero ¿por qué le interesa mi marido? —preguntó Inés un tanto a la defensiva.

—Disculpe si la he molestado —le rogó Ana.

—No se preocupe. ¿Cómo me ha localizado? —preguntó la de Córdoba sin mostrar demasiado interés.

—La primera pista me la facilitó Fernando Gálvez, que, por cierto, me comentó que usted era muy buena interpretando a Paganini.

—¡Dios mío, Gálvez! Creo que él se fue antes que yo de la Escuela. ¿Cómo está?

—Bien. Toca por las tardes en un café. Tuve la oportunidad de escucharle y lo cierto es que es muy bueno.

—Sí que lo era. Un poco loco, pero un músico fantástico —corroboró Inés.

A Ana le dio la sensación de que con aquel contacto común había conseguido derribar parte de los muros de la mujer.

—¿Usted sigue impartiendo clases? —quiso saber.

—No. Cuando llegue aquí hace más de veinte años, no existía ningún centro donde pudiera enseñar. Después, una enfermedad grave de mi marido me llevó a prometerle a Dios que no volvería a tocar el violín, si él recuperaba la salud. Afortunadamente, se curó.

—¿Y puede soportarlo? —preguntó Ana, que no daba crédito a lo que acababa de escuchar.

—Sí, olvidándome de que existe la música.

—¿Y eso cómo se consigue?

—No es tan difícil —dijo Inés sonriendo.

—No me ha contestado —insistió Ana—, ¿le gustaba Paganini?

Mirándola a los ojos y con un tono serio, Inés respondió:

—Me gustaba él y otros muchos, pero eso pertenece al pasado.

—Gálvez me comentó que había otra profesora, compañera suya, que era buenísima interpretando a Paganini —siguió Ana. Algo en la reacción de Inés le llamó la atención; fue solo un segundo, pero suficiente para ver el miedo pintado en su cara.

—Depende de quién lo evalúe, para muchos la mejor era yo. No sé a quién podría referirse —contestó, y en un intento de cambiar la conversación le comentó—: Me han dicho que usted se apellida Sandoval, ¿tiene algo que ver con Pablo Sandoval?

—Era mi padre —contestó Ana sorprendida—. ¿Usted le conocía?

—Sí. Le conocí en mi época de estudiante. Aunque él era cinco años mayor que yo, coincidimos en la misma clase. Bien es verdad que por poco tiempo, porque su padre pronto se dio cuenta de que el violín no era lo suyo y abandonó la Escuela. Pero me ha dicho «era»... ¿Es que ha muerto?

Ana no tenía ni idea de que su padre hubiese pretendido tocar el violín, ¿por qué nunca se lo habían dicho ni él ni nadie de la familia? Es posible que su madre no lo supiera, pero su tía Elvira seguro que sí. Sintió deseos de preguntarle a aquella mujer mil cosas al respecto, pero no debía mostrarse interesada en conocer algo que en teoría debería saber. Por ello se limitó a decir:

—Desgraciadamente, mi padre murió hace unos meses.

—No sabe cómo lo siento —manifestó Inés—: Guardo un buen recuerdo de él.

Ana no permitió que la nostalgia por su padre la desviara del tema que la había llevado allí.

—Por favor, Inés, perdone que insista, pero tal vez este dato le ayude a recordar. La persona que busco puede que fuera la mejor interpretando el 24 de Paganini.

Como una ráfaga de aire, el miedo volvió a los ojos de Inés, que de inmediato se volvieron burlones.

—Lo siento, pero no recuerdo los nombres de mis compañeras. Han pasado más de veinte años. ¿Nunca le ha hablado su padre de nosotras? Nos conocíamos bastante bien. Menos él, que abandonó la Escuela en primero de violín, todos los demás fuimos bastante buenos. ¿Quién era la mejor interpretando a Paganini? Pues diría que yo.

Ana se dominó. Aquella mujer no quería facilitarle ningún tipo de información. Aludía a su padre porque sabía que estaba muerto y nada podía preguntarle. De todas formas, siguió insistiendo.

—Por favor —le dijo—, es muy importante para mí, ¿no recuerda a nadie que se haya ido de la Escuela en el mismo año que usted?

—No tengo ni la más remota idea.

La joven comprendió que no conseguiría nada prolongando aquella conversación y se despidió dándole las gracias, no sin antes preguntarle dónde podría localizarla si necesitaba ponerse en contacto con ella.

—Lo mejor será que escriba a la dirección de la confitería. Carmen es mi amiga y ella me hará llegar lo que sea —le respondió Inés al tiempo que se daba la vuelta.

Ana miró hacia el fondo del local para decir adiós a Carmen, pero vio que no se encontraba con el grupo, y se fue. Al cruzar la calle, observó que la iglesia de San Pablo estaba abierta y decidió entrar para rezar y reflexionar con tranquilidad.

Cuando abandonaba el templo, antes de subir las escaleras para traspasar la verja, Ana vio cómo Inés Mancebo se despedía de su grupo de amigas. Se detuvo y permaneció a la espera; no sentía ningún deseo de volver a ver a aquella mujer que, a decir verdad, no le agradaba nada. De repente pensó que no sería mala idea seguirla. Si tenía un poco de suerte e Inés se dirigía a casa, sabría dónde vivía. En realidad no le importaba, pero como todo el mundo parecía evitar darle su dirección, se sintió impulsada a descubrirlo.

La siguió durante más de un cuarto de hora hasta que por fin Inés se detuvo. Ana supo que aquel era su domicilio porque sacó la llave del bolso, abrió y cuando estaba a punto de cerrar la puerta, un hombre que llegaba con un perro la llamó. Se dieron un beso y juntos entraron en la casa.

Ella tomó buena nota del nombre de la calle y del número de la vivienda. Jamás hubiese podido imaginar lo importante que sería para ella contar con esta información.

—Por favor, tía, ¿quieres explicarme por qué nadie me ha dicho que mi padre fue estudiante de violín?

—No tenía ni idea de que no lo sabías. Lo cierto es que nunca se me ocurrió mencionártelo. Pero si tu padre nunca te lo contó, es porque no le daba ninguna importancia. Creo que estuvo un año escaso —dijo Elvira—. Yo me encontraba entonces en París, volcada en mis estudios de música.

—¿Por qué lo dejó? —quiso saber Ana.

—Pablo no había nacido para interpretar música.

—No conozco a nadie que la amase más que él.

—Es posible, pero no existe ninguna contradicción en ello. Tu padre fue un magnífico abogado. El mejor de su promoción —aseguró Elvira.

Ana entendía ahora el interés de su padre, que se había volcado en inculcarle el amor a la música y en conseguir que cursase la carrera de violín. Sin embargo, ¿por qué nunca le había comentado que él también había querido ser violinista? Ana pensó que tal vez lo hizo por no desanimarla. «Es posible que mi padre pensara que no era un buen ejemplo para mí —se dijo—, ya que si yo conocía su fracaso, al encontrarme con las primeras dificultades podría hacer lo mismo que él y abandonar la Escuela.» De repente, pensó en su madre.

—Tía Elvira, ¿mi madre tampoco sabrá que mi padre estuvo en la Escuela de Música?

—La verdad es que no lo sé. Aunque casi me atrevería a asegurar que no. Cuando ellos se conocieron, habían pasado unos cuantos años. Tu padre ya era abogado.

Elvira estaba convencida de que su cuñada no sabía nada, pero no quería confirmárselo a Ana. Lo cierto es que su hermano Pablo había intentado borrar definitivamente de su vida el paso por la Escuela de Música. Ella desconocía las razones, aunque estaba segura de que durante aquel tiempo Pablo había vivido algo que luego quiso olvidar para siempre.

—Pero termina de contarme tu estancia en Córdoba —pidió Elvira.

—Ya te dije que no encontré lo que buscaba. Inés me pareció una mujer extraña. Tengo la impresión de que trata de ocultar algo —aseguró Ana—, es probable que no tenga nada que ver con el asunto que me interesa, aunque me cuesta creer que no recuerde ni un solo nombre de sus compañeras. De todas formas, su comportamiento me hizo volver a la Escuela para hablar con los profesores más antiguos y con el nombre de ella, tratar de que recordaran algo de aquellos años.

—¿Y?

—Esta mañana y cuando ya estaba a punto de abandonar la Escuela sin haber conseguido ningún dato que me sirviera, me encontré con Jesús de Monasterio, y te juro, tía Elvira, que sin saber muy bien por qué, le pregunté a él sobre las profesoras de violín que a finales de los sesenta enseñaban en el centro.

—Monasterio —exclamó Elvira—, es verdad. ¿Cómo no habíamos pensado en él?

—Sin dudarlo un momento —siguió contando Ana— me dijo que la mejor interpretando a Paganini era Elsa Bravo. Fue alumna y después profesora de violín al mismo tiempo que Inés. Monasterio trató de recordar y me contó que estaba casi seguro de que Elsa se había ido de la Escuela sin previo aviso en enero del 71. Desde entonces, me aseguró, nadie había podido dar con ella. Creo, tía Elvira, que esa es la mujer que buscamos, la autora del texto de la carpeta de los Caprichos.

—Pues intentemos localizarla —dijo Elvira muy animosa.

—Es inútil. Como me adelantó Monasterio, durante bastante tiempo trataron de dar con su paradero, pero toda su familia había desaparecido. Además, desde que conozco ese nombre, Elsa, varias noches he soñado que estoy en un lugar desconocido y que me acompaña una mujer a la que nunca he visto. Sé que es morena, y parece muy guapa, no puedo asegurarlo porque siempre está de perfil y no habla conmigo, solo me agarra de la mano para que la siga... Cuando parece que vamos a llegar a algún sitio, todo se desvanece. Al despertarme aún puedo ver su imagen, pero ahora, por ejemplo, no recuerdo ninguno de sus rasgos, solo el color del pelo y sobre todo un olor. El lugar donde nos encontramos es como un jardín o un patio y se respira un olor especial, dulce, empalagoso...

—¿Se lo has contado al doctor?

—Sí, ayer estuve con él y me dijo que era probable que esa imagen de mujer fuera la de Elsa Bravo.

—¿Cómo es posible?

—No he entendido muy bien su explicación, pero me volvió a hablar del inconsciente y de que tal vez fuera interesante someterme a una sesión de hipnosis, aunque tendría que ir a verle a París. Ya sabes que el doctor se va dentro de quince días.

—¿Has quedado en verle antes de que se vaya? —preguntó Elvira preocupada.

—Sí. —Ana guardó silencio unos instantes. Luego, de repente, decidió confesar algo a lo que ya había dado demasiadas vueltas—: Todo esto está influyendo en mi relación con Enrique, tía Elvira.

—¿En qué sentido?

—Tú sabes que no estoy enamorada de él y Enrique es consciente de ello, sin embargo, se muestra muy confiado en que un día le querré. Pero ahora me he dado cuenta de que no debo seguir con esta farsa. De verdad, no me interesa lo más mínimo. No entiendo cómo pude dejarme llevar y creer que podría ser el hombre que me desposara.

—Ana, no exageres. Lo que sucede es que no pasas por un buen momento.

—No. He pensado mucho en mi situación. ¿No ves que no confío en él? No le he dicho nada de lo que me sucede, porque en realidad no le siento cerca de mí. Es más, me exaspera pensar que pude haber compartido con él tantos momentos de mi vida. De verdad, tía Elvira, aunque esta experiencia no me con duzca a ninguna parte, ya ha servido para algo.

Elvira la escuchaba sorprendida y en el fondo contenta de la reacción de su sobrina. Tampoco a ella le parecía que Enrique fuera el hombre adecuado para Ana.

—Prométeme que te tomarás un tiempo para pensártelo —le dijo sin embargo.

—Sí, pero te juro que voy a tener que hacer auténticos esfuerzos. Por cierto, tía Elvira, ¿has conseguido localizar la documentación sobre las personas que te vendieron La Barcarola?

—Sí.

—¿Y no me lo habías dicho? —exclamó Ana.

—No te pongas nerviosa. De nada sirve que te diga que se la compré a los Alduccio Mendía. He escrito a unos amigos de Biarritz que los conocían, para ver si pueden facilitarme su dirección.

—Perdóname, pero es casi el único camino que me queda para tratar de averiguar el porqué de mis experiencias misteriosas. Sería estupendo que pudiéramos hablar con ellos. Imagínate que Elsa Bravo fuera conocida de esa familia y que pasara temporadas en La Barcarola.

—Y si fuera así —dijo Elvira siguiéndole la corriente—, ¿quién es la otra persona? ¿Para qué crees que quieren que tú lo descubras?

—Si lo supiera, resultaría más fácil. De todas formas, sé que debo llegar hasta el final, agotar todas las posibilidades.

—Perdona que te interrumpa —dijo Elvira—, pero ese profesor o profesora pudo irse al año siguiente o seguir todavía en el centro.

—Ya lo sé —contestó Ana molesta—, y también puedes decirme que Elsa o quien haya sido el autor del texto regresó y nadie necesitó ausentarse. Ese no es el problema. Estoy segura de que si he leído ese mensaje, ha sido por algo. Y si todo hubiese sido maravilloso, no tendría sentido que yo diese con él. Convéncete, voy a seguir investigando. Y deja que te diga más: esta mañana, cuando estaba en las oficinas de la Escuela, al saber que me interesaba por los nombres de los que se habían ido en el 71, alguien comentó que creía que un bibliotecario de origen italiano se había marchado por esas fechas. Lo sabía porque un amigo suyo había ocupado su puesto. Me han prometido buscar su dirección.

—O sea, que puede que te faciliten un nuevo camino —dijo Elvira resignada.

—Lo estoy deseando.

Elvira no dudaba en ayudar a su sobrina, siempre estaría a su lado, pero consideraba que estaban perdiendo el tiempo. En el fondo deseaba que no continuase encontrando pistas que la animasen a proseguir con aquella absurda investigación. Debía hablar a solas con el doctor Martínez Escudero. ¿Cómo su sobrina podía ver el rostro de una mujer a la que supuestamente no había conocido? Ella ignoraba todo de la hipnosis, pero la palabra le producía rechazo y miedo. Aquella misma tarde intentaría ver al doctor.

—¿Ha resultado fructífero su viaje a Córdoba? —le preguntó don Santiago.

—En cierta forma sí. Inés Mancebo no era quien yo pensaba, no me ha facilitado ningún dato, pero su comportamiento me llevó a volver a la Escuela a recabar nueva información y he conseguido el nombre de una profesora: Elsa Bravo. Aunque es imposible dar con ella ni con nadie de su familia. Todos han desaparecido —dijo Ana resignada.

—No desespere —le aconsejó el profesor—, siempre hay alguien que puede facilitar algún dato. Es cuestión de tiempo y paciencia.

No lo decía para animarla, sino porque así lo creía. No quería inmiscuirse en lo que le estaba sucediendo a Ana, le resultaba incomprensible, pero también era consciente de que él desconocía todo del funcionamiento de la mente. De lo que estaba seguro era de la sinceridad de su alumna. Lo creía a pies juntillas y no porque cada día se sintiera más feliz a su lado. Se había acostumbrado a la presencia de Ana, tanto que creyó que nunca finalizaría la semana que ella estuvo fuera. Le gustaba todo de su alumna y aunque no quería concebir esperanzas, a veces tenía la sensación de que él no le resultaba indiferente. «Aunque nada entre nosotros tendrá futuro —se decía—, pertenecemos a mundos distintos.» Santiago quería invitarla a pasear alguna tarde, pero le faltaba valor y además no estaría bien que lo hiciera siendo su profesor.

Habían terminado unos ejercicios y se disponían a continuar cuando las campanadas del reloj les alertaron de la hora.

—Me parece imposible que sean las seis —exclamó Ana.

—Es verdad. Me cuesta creer que ya hayan pasado dos horas —corroboró Santiago.

—¿Tiene mucha prisa? ¿Le esperan? —preguntó Ana.

—No. La clase que tenía ahora a las seis y media la han anulado esta mañana.

—Le invito a un café con pastas, ¿o prefiere té?

—Por favor, no se moleste.

—No es ninguna molestia.

—Puede que sea imprudente por mi parte —dijo Santiago.

Ana había reaccionado de una forma espontánea, aunque hacía tiempo que pensaba en invitar a su profesor. Deseaba hablar con él fuera de las clases, conocerle un poco mejor. Notaba que cada día le interesaba más. Ana quería descubrir la realidad de sus sentimientos y había llegado la hora. Se comportaría de una forma directa y desenfadada, como si la persona que estaba con ella no fuera don Santiago.

—No sea tan serio y formal. No hacemos nada malo tomándonos un café —dijo Ana mientras hacía sonar una preciosa campanita de cristal.

—¿Desea algo, señorita?

—Ignacia, por favor, nos prepara —dirigiéndose a Santiago le preguntó—: ¿café o té, profesor?

—Lo que tome usted —respondió Santiago galantemente.

—Café, Ignacia.

—¿Se lo sirvo aquí? —preguntó la doncella.

—Sí —respondió Ana—, haremos un hueco en la mesa auxiliar.

Santiago no sabía muy bien cómo interpretar el gesto de su alumna; tal vez quisiera decirle algo de todo aquel misterio en el que estaba metida.

—Don Santiago —llamó Ana—, venga, siéntese aquí a mi lado.

Sorprendido por aquella repentina familiaridad, miró a Ana. La joven había tomado asiento en un hermoso sofá azul de tres plazas situado al lado de la mesita de cristal en la que se encontraba la figura de payaso que él había salvado de una caída destructora y que ahora ella acariciaba de forma inconsciente. Sin saber muy bien qué decir, Santiago pensó que la figura del payaso le podría servir como tema recurrente en aquellos, para él, tensos momentos.

—Le tiene un cariño especial, ¿verdad?

—Prométame que no se va a reír de mí. Lo cierto —dijo Ana— es que tengo la sensación de que me necesita.

—¿El payaso la necesita? —repitió él con cierta guasa.

Ana le contó la historia de por qué *Bepo,* el triste payaso, se encontraba con ella en Madrid.

—¿Siempre es usted tan receptiva a las necesidades de los demás? —preguntó Santiago.

—Sí —afirmó rotunda—, aunque debo hacer una matización: cuando se trata de objetos inanimados, mi respuesta es inmediata, no tengo dudas.

—¿Quiere eso decir que es más receptiva a las necesidades de las cosas que a las de las personas? —interrogó él sorprendido.

—No exactamente. Lo que sucede es que a veces dudo de las necesidades de las personas y como las de las cosas me las he imaginado yo, no tengo por qué dudar —dijo ella riendo.

—Escuchándola, Ana, es inevitable pensar en la suerte que tienen algunas de esas figuritas.

Nunca había pronunciado su nombre sin utilizar delante el «señorita» y Ana se sintió bien. Santiago no podía creer la conversación que estaban manteniendo. Era impropio de él, pero se sentía tan feliz al lado de ella... Le parecía imposible que le estuviera sucediendo.

—¿Un poquito de leche? —le preguntó Ana.

—Sí, por favor.

—¿Azúcar?

—No, gracias.

—Mi padre también lo tomaba así —dijo ella.

—Su padre era una persona extraordinaria.

—Sí que lo era. Pero ¿usted le conocía?

—No, muy poco. Solo nos vimos tres o cuatro veces y siempre para hablar de usted. Estaba muy pendiente de sus estudios y deseaba que fuera la mejor con el violín. Si la viera ahora, se sentiría muy orgulloso. Sí, muy orgulloso. Lo mismo que yo de ser su profesor.

—Por favor, don Santiago —exclamó ella tímidamente.

—Es verdad. Está en el camino correcto para convertirse en una gran violinista —sentenció Santiago.

Ana se sentía turbada, más que por los halagadores comentarios de Santiago, por la emoción que percibió al rozar su mano cuando le servía la leche. Había sido como una corriente que la recorrió de arriba abajo. Y lo cierto era que deseaba volver a experimentarla.

—Don Santiago, ¿no cree que sería interesante que nosotros, que amamos la música, intentáramos, como juego, buscar la melodía adecuada para reflejar nuestros sentimientos?

—Claro que podría ser, aunque considero más interesante ponerle música al recuerdo. Es decir, para mí la música tiene el poder de llenar un vacío, de recrear un sueño, de rememorar una añoranza. La música expresa aquello que sin ella permanecería siempre en silencio.

—¿Cómo recordaría este momento, profesor?

—Prometo decírselo algún día.

Santiago se había quitado las gafas, que limpiaba cuidadosamente y de forma mecánica. Ana sabía que los ojos de su profesor eran verdes, pero nunca los había visto sin la barrera protectora del cristal. «Qué pena que tenga que ocultarlos tras las gafas», pensó. Un deseo irrefrenable de que Santiago la mirara directamente la llevó a retomar la palabra.

—Don Santiago, ¿necesita las gafas todo el tiempo?

Él siguió limpiándolas y levantó los ojos para responderle, momento que aprovechó Ana para escudriñarlos a fondo. Nunca nadie le había mirado de aquella forma y Santiago Ruiz Sepúlveda, diez años mayor que su alumna, no pudo resistir aquella mirada sin riesgo de delatarse, de modo que disimuló colocándose las lentes.

—Las llevo desde joven y casi podría prescindir de ellas, pero me he acostumbrado.

—Pues es una pena —se atrevió a decir ella.

Santiago prefirió tomarlo a broma y en tono de guasa, le respondió:

—Es lo mismo que me dice mi hermana. No pierde oportunidad para tratar de convencerme de que no lleve gafas.

—Si no hace caso a su hermana, será porque a su novia le gusta con ellas —dijo Ana con la única intención de descubrir la vida sentimental de su profesor.

Santiago iba a responderle que no tenía novia, pero pensó que ya que ella se mostraba tan interesada, lo mejor sería mantenerla así.

—No, es una decisión personal. Cualquier día me las quito —dijo riendo.

—Usted, que es tan bueno con el violín, ¿no ha pensado en probar suerte en Europa?

—Hace unos años sí, pero lo he descartado definitivamente.

—¿Por qué?

—La situación de mi familia no hace aconsejable que me aleje de Madrid. Verá, tengo una hermana que es disminuida. Hace años que mi padre murió y es mi madre quien se ocupa de ella, ya que no tengo más hermanos. De momento se arreglan perfectamente y no me necesitan, pero sé que es muy importante para las dos sentirme cerca.

Ana jamás hubiese imaginado aquella respuesta tan íntima y hermosa.

—Qué orgullosa debe de sentirse su madre al tener un hijo como usted —dijo con admiración.

—Lo único que hago es responder al cariño y a la entrega que ella nos ha dedicado siempre.

A punto estuvo de preguntarle qué minusvalía padecía su hermana, pero prefirió no incidir en el tema. Un ligero golpe en la puerta les hizo volverse y antes de que ella pudiera decir nada, Santiago observó cómo un agraciado joven irrumpía en el salón, sin esperar a que le autorizaran. «Tal vez sea un familiar», pensó, aunque algo en su comportamiento le decía que no. Pronto Enrique eliminó sus dudas.

—Perdón, Ana, seguro que has olvidado que habíamos quedado para ir a casa de mi hermana. Usted es Santiago Ruiz Sepúlveda, ¿verdad? Yo soy Enrique Solórzano, el novio de Ana. Hace tiempo que deseaba conocerle. Todos hablan de su arte con el violín —dijo mientras tendía su mano para saludarle.

Santiago no terminaba de creer lo que acababa de oír; Ana tenía novio. Sin embargo, juraría que unos minutos antes había coqueteado con él. La miró fijamente mientras se levantaba y vio la contrariedad pintada en su cara. Ana hubiese fulminado a Enrique con la mirada. No sabía cómo reaccionar.

—Por favor, don Santiago, no se vaya. Tenemos que seguir hablando. —Y dirigiéndose a Enrique—: No me esperes porque no voy a ir a casa de tu hermana. Mañana, si quieres, hablamos. Ya ves que ahora estoy ocupada.

—Perdona, Ana —contestó Enrique—, pero habíamos quedado y tú terminas la clase a las seis.

—Te he dicho que no me esperes.

Santiago recogió sus cosas. Era una situación muy violenta. No debía seguir allí, ¿le estaba utilizando Ana para darle celos a su novio?

—Me voy, señorita Sandoval. El viernes nos vemos a la misma hora. Encantado, señor Solórzano —dijo Santiago al despedirse de Enrique.

Ana guardó silencio mientras su profesor abandonaba la habitación, pero una vez que hubo cerrado la puerta, se dirigió a Enrique.

—Estarás satisfecho. Has conseguido arruinarme la tarde. Hoy no tengo humor, pero tenemos que hablar. Creo que nuestra relación no tiene ningún sentido y es absurdo que intentemos seguir juntos. Lo he pensado mucho, Enrique, no soy la mujer que tú necesitas, así que desde este mismo momento eres libre. Mañana, si quieres, hablamos —dijo Ana mientras se encaminaba hacia la puerta.

Enrique miraba a Ana intentando adivinar qué le pasaba. «Seguro que ha tenido algún contratiempo —se dijo—, y no siente nada de lo que está diciendo, no puede hablar en serio.»

—Ana, tranquilízate —le pidió—. Esta crisis se te pasará enseguida.

—No tengo ninguna crisis. Lo siento de verdad, Enrique, pero se acabó.

—No sé por qué me imagino que tu tía Elvira y ese artista que no se separa de su lado tienen algo que ver en esto.

A Ana no le gustó el tono empleado por Enrique y mucho menos que se refiriera a Juan como «el artista» dándole un sentido peyorativo.

—¿Qué tienes tú en contra de Juan Blasco? ¿No te agradan sus cuadros?

—No. Además, no me refiero a eso.

—¿A qué, entonces?

—Pregúntaselo a tu tía. Que ella te explique por qué Juan no me gusta.

Ana no quería seguir hablando, pero le volvió a recordar a Enrique que entre ellos todo había terminado.

—No sabes lo que dices —dijo él casi gritando—. ¿Se lo has comentado a tu madre?

—Deja a mi madre. Ella nada tiene que decir en esta historia que solo nos atañe a nosotros.

—Está bien, mañana hablaremos. Espero que te encuentres mejor. Adiós, mi amor —dijo Enrique al abandonar el salón.

Ana ni siquiera se molestó en contestarle. Nunca le había parecido tan fatuo y engreído. Estaba decidida a romper porque había descubierto que nunca se podría enamorar de él y no deseaba permanecer a su lado toda la vida, y además la exasperaba la total confianza que demostraba en ella, no porque la considerase fiel, sino por la imposibilidad de que a él le pudieran hacer tal cosa.

Al quedarse sola, se sintió liberada. El primer paso ya estaba dado. A su madre no le quedaba más remedio que aceptar aquella ruptura por mucho que le doliera. Ana estaba dispuesta a luchar por lo que quería; nadie podía obligarla a hacer nada en contra de su voluntad.

Santiago caminaba despacio, intentando disfrutar de los últimos rayos de sol que aún calentaban la acera derecha de la calle Almagro. En un gesto espontáneo, se quitó las lentes. «A ella le gusto más sin gafas y debo acostumbrarme», se dijo mientras una amplia sonrisa iluminaba su rostro. Se estaba comportando como un colegial y eso, en vez de hacerle reaccionar en contra, le animaba. El escalofrío que recorrió su cuerpo al comprobar que Ana tenía novio fue desapareciendo ante la mirada de ella que intentaba decirle que no, que deseaba seguir a su lado.

Santiago Ruiz Sepúlveda nunca había estado enamorado y no tenía ninguna experiencia con las mujeres, de ahí que pensara en ir a tomar una copa al Café de Levante con Gálvez para contarle lo sucedido en casa de Ana. Aquella noche, después de varias ginebras, sorprendería al auditorio del café con la interpretación del *Capricho 15* de Paganini. Era la música que mejor reflejaba su sentimiento, el vacío que experimentaba en aquellos instantes lejos de su amada.

VII

Después de la discusión con su madre, Ana no se había atrevido a pedirle el coche para ir a El Escorial. Acababa de llegar a casa de su tía Elvira, que como siempre se ofreció a acompañarla. «Si no fuera por ella —se dijo Ana—, sería incapaz de resolver con tanta prontitud muchos de los asuntos pendientes.»

En la Escuela de Música le habían facilitado el nombre del bibliotecario: Bruno Ruscello, que efectivamente dejó de acudir al trabajo en enero de 1871. No existía ninguna nota del porqué de su marcha, aunque algunos apuntaban que había muerto en un accidente de caza. Según le aseguraron vivía en la calle Almagro, pero tenía que ser un error porque el número que le dieron correspondía al de su propia casa. No quiso preguntarle nada a su madre, pero sí a su tía.

—Juraría que tu padre la compró en la primavera del año 71. Sí, seguro —dijo convencida Elvira—, fue un año después de casarse. Al principio tus padres siguieron viviendo con nosotros en paseo de Recoletos, ya que a mamá le costaba muchísimo que su hijo preferido se fuera, disponiendo de una casa tan grande como la nuestra. Pero después de unos meses, Pablo convenció a mamá y tu abuela terminó aceptando los deseos de independencia del matrimonio.

—O sea, que es posible que el tal Ruscello viviera en ella —dijo Ana.

—Claro, pero sería de alquiler porque sé que tu padre se la compró a la viuda de Argüelles.

—Le podríamos preguntar.

—A ella no, por desgracia, murió hace unos años. Yo conozco mucho a una de sus hijas mayores y puede que se acuerde.

Por suerte para Ana y su tía, la hija de Argüelles se acordaba muy bien del inquilino que habían tenido en la calle de Almagro.

—Era un hombre muy guapo e interesante. De mediana edad. Un tanto extraño, no solía mezclarse con la gente, llevaba una vida muy solitaria —les aseguró a la vez que matizaba—, lo sé porque reconozco que despertó mi interés. Pero un buen día desapareció y nunca volvimos a saber de él. Se comentó que había muerto.

—¿Nadie preguntó por él, no dieron parte a la policía? —preguntó Ana—. ¿Qué hicieron con sus pertenencias?

—Curiosamente, no había nada en la casa que no fuera nuestro. Era como si ya supiese que se iba a ir. Mi madre no quiso hacer nada. Ella nunca creyó que hubiera tenido un accidente, sino que quiso dejar la casa y que nadie pudiera localizarle. Pero ¿por qué le buscan? —quiso saber la hija de Argüelles.

—Es por una carta que tal vez nunca recibió. —Ana se sorprendió de la mentira que le salió espontánea... «Pero que lo más probable es que sea la verdad», pensó.

—Pues no puedo ayudarlas y bien que lo siento. Aunque tengo un vago recuerdo de que el señor Ruscello abandonaba muchas veces la ciudad. Sí, ya sé, creo que tenía una casa cerca de El Escorial. Sí, sí, allí es donde se pasaba la mayor parte del tiempo cuando no trabajaba.

—¿Sabe cómo se llamaba la casa o algo que nos permita identificarla? —preguntó Ana.

La señorita Argüelles, que tanto las había ayudado, estaba intentando rescatar de su memoria algún dato. Al cabo de unos minutos, les dijo muy satisfecha:

—Sí, recuerdo que muchas veces oí comentar que la casa que había comprado era inconfundible porque tenía un patio interior muy bonito con un árbol, un tilo espectacular. La zona me parece que era conocida como los Gamonales.

—No esperamos ni un minuto más —dijo Elvira entrando en la habitación donde se encontraba Ana—, nos vamos solas con el cochero. Blas, el ayudante del cochero, no llega y no tiene por qué pasarnos nada. Además, tampoco vamos a realizar un viaje muy largo.

—Como quieras, tía Elvira, pero también podemos dejarlo para mañana.

—No, prefiero que vayamos hoy. Hace un día maravilloso y no sé cómo estará mañana. Siempre es más agradable viajar con buen tiempo.

Mientras las dos mujeres se acomodaban en el coche, María, la criada de Elvira, le entregaba al cochero una gran cesta con viandas por si no encontraban ningún lugar que fuera de su agrado para almorzar; así podrían tomar algo en el campo.

—Fíjate —le dijo Elvira a Ana—, María tiene miedo de que pasemos hambre. Seguro que ha puesto comida para un regimiento.

—Qué buena eres conmigo, tía.

—¿A qué viene eso ahora? Déjate de bobadas.

—Es verdad, te lo digo con el corazón. ¿Por qué te preocupas tanto por mí? —insistió la joven.

—Podría decirte que lo hago por amor a tu padre, porque no quiero que a su hija le pase nada malo y trato de cuidar de ella, como lo haría él. Pero no es toda la verdad —dijo suspirando Elvira.

—¿Y cuál es esa verdad? —quiso saber Ana.

—Que te quiero mucho y te admiro por tu valentía. Sé que van cambiando los tiempos, pero yo, por ejemplo, me conformé con tocar el violonchelo solo para los amigos y en fiestas familiares, como deseaban todos. Sin embargo, tú quieres ser una profesional de la música. Estás dispuesta a luchar para poder desarrollar tu vocación y me parece maravilloso.

—Pero tú eres muy independiente. No te has casado como la mayoría de las mujeres. Viajas sola, te vas de vacaciones con tus amigos...

—Querida Ana, en el fondo soy una cobarde. Lo hago ahora porque no tengo a nadie a quien rendir cuentas y además dispongo de una situación económica que me permite hacer todas esas cosas. Pero hace unos años no era ese mi comportamiento.

—¿Lo lamentas?

—A nadie le agrada asumir su cobardía y en ese sentido me hubiera gustado dedicarme íntegramente al chelo, aunque es posible que entonces no hubiera podido ser feliz al lado de Juan, no disfrutaría de mis seres queridos como lo hago. Quién sabe... Lo que parece seguro es que mi vida sería distinta. Puede que mejor o tal vez peor. ¿Sabes, Ana? Yo no elegí mi vida, me dejé llevar, no quise enfrentarme a nada ni a nadie. Y eso, a veces, cuando repasas tu existencia, duele. Pero no quiero ponerme triste. ¿Has quedado con Juan para que te inmortalice en una de sus obras de arte?

—No, aunque le prometí que un día de la semana que viene pasaría por su estudio.

Ana estaba deseando preguntarle por Juan y contarle el comentario de Enrique sobre él, pero su instinto le decía que no lo hiciera. Ya llegaría el momento en que Elvira le abriera su corazón. Porque Ana creía firmemente que algo no encajaba en aquella relación.

—Cuando vayas a ir me avisas —dijo Elvira para añadir—: Ya le he comentado a Juan que no estaría nada mal que creara una colección de cuadros dedicada íntegramente a mujeres tocando instrumentos musicales.

—Sí que sería interesante —replicó—, pero imagino que no permitirás que el último cuadro que te ha hecho se exhiba en una sala.

—¿Te imaginas el escándalo? —preguntó riendo Elvira—. La otra noche más de uno se quedó pasmado.

—¿Lo ha visto mi madre? —quiso saber Ana.

—De momento no, y si puedo evitarlo, prefiero que no lo haga, pero seguro que le llega algún comentario y no tendré más remedio que enseñárselo. —Iban tan ensimismadas en la conversación que no se dieron cuenta de que el coche casi se había parado—. ¡No le habrá pasado nada a ninguno de los caballos! —exclamó Elvira.

El coche se había detenido por completo y antes de que ninguna de ellas bajara, el cochero les informó:

—Tenemos un ligero contratiempo. Se ha desprendido una parte de la ladera y nos corta el camino. Allí estoy viendo una venta, me acercaré para intentar que alguien nos ayude.

—Está bien, vaya. ¿Dónde estamos ahora, Manuel? —preguntó Elvira.

—Muy cerca de Valdemorillo —respondió el conductor.

—Pues sí que sería una pena que tuviéramos que volvernos —se lamentó Ana.

—No lo haremos, ya verás como se arregla —contestó optimista su tía.

—¿Nos acercamos para ver lo que ha pasado?

—De acuerdo, bajémonos un momento.

Sus botines no eran de tacones muy altos, pero sí dificultaban sus movimientos por aquel camino pedregoso. Solo dieron unos pasos, los suficientes para observar que la cantidad de tierra caída no era muy grande, aunque se habían desprendido dos piedras. Una de ellas, de gran tamaño, era la que dificultaba el paso.

—Va a tener que encontrar al menos a otros dos hombres —comentó Elvira para sí, como de pasada.

—¿Tres? —preguntó un tanto sorprendida Ana.

—Sí, porque mientras dos intentan levantarla, el otro coloca la soga con que sujetarla para que luego uno de los caballos la arrastre.

La temperatura no era muy baja, pero un ligero airecillo aumentaba la sensación de frío.

—Creo que estaremos mejor en el coche —dijo Elvira mientras agarraba a su sobrina del brazo.

—Mira, por allí viene Manuel —exclamó Ana.

—Señoritas, tenemos dos soluciones —dijo el cochero aún jadeante de la carrera—. Una, regresar a Madrid; y la otra, esperar a que lleguen las personas que pueden ayudarnos. Me aseguran que tardarán algo más de una hora.

Elvira consultó el reloj. Eran las doce y media de la mañana.

—¿Ha preguntado si se puede comer en la venta?

—Me han dicho que algo pueden servir: queso, huevos...

—Ya que hemos llegado hasta aquí, creo que nos interesa quedarnos. Es muy pronto para comer, pero si lo hacemos mientras esperamos que lleguen a ayudarnos, perderemos menos tiempo.

—De acuerdo —contestó Ana—. ¿Prefieres que vayamos a la venta o que tomemos lo que nos ha preparado María?

—Seguro que María se ha esmerado, pero en el coche no vamos a comer y en el exterior, aunque hace bueno, corremos el riesgo de enfriarnos —opinó Elvira.

—Tal vez al volver aquel recodo estemos más resguardadas.

—Perdonen —dijo Manuel—, sé que no es de mi incumbencia, pero debo aclararles que si llevan las viandas para tomarlas en la venta, no resultará nada extraño, es algo que se hace con frecuencia. Ustedes no están acostumbradas a moverse en estos ambientes. Lo que sí pueden hacer es comprar una jarra de vino para que la ventera se sienta feliz.

—Buena idea —apuntó Elvira—, eso haremos.

El aspecto de la venta era ruinoso. El jardín o huerto que la circundaba parecía abandonado por completo. Se trataba de una edificación sencilla con un piso que probablemente estaría destinado a la vivienda. La parte de abajo consistía en una gran sala con toscas mesas e idénticos bancos de madera. Lo más destacado por el aspecto que presentaba era un gran mostrador atiborrado de ristras de ajos.

—No se asusten ustedes, pero no tengo tiempo para nada. Hace varios días que pienso colgarlos en la pared y aquí siguen.

La mujer que les hablaba no cumplía los cincuenta y a diferencia de la típica imagen de ventera, gorda y frescachona, aquella era delgadísima y bastante alta.

—Pueden sentarse donde les apetezca. Tienen toda la venta para ustedes. No creo que venga nadie. Hay días en los que ni una sola persona se detiene en este lugar. ¿Les sirvo algo? —preguntó de forma rutinaria.

—Dos jarras de vino, por favor —pidió Elvira—, y nos las acerca a la mesa si es tan amable.

Habían elegido la del fondo y hacia allí se dirigió Manuel con la cesta de la comida. Ana, al ir a sentarse, descubrió debajo una sucia muñeca de trapo que tomó en sus manos. El gesto no le pasó desapercibido a la ventera, que inmediatamente comentó:

—Es de mi nieta. Seguro que está a punto de llegar porque ha ido con su madre a buscar la leche. Ya verán —dijo orgullosa—, es la niña más bonita del mundo.

—¿Y viven aquí con usted? —preguntó Ana.

—Sí. Mi yerno trabaja en Valdemorillo, pero el dinero no da para mucho, así que conmigo están mejor. Ya veo que han traído comida. Han hecho bien, yo poco podía ofrecerles.

Ana miró a Elvira y se dio cuenta de que a su tía le sucedía lo mismo que a ella: les avergonzaba que aquella mujer que posiblemente pasaba grandes necesidades contemplara lo que María les había preparado: jamón, tortillas, fritos de pescado, queso, dulces y algo de fruta. Elvira se levantó, se acercó a Manuel y le mandó que se sirviera algo de comida. Luego se dirigió hacia el mostrador y le dijo a la ventera:

—Teníamos previsto comer con unos amigos, pero el desplome de esas piedras en el camino nos obliga a detenernos y no podemos llegar a una hora prudente. Estoy pensando que tal vez las podríamos invitar a ustedes a que comieran con nosotras.

—Qué generosas son. Pero yo ya estoy comida —aseguró tocándose el estómago— y a la niña seguro le han *dao* algo en la casería donde nos venden la leche. Mi hija Carmen es la única que las puede acompañar, aunque mi consejo es que vayan comiendo ustedes porque no sabemos a qué hora llegará y seguro que le da vergüenza. Ella, como yo, no está acostumbrada a esos refinamientos —afirmó muy seria mientras miraba fijamente a los cubiertos que habían colocado sobre la mesa y que destacaban aún desde la distancia—. Coman tranquilas y si les sobra algo, se lo dejan.

Ana imaginaba qué le estaba diciendo Elvira a la ventera, pero, aunque el local estaba vacío, no podía enterarse de la conversación, ya que su tía empleaba un tono muy bajo, y lo mismo hacía su interlocutora. Cuando regresó a la mesa y se lo contó, se quedó muy pensativa.

—Tía Elvira, ¿qué harías si tuvieras que vivir en este lugar y en las mismas condiciones que esta mujer? ¿Podrías resistirlo?

—Sin duda. Y tú también.

—¿Estás segura?

—Sí.

—¿Cómo te acostumbrarías a renunciar a las comodidades de las que gozas ahora?

—Me costaría muchísimo. Pero te aseguro que gracias a esa vida que tuve el placer de disfrutar, afrontaría mejor la calamidad.

—No lo entiendo muy bien. Yo creo que me sucedería al contrario —opinó Ana.

—A nosotras, Ana, nos han educado, nos han dado una formación. Sabemos leer, escribir, incluso interpretamos música. La cultura siempre es un arma de poder. La vida aquí sería mucho menos tediosa para nosotras que para ellas —concluyó Elvira.

—Puede que tengas razón, aunque no me convences del todo. Estas mujeres no echan de menos la cultura porque desconocen sus efectos. Resulta indudable que es un arma de poder, pero no garantía de felicidad. Yo creo que se acerca más a la felicidad el poner en práctica el esfuerzo personal para hacer las cosas bien y mejorar tu entorno —afirmó convencida—. Imagínate que la ventera o su hija se hubiesen preocupado de cuidar el jardín. ¿No crees que por las mañanas, al abrir las puertas y encontrarse con unas preciosas rosas, cambiaría su panorama?

—Es muy bonito lo que dices, pero es posible que no les gusten las flores —dijo sarcástica Elvira.

—Pues tomates si los prefieren. Lo interesante es superarse cada día.

—¿De verdad crees que alguien puede pensar en superarse en medio de esta soledad?

—No lo sé. Es probable que algunos enloquecieran y otros creciesen mucho interiormente.

—Perdonen, ¿quieren que les sirva más vino? —les preguntó la ventera, que se había acercado al ver la jarra vacía.

—No, muchas gracias —contestó Elvira a la vez que miraba el reloj—. No puedo creer que haya pasado ya una hora. Manuel, ¿cuánto nos dijo que tardarían?

—Algo más de una hora. Pienso que llegarán pronto —contestó el cochero, que se había acercado a la puerta para mirar.

—No se hagan demasiadas ilusiones —dijo la ventera—. El chico que fue a buscarlos no sabe demasiado de puntualidad. ¿Van muy lejos? —les preguntó.

Elvira se dio cuenta de que le había contado que iban a comer con unos amigos, así que tenía que improvisar.

—La verdad es que no lo sé —dijo Elvira pensativa— porque después de comer con esos amigos de los que antes le hablé, intentaríamos localizar una casa que según nos han dicho está en una zona que llaman los Gamonales.

—Vengan —pidió la ventera a la vez que abría una puerta a la que debía de ser la cocina—, les voy a enseñar algo.

Al contrario que el resto de la venta, la cocina mostraba un aspecto excelente, limpia y cuidada aun en su sencillez. «Seguro que este lugar es el preferido de la ventera», pensó Elvira. Con un espacio no muy grande, la cocina sí disponía de una amplísima ventana hacia la que se encaminó la mujer, con tía y sobrina tras sus talones.

—Miren, al fondo, ahí empieza la zona de los Gamonales. Qué casualidad —exclamó—, por allí vienen mi hija y mi nieta.

El paisaje reunía cierto encanto. En la parte de atrás de la casa existía una pequeña llanura con unos cuantos árboles que embellecían el lugar y que no impedían ver más allá, donde la pradera acogía diferentes arbustos entre los que destacaban unos vistosos tallos, con grandes flores blancas; gamones, conocidos popularmente como varas de san José. La mujer y la pequeña caminaban entre ellos y la estampa que ofrecían era ideal para figurar en algún almanaque que intentara resaltar la belleza silvestre y las ventajas de vivir al aire libre.

—¿Les gusta el paisaje? —preguntó la ventera.

—Sí, mucho —contestó Elvira, que añadió—: Ahora entiendo por qué denominan el lugar los Gamonales. ¿Es muy extenso? ¿Sabe si hay muchas casas en la zona?

—Es muy grande porque aquí esas plantas se dan muy bien y crecen sin ningún tipo de cuidado. ¿Casas? No sabría decirles, aunque seguro que mi hija les informa. A ella le gusta mucho salir al campo y conoce muy bien los alrededores. Pero no creo que haya más de tres o cuatro casas.

Ana permanecía totalmente silenciosa. Tenía una impresión extraña, le parecía percibir las sensaciones de la hija de la ventera, que caminaba entre los tallos de los gamones. Era como si ella hubiera repetido esa acción muchas veces y conociese a la perfección la textura, los olores que el contacto con aquellas plantas despertaban en ella. Pero era la primera vez que visitaba aquel lugar.

—¡Abuela, abuela, ya estamos aquí!

Una preciosa niña rubia entró corriendo en la cocina, pero al descubrir a las dos mujeres que estaban con su abuela, dio la vuelta asustada para cobijarse en las faldas de su madre, que entraba tras ella.

—Buenos días —dijo Carmen, la hija de la ventera.

—Acércate, hija, estas dos señoritas vienen de Madrid y están buscando una casa. —De repente se interrumpió para decirles—: ¿Para qué quieren la casa?, ¿para comprarla? Buscan una en concreto, ¿verdad? ¿Qué es lo que saben de ella para identificarla? Carmen las puede ayudar. Ya les he dicho, hija, que tú conoces muy bien toda la zona.

—Sí —respondió ella con timidez—, ustedes me dirán.

Tanto Ana como Elvira miraban a la hija de la ventera sorprendidas no por su belleza —era realmente hermosa—, sino por la forma en que se movía. Tenía un estilo innato que sorprendía en aquel ambiente. Vestida de la manera correcta, podría pasar por una señorita refinada... mientras se mantuviera en silencio, porque al hablar Carmen se expresaba como cualquier persona que no ha recibido ningún tipo de educación.

—Hemos visto desde la ventana cómo disfrutabas con los gamones —dijo Ana.

—Le gustan tanto —dijo la ventera— que aunque no sabe pintar, los ha dibujado en varios papeles porque así dice que los recuerda mejor.

—Me encantaría ver tus dibujos.

—Están muy mal. Me da vergüenza enseñarlos —dijo Carmen, que les preguntó—: ¿Qué casa es la que buscan?

—Solo sabemos que tiene un patio con un gran árbol —explicó Ana.

—Es la casa del tilo —apuntó risueña Carmen, y dirigiéndose a su madre le comentó—: Sabe la que digo, ¿verdad, madre? Esa en la que usted trabajó antes de nacer yo.

—Pero esa casa no está en venta —dijo la ventera sin poder disimular cierta contrariedad.

—No, si nosotras no queremos comprarla, solo tratamos de enterarnos del paradero de la persona que según nos informaron es su dueña.

—Pertenece a los Muñoz de Sorribas —afirmó secamente la ventera.

—¿Esa familia ya era la propietaria cuando usted trabajaba en esa casa? —quiso saber Ana.

—No.

—¿Quiénes eran los dueños entonces? ¿Y cuántos años hace que usted sirvió allí? —preguntó ansiosa la joven.

—Me estuve ocupando de la limpieza dos o tres años. Creo que fue entre el 66 y el 69. No recuerdo con seguridad, pero sí sé que estaba trabajando en la casa cuando me casé en el año 68 y seguí durante un tiempo —afirmó la ventera.

—¿Y los propietarios? —insistió Ana.

—No tengo ni idea. Había una mujer que era la encargada, pero yo nunca vi a los señores de la casa. Viajaban mucho. A mí me llamaban para ayudar en la limpieza uno o dos días a la semana, cuando ellos no estaban.

—La persona a la que nosotros buscamos es un hombre, Bruno Ruscello —dijo Ana—, y según nos han asegurado, él era el propietario de una casa que por lo que nos dicen tiene que ser esa.

A Ana no le pasó desapercibida la luz que iluminó, solo unos segundos, los cansados ojos de la ventera y tuvo la percepción de que no estaba contando toda la verdad. Por ello insistió:

—Bruno Ruscello, ¿le suena ese nombre? Es probable que usted haya trabajado para él —dijo.

—Ya le dije que yo a la única persona a quien veía y conocía era a la encargada.

—¿Siguió ella en la casa cuando la vendieron?

—Murió al poco tiempo. Pero todas esas cuestiones se las aclararán los Muñoz de Sorribas. Por cierto, Carmen —dijo llamando a su hija—, ¿sabes si estos días en la casa del tilo está alguno de los propietarios?

—Sí. Esta mañana he visto en Valdemorillo a una de las hijas. Y comentaron que su madre se quedaría aquí durante un tiempo —aclaró Carmen.

—¿Les hemos ayudado en algo? —quiso saber la ventera.

—Por supuesto. Muchísimas gracias —respondió Ana, que en ese momento se dio cuenta de que Elvira no había participado en la conversación y no se encontraba con ellas. La vio en la mesa donde habían comido, con la niña sentada en su regazo, mientras le contaba alguna historia con la muñeca de trapo en sus manos, a la que hacía moverse como si fuera una marioneta.

—Se nota que su amiga tiene hijos, hay que ver cómo sabe tratar a los niños —comentó la ventera.

Ana no dijo nada y caminó hacia donde se encontraba su tía. En aquel momento Manuel, el cochero, les avisó de que ya habían llegado los hombres y que en media hora estarían listos para irse.

Eran casi las tres de la tarde cuando reanudaron el viaje. Según las explicaciones de la ventera tardarían poco más de un cuarto de hora en llegar a la casa del tilo.

—Tía Elvira, ¿vas a cumplir lo prometido?

—Sí. En cuanto Juan disponga de un día libre, venimos a verlas. ¿No te ha parecido impresionante que sin haber ido nunca a la escuela pueda dibujar como lo hace? —preguntó Elvira.

—Sí. Esa muchacha es especial en muchos sentidos —aseguró Ana.

—¿Y qué me dices de la pequeña? Me he ofrecido para ocuparme de su formación y estudios en Madrid. Le he dicho a Carmen que si no quiere separarse de ella, yo le podría buscar una ocupación en casa. María estaría encantada de recibir ayuda.

—¿Qué te ha dicho? —le preguntó Ana.

—Me aseguró que lo hablaría con su marido y que estaba dispuesta a sacrificarse por la niña permitiendo que yo me hiciera cargo de ella en Madrid.

—Tía Elvira, no sabía que te gustaran tanto los niños. Tenías que haberte casado y estar ahora rodeada de hijos —apuntó Ana sonriendo.

La expresión de Elvira se volvió tan melancólicamente triste que Ana se arrepintió del comentario, pero antes de que pudiera decir nada, para que se olvidara de él, Elvira le respondió:

—El matrimonio no asegura los hijos porque puede ser estéril alguno de los cónyuges. Pero en verdad es la forma natural y legal de formar una familia. Quiero que sepas, Ana, que sí deseé casarme, aunque la persona de quien yo estaba enamorada prefería no hacerlo. También es verdad que no ansiaba el matrimonio pensando en los hijos, sino en compartir mi vida con esa persona a quien quería. Y me hubiese casado aun con la certeza de no tener hijos.

Ana se sentía avergonzada de haber provocado aquella reacción en su tía, que a duras penas podía contener las lágrimas. Prefería que no le contara nada. No sabía cómo reaccionar. Lo normal sería preguntarle quién era la persona de quien estaba enamorada, pero no podía ser otra que Juan, pensó Ana, así que decidió guardar silencio. Elvira estaba a punto de derrumbarse. Sin quererlo, su sobrina había hurgado en la herida: nadie conocía la realidad de su vida. Solo su confesor, que, pese a lo que podría pensarse, la había apoyado cuando decidió tomar aquel camino. Aun siendo una postura asumida libremente y desde hacía unos cuantos años, a veces sentía la necesidad de desahogarse. Y en esta ocasión era su sobrina Ana, veinte años más joven, quien despertaba en ella ese deseo de sincerarse. Elvira era consciente de que hablar del tema le haría bien, pero temía el efecto que podría causarle a ella.

—Señoritas, creo que ya hemos llegado —les dijo Manuel.

—¿Podemos abrir nosotros la portilla y pasar o es necesario esperar? —quiso saber Elvira, que miraba por la ventanilla del coche.

—No hay nada que nos impida el paso. La portilla está abierta —afirmó el cochero después de haberlo comprobado.

—Creo que deberíamos tocar la campana para avisar —comentó Ana.

—¿Dónde está? No la veo —quiso saber Elvira.

—Allí —señaló Ana—, debajo de las ramas de aquel árbol.

La finca estaba rodeada de un pequeño muro con una portilla en la que habían colocado un cartel donde se anunciaba que era propiedad privada. En una especie de gran estaca, mástil o similar aparecía sujeta una campana, no muy visible en aquellos momentos por la frondosidad del árbol vecino.

—Si han colocado una campana, será para que la toquemos —opinó Elvira, y añadió—: Dele fuerte, Manuel.

El badajo golpeó con fuerza la campana, que de inmediato dio cuenta de sí.

—Tía Elvira, ¿crees que será esta la casa que perteneció a Ruscello?

—Seguro, ya verás. No te pongas nerviosa —le recomendó.

—Si es la que buscamos, estos señores tuvieron que comprársela a comienzos de 1871, que es cuando dejó de trabajar en la Escuela de Música —dijo Ana convencida.

—No precisamente. Una casa no se vende de hoy para mañana. Es probable que haya tardado más tiempo.

—Entonces perfecto, porque así podremos obtener algunos datos de su vida después de abandonar su trabajo —exclamó la joven muy contenta.

Llevaban varios metros recorridos y desde el camino general no se divisaba ninguna casa, claro que el terreno era pedregoso y con pequeñas elevaciones que impedían verlo en su totalidad. En él crecían toda clase de arbustos y plantas silvestres, preferentemente gamones. Además, era un trayecto muy zigzagueante y a la vuelta de una curva podían encontrarse con la vivienda que buscaban, como sucedió.

Se trataba de una casa grande de planta baja, rectangular y su edificación recordaba la de los cortijos andaluces. Estaba situada en una pequeñísima elevación, solo la separaban del camino cinco escalones.

Un criado les esperaba unos metros antes de la entrada y, muy solícito, acudió a abrir la puerta al tiempo que extendía su brazo para que se apoyaran en él.

—Muchas gracias —dijo Elvira antes de preguntar—: ¿Están los señores en casa?

—El señor no, pero sí se encuentran la señora y algunos de sus hijos. ¿A quién debo anunciar?

—A las señoritas Sandoval.

—Ahora mismo, pero pasen, por favor —les pidió mientras les franqueaba la puerta.

El entorno de la casa estaba muy cuidado. Y pegados a los muros del edificio y trepando por ellos se entremezclaban unos cuantos rosales. «Cuando estén en plenitud —pensó Ana—, ofrecerán una imagen maravillosa.»

—¿Te imaginas la fragancia que respirarán al abrir las ventanas cuando estén en flor?

—Sí. Tiene que ser una delicia —contestó Elvira.

—Veo que les gustan mis rosales —manifestó la señora que sonriente se acercaba a ellas, para añadir—: Soy Teresa Muñoz de Sorribas. Por favor, no se queden en la puerta, pasen.

Era una mujer menuda, ni guapa ni fea, pero con un encanto especial que emanaba de su forma de expresarse. Su voz suave y melodiosa contribuía a ello, aunque sobre todo era su entonación la que cautivaba. Elvira tenía la sensación de que no era la primera vez que la veía.

Ana le explicó el motivo de su visita y el interés que tenían en localizar al antiguo propietario. Teresa, muy amable, les sugirió que se sentasen en el salón.

—Sentadas charlaremos mucho mejor. ¿Qué les puedo ofrecer?, ¿prefieren té, café o tal vez una limonada? —preguntó.

—No se moleste —dijeron al unísono tía y sobrina.

—Insistiré. Así que más les vale decidirse. Les recomiendo la limonada, es especialmente buena.

La limonada era buenísima y Teresa Muñoz, una persona realmente amable. Ana recordó que su padre siempre le decía que las personas bien educadas conseguían convertir en sencillo todo lo complicado, que sabían suavizar las situaciones.

—Cuando mis padres compraron esta casa, no entendí muy bien su interés. Me parecía espantoso aislarse en el campo, aunque solo fuese por unos días. Sin embargo, ahora me quedo sola aquí y de buena gana no me movería de este lugar al que adoro —dijo Teresa mirando en derredor.

—No está muy lejos de Madrid y eso siempre facilita los desplazamientos —apuntó Elvira.

—No, ya lo sé, lo que sucede es que nosotros vivimos en Sevilla. He nacido en Madrid y toda mi familia materna y paterna es madrileña, pero me casé con un sevillano y hace más de veinte años que resido en la capital andaluza. A la muerte de mis padres —siguió contando Teresa—, mis hermanos quisieron vender esta casa; yo me negué e hice todo tipo de concesiones en la herencia para poder quedarme con ella. Claro que a mi marido también le gusta este lugar. La verdad es que fue él quien decidió toda la remodelación a la que la sometimos.

Tanto Elvira como Ana entendían ahora el porqué de las reminiscencias andaluzas.

—¿Llegó usted a conocer al antiguo propietario? —preguntó la joven.

—No. Y mis padres tampoco.

—Me imagino que se verían cuando firmaron la escritura —tanteó Elvira.

—Pues la verdad es que no estoy segura, aunque creo recordar que la firmaron por separado. Algún viaje no les permitió coincidir o algo así... No sé qué pasó exactamente.

—Pero se la compraron a Bruno Ruscello, ¿verdad?

—Sí, sí, por supuesto. Tengo muy reciente su nombre porque he visto la escritura hace unos días. Siento no poder darles datos útiles al respecto, pero lo cierto es que yo nunca supe nada de él. Mis padres jamás nos hablaron de cómo habían descubierto la casa... o tal vez sí y yo no presté atención.

—¿Recuerda en qué año la compraron? —inquirió Ana.

—Sí. Fue en agosto de 1869 —afirmó segura Teresa.

Ana y Elvira se miraron un tanto desconcertadas. Se habían hecho a la idea de que la casa se habría vendido después de la desaparición de Ruscello, lo que les habría permitido concluir que no había muerto en el supuesto accidente del que muchos hablaban. Pero algo no encajaba en sus soñadas conjeturas. Ruscello había vendido la casa año y medio antes de desaparecer, con lo cual probablemente ya pensaba en irse.

Por primera vez en toda aquella historia, Ana llegó al convencimiento de que estaban perdiendo el tiempo. No tenía ninguna seguridad y además el abanico de posibilidades no dejaba de ampliarse con nuevos supuestos, complicándolo todo.

Elvira observó el desánimo pintado en la cara de su sobrina y trató de seguir mostrando interés al plantear nuevos interrogantes.

—Es posible que Bruno Ruscello vendiera la casa en agosto de 1869 —dijo— y siguiera viviendo durante un tiempo en ella tras acordarlo con su madre.

—Claro que pudo haber sucedido así, aunque no podría confirmárselo —respondió Teresa—. Mis padres empezaron a venir aquí en 1872, pero se pasaron bastante tiempo reformándola.

Ana recordó lo que les había dicho la hija de la viuda de Argüelles: el bibliotecario no había dejado nada de sus pertenencias. Era como si hubiese decidido su marcha, algo que no encajaba con un supuesto accidente, a no ser que este se produjera justo cuando se iba de Madrid. Pero en tal caso, ¿cuál era el objetivo de que ella descubriese aquel texto de la partitura? ¿Qué debía hacer? Desanimada, decidió no preguntar si el antiguo propietario había dejado alguna de sus pertenencias en la casa. Deseaba saberlo, pero estaba dispuesta a olvidarse de todo.

Se encontraban en un salón pequeñito, muy coqueto y romántico, pintado de rosa, con una mesa camilla vestida a juego con el tapizado de las sillas y unas mesitas auxiliares con figuritas.

—Este es uno de mis rincones preferidos. Lo he decorado para mí... Solo he conservado ese cuadro, que siempre me ha llamado la atención. Es tan hermosa la postura de la cabeza... —dijo Teresa.

El cuadro era más bien un esbozo, un dibujo a lápiz de una mujer de espaldas. Ana se volvió —estaba sentada justo debajo de él— y al mirarlo sintió una especie de escalofrío: aquella cabeza le recordaba la de la mujer que veía en sueños.

—Sí que es bonito —dijo dominando la emoción para preguntar—: Dice que lo ha conservado. ¿A quién pertenecía?

—En teoría al señor Ruscello. Estaba en la casa cuando mis padres la compraron, aunque tal vez no fuese suyo; siempre me sorprendió que hubiese dejado este y otros muchos cuadros interesantes aquí. Me resulta difícil aceptar que alguien pueda desprenderse de cuadros que uno mismo ha elegido, así que quizá no fueran suyos, sino de dueños anteriores.

—Este cuadro no está firmado, ¿verdad? —preguntó Elvira mientras se levantaba para verlo de cerca.

—Sí, sí lo esta. Giovanni: la misma firma en unos cuantos. No sé por qué tengo la impresión de que el pintor o pintora, quién sabe, era alguien cercano a alguna de las familias que vivieron aquí.

—¿Qué la lleva a pensarlo? —quiso saber Ana.

—Pues algo muy sencillo: en muchos de los lienzos se reflejan paisajes de la zona. Si les parece, les enseño otros cuadros. Los hemos conservado casi todos. Además, quiero mostrarles el patio interior, que es lo más bonito de esta casa.

—Es verdad, el patio del tilo... Algo nos comentaron —terció Elvira.

—Precioso, ya verán.

Apenas habían dado cuatro pasos por un gran salón cuyas puertas estaban abiertas al patio interior, cuando Ana empezó a percibir un aroma: el mismo que recordaba de sus sueños. Tomó a Elvira de la mano y musitándole al oído, le dijo un tanto excitada:

—¿Te has dado cuenta de cómo huele? Este es el perfume.

—Sí. Es un aroma dulce, un tanto empalagoso pero agradable —respondió Elvira, que no tuvo necesidad de preguntar a Teresa porque esta apuntó:

—Se habrán dado cuenta del intenso olor que inunda todo. Es el tilo, que se encuentra en plena floración.

Era verdaderamente espectacular. Teresa, orgullosa, mostraba a sus invitadas aquel ejemplar centenario, cuajado de diminutas flores blancas, como si los copos de las pasadas nevadas invernales no se hubiesen querido separar de las hojas.

—¡Dios mío! —exclamó Ana—. Fíjate en las hojas.

Ya se había dado cuenta: las hojas eran idénticas a las que la joven había dibujado en su cuaderno sin ser consciente de ello... Y quizá fuese fruto del azar, pero por primera vez Elvira Sandoval se dijo que el bibliotecario de la Escuela de Música, Bruno Ruscello, antiguo propietario de la casa, tenía algo que ver en aquella historia que atormentaba a su sobrina.

VIII

—¿Y dices que es este el mismo lugar en el que ves a la mujer con la que sueñas? —preguntó Elvira a su sobrina.

Tras despedirse de Teresa, se habían marchado de la casa del tilo con más preguntas que respuestas. La atenta anfitriona había recordado el nombre del notario que terció en la compraventa de la casa —un tal Enrique Mancebo Alonso—, pero también les dijo que por desgracia ya había fallecido, así que esa vía quedaba cortada. Ana sabía que aquella visita había impresionado a su tía tanto como a ella, y tras su pregunta no percibió la incredulidad de antaño, sino auténtico interés.

—Sí —contestó—. Después de haber permanecido bajo el tilo, estoy completamente segura de que las personas cuya identidad queremos descubrir fueron felices en esa casa. Las vibraciones que percibí no pueden engañarme, ese era su lugar preferido. Sí, tía Elvira, el tilo fue testigo y cómplice de su amor, porque ahora sé que las dos personas que buscamos se amaban.

El breve tiempo que Ana había pasado bajo el árbol le había bastado para advertir la fuerte carga de energía positiva que este irradiaba y antes de que se diese cuenta, había colmado su alma y su corazón del placer de vivir.

—¿No has pensado en dedicarte a escribir? —bromeó Elvira.

—¿Acaso no me crees?

—Claro que te creo, era una broma. Aunque comprenderás que tenga mis dudas sobre la autenticidad de lo que me dices. Entiéndeme, no dudo de que tú lo sientes, pero... —Ahí aparecía de nuevo parte de la racionalidad de la que su tía hacía gala.

—No te disculpes, comprendo muy bien tu postura. Olvídate de mis sensaciones y recapitulemos los datos seguros que poseemos —pidió Ana.

—De acuerdo —contestó Elvira—. Creo que Bruno Ruscello es una de las personas que nos interesan. Y estoy tan segura sobre todo por la coincidencia entre la hoja que tú dibujabas, la que aparecía en la partitura y la del tilo: las tres son idénticas.

—Estoy de acuerdo —aseguró Ana—, porque el hecho de que Bruno Ruscello haya desaparecido de la Escuela de Música y de Madrid en las fechas que nos interesan es un indicio, pero no definitivo. Sin embargo, la hoja de tilo nos confirma la conexión de esta persona con el misterio de la partitura. Pero ¿cómo podríamos averiguar qué pasó con él?

—Creo que es imposible. ¿Y quién era la otra persona?

—Una mujer, seguro, porque existía el amor entre ellos —dijo convencida Ana.

—¿Acaso no sabes, querida sobrina, que puede existir el amor entre personas del mismo sexo?

—Eso no es amor, es otra cosa —respondió Ana.

—Estás equivocada. Casi siempre es amor, aunque algunas veces puede darse el caso de alguna persona homosexual que siente amor auténtico por alguien del sexo contrario, pero que, no puede materializarlo porque sexualmente le deja indiferente.

—Menudo problema —ironizó Ana.

—Mucho mayor de lo que tú nunca llegarás a imaginar.

Algo en la voz de su tía le disparó la alarma y de repente lo entendió.

—¿Es lo que os pasa a ti y a Juan? —exclamó sin poder contenerse.

Habían llegado a Madrid. El cochero detuvo los caballos y acercándose a la ventanilla les preguntó si las llevaba a casa.

—¿Has quedado con alguien? —preguntó Elvira mirando a su sobrina—. ¿Necesitas llegar a casa a una hora determinada?

—No.

—Pues entonces, Manuel, llévenos al Café de Levante. —Y mirando de nuevo a su sobrina añadió—: Seguro que Gálvez puede decirnos algo de Bruno Ruscello... Y además, tomando una copa me será más fácil hablarte de mi relación con Juan.

Al llegar a la Puerta del Sol, Elvira indicó a Manuel que detuviese el coche.

—¿Sucede algo, doña Elvira? Ya estamos llegando, ¿no quiere que siga?

—No, nos bajamos aquí y vamos andando. Así tomamos un poco el aire. Puede venir a recogernos dentro de hora y media.

A Elvira no le apetecía detener el coche delante del café. Prefería llegar a él de forma más discreta. Además, la calle Arenal estaba al lado y seguro que el brevísimo paseo le sentaba bien para despejarse un poco y sobre todo para mover las piernas un tanto anquilosadas por el viaje.

—Indiscutiblemente, querida Ana, los años no perdonan. No sabes cómo necesito moverme.

—Pero si estás estupenda. Nadie diría la edad que tienes —dijo Ana complaciente.

—Ya lo sé, pero la tengo.

—Tía Elvira, ¿de verdad quieres que vayamos al Levante? Es probable que Gálvez no esté.

—Si no está, volvemos otro día. Hoy te contaré mi historia.

—Como quieras —contestó Ana, que se sentía nerviosa ante las confidencias de su tía. No podía alejar de su mente un único interrogante: ¿cuál de los dos sería homosexual, Juan o Elvira?

Las tres personas que se encontraban a la entrada en la barra del café las miraron con cierto recelo. Al pasar a la parte posterior, tía y sobrina se cruzaron con un grupo de cinco o seis hombres que salían hablando animadamente entre ellos: eran los componentes de una de las muchas tertulias que allí se celebraban.

Al llegar al salón del fondo comprobaron tranquilas que no había mucha gente y eligieron la mesa más discreta, situada en uno de los ángulos. El camarero era el mismo que las había atendido la otra vez y lógicamente las reconoció.

—De nuevo ustedes por aquí. Hoy no ha venido el señor Gálvez, pero si quieren verlo, les aconsejo que se queden. Es probable que en media hora esté aquí. Si a esa hora no ha llegado, ya no viene. ¿Se quedan? ¿Qué les sirvo?, ¿un café?

—Pues no. Yo quiero un oporto y tú también, ¿verdad? —preguntó Elvira a su sobrina.

—Sí, sí, lo mismo que tú.

El camarero las miró con cara de susto y se fue sin decir nada.

—¿Te imaginas lo que dirá de nosotras? —preguntó Ana.

—Prefiero no pensar en ello. Es a lo que nos exponemos al venir aquí. Ya verás —dijo Elvira riendo—, igual esta tarde conseguimos que nunca se olvide de nosotras.

El camarero atendió su petición con una diligencia inusitada.

—El oporto, señoritas —dijo con cierto retintín.

—Muchas gracias —respondió Ana.

Elvira levantó su copa.

—Por nosotras, querida sobrina. Por esa amistad y complicidad que has despertado en mí. Porque sepamos desarrollarla y mantenerla viva siempre.

Ana solo había tomado oporto una o dos veces en su vida y casi no recordaba su sabor. Tomó un sorbito con precaución y observó a Elvira, que lo paladeaba como una experta.

—¿Sabes, Ana? El día que me enteré, también sentí la necesidad de tomarme unas copas. En aquella ocasión no fueron de oporto, sino de grappa.

—Así llaman al aguardiente de orujo en Italia, ¿no?

—Sí. Nos encontrábamos en Venecia. Había preparado aquel viaje con la mayor ilusión porque estaba convencida de que en aquel escenario tan romántico, Juan se decidiría a pedirme matrimonio. Recuerdo que la quemazón del aguardiente en mi garganta no fue capaz de mitigar el otro dolor... Sentía que la vida se desvanecía por momentos. Juan, mi amigo y novio desde hacía más de seis años, acababa de confesarme que me amaba, pero que se sentía atraído por los hombres. Era mi alma gemela, pero tan gemela que nos gustaban las mismas cosas. Nos pasamos la noche entera bebiendo en medio de una desesperación que amenazaba con ahogarnos.

Ana la escuchaba sin saber qué decir. ¿Cómo habría reaccionado ella ante una situación similar? No entendía muy bien cómo su tía no se había dado cuenta en todos esos años de las tendencias de Juan.

—Y tú ¿nunca sospechaste nada?

—Jamás. Juan era cariñoso. Salíamos mucho en pandilla y siempre estaba pendiente de mí. Su comportamiento era normal. Me daba muestras de su cariño, pero me respetaba.

—Si te lo hubiera dicho antes, te habría evitado muchos sufrimientos —se lamentó Ana.

—Sin duda, pero él no estaba seguro de sus tendencias y creía poder superarlas. Cuando se convenció de su homosexualidad, yo ya me había enamorado de él.

—Lo que no entiendo, tía Elvira, es por qué no dejaste esa relación que no conducía a ninguna parte. ¿Crees que él se hubiera comportado de la misma forma contigo? —preguntó Ana.

—Por favor —dijo Elvira al camarero—, ¿nos sirve otra copa de oporto? —Nadie estaba pendiente de ellas porque las dos mesas ocupadas se encontraban en el otro extremo y a los contertulios se les oía discutir sobre temas de actualidad. Elvira parecía serena, relajada al confiar a su sobrina sus íntimas preocupaciones. Tomando la mano de Ana, le dijo—: No, no creo que él hubiese hecho lo mismo que hice yo; pienso que se habría comportado de forma distinta, Juan me habría dicho adiós. También soy consciente de que si él pudiera mantener una relación en libertad con otro hombre, probablemente dejaría de quererme a mí.

—¿Y entonces?

—Le quiero, Ana. Y así será mientras viva. He intentado alejarme de él, rehacer mi vida como si no existieran mis sentimientos... Fue en vano. Nada me llenaba, incluso me propuse enamorarme de otros, pero resultó inútil. Claro que deseé tener hijos, formar una familia, aunque al final he decidido interpretar a lo largo de mi existencia el papel de novia eterna. No sé quién decía que ningún placer es estéril cuando nos reconcilia con la vida.

—¿Tú te reconcilias con la vida a través del amor por Juan? —planteó incrédula Ana.

—Sí, por ridículo que te parezca, es así. ¿Sabes? Me costaría mucho vivir sin la presencia y el apoyo de Juan. Es mi confidente, no existe ningún tipo de secreto entre nosotros. Mañana le contaré esta conversación que hemos mantenido. Yo te lo digo antes de que me lo preguntes: por supuesto que sufro y tengo celos, pero lo soporto con tal de estar a su lado; de viajar con él, de comer con él, de cuidarle cuando está enfermo, de sentirme halagada por su admiración. De su cariño desinteresado.

Ana la miraba asombrada. Le costaba creer que su tía estuviese hablando en serio. ¿Llegó su padre a saber aquello?

—¿Quiénes conocen vuestra situación? —quiso saber.

—Nadie. Puede que algunos sospechen algo, pero como somos desde hace muchos años un grupo de amigos y la mayoría seguimos solteros, Juan y yo no resultamos diferentes.

—¿Mi padre lo sabía? —insistió.

—No. Ya te he dicho que nadie. Mi confesor y tú sois los únicos. Tu padre, mi querido hermano, nunca lo habría entendido. ¿Para qué iba a darle un disgusto?

Mientras hablaba, Elvira pensó que tal vez había sido egoísta al contarle a Ana su complicada relación amorosa. No estaba segura de que su sobrina, aunque fuera mucho más joven y viera la vida desde otro prisma, pudiese asimilar con cierta normalidad su comportamiento.

—Perdóname si te he hecho daño. Quiero que sepas que soy inmensamente feliz con Juan. ¿Que sufro algunas veces?, ¿y quién no? Te juro, mi querida sobrina, que es maravilloso experimentar este sentimiento. Juan me quiere y disimula su dolor cuando piensa que alguien me interesa más de lo normal. Pero en el fondo sabe, como lo sé yo, que mientras estemos en esta vida siempre iremos de la mano, juntos. No podemos seguir hablando —dijo Elvira—, mira quiénes se acercan.

Fernando Gálvez y Santiago Ruiz Sepúlveda caminaban hacia ellas.

—Nos ha dicho el camarero que estaban ustedes esperándome —dijo Gálvez a modo de saludo, para añadir—: Y no saben la alegría que me he llevado. He pensado mucho en ustedes.

—¿Ha recordado usted algo que pueda interesarnos? —preguntó Ana ingenuamente.

—No. Pero estaba deseando volver a verlas. He soñado varias noches con usted —dijo Gálvez mirando a los ojos de Elvira.

—¿Conmigo? —preguntó coqueta, y comentó—: Seguro que han sido pesadillas de las que estaba deseando despertarse.

—Todo lo contrario.

Santiago, que permanecía en silencio, miraba a su amigo y consideró conveniente decir algo para explicar aquella euforia y coqueteo de Gálvez.

—Hoy es un día especial para él —aseguró— porque por fin ha decidido volver a enseñar música. Venimos ahora de concertar dos clases semanales que le permitirán recuperar un ritmo más normal de vida del que llevaba en los últimos tiempos.

—Cuánto nos alegramos —exclamó Elvira.

—Todo ha sido obra suya —dijo Gálvez mirando a Santiago—. Es como mi hermano. Siempre pendiente de lo que hago. La verdad es que he aceptado para no seguir escuchándole un día tras otro. Y también, señorita Elvira, porque viéndola a usted quisiera ser el mejor hombre del mundo para que se fijara en mí.

—Qué zalamero, ha debido de tener novias por doquier —exclamó Elvira siguiéndole la corriente.

—No se crea, nunca encontré la mujer que anhelaba y presentía en mis sueños. Pero debo confesar que al verla a usted...

Ana seguía la conversación un tanto contrariada. No entendía cómo su tía coqueteaba con aquel individuo al que no conocían de nada. Seguro que su comportamiento era fruto de las copas de oporto que había tomado. Parecía que se hubiera olvidado del único tema que les interesaba de Gálvez. Miró a Santiago y tuvo la sensación de que él se sentía tan molesto como ella. Decidida, intervino en la conversación.

—Perdón, señor Gálvez, queríamos preguntarle por Bruno Ruscello, que fue durante un tiempo bibliotecario de la Escuela de Música.

—Hay que ver cómo son los jóvenes —comentó el conquistador violinista mirando a Elvira con complicidad—. No entienden nada, solo van a lo que les interesa. ¿Qué quiere saber de Ruscello?

—Todo lo que pueda contarnos.

—Le traté muy poco. Era más o menos de mi edad. Muy discreto y reservado. Mientras yo estuve en la Escuela de Música no se le conocían amigos. Tal vez el ser de otra nacionalidad, me parece que era italiano, aunque no estoy seguro, dificultaba sus relaciones con los demás —dijo Gálvez—. Aunque no lo creo. Los italianos y los españoles tenemos mucho en común. En opinión de las mujeres, era guapísimo. Tenía fama de conquistador pese a que no trascendió ningún tipo de amorío con las señoras que trabajaban en la Escuela y que lo asediaban sin cesar. Pero los comentarios eran inevitables y se decía que en una casa que tenía en El Escorial se reunía con sus numerosas amantes.

—¿Estaba usted en la Escuela cuando él se fue? —preguntó Ana.

—La verdad es que no lo sé. Yo la dejé en la primera quincena de enero. ¿Cuándo se marchó él?

—En enero también, aunque no sabemos la fecha exacta —dijo Ana.

—Pero seguro que fue después que el señor Gálvez —apuntó Elvira—, porque de estar en la Escuela, habría oído los comentarios sobre su accidente.

—¿Tuvo un accidente? ¿Qué fue de él?

—No sabemos nada con seguridad. La única certeza es que ha desaparecido y que es una de las personas que tratamos de localizar —aseguró Ana, y añadió—: Por eso son tan importantes los datos que pudiera aportarnos sobre las amistades de Bruno Ruscello.

—De verdad que lo siento —se lamentó Gálvez—, pero no puedo ayudarlas. Por cierto, ¿han localizado a Inés, la profesora de la que les hablé? Ella era una de las que intentaban conquistar a Ruscello.

Ana le contó su experiencia con Inés y expresó en voz alta la duda que ahora se le planteaba: si Inés era una de las enamoradas de Ruscello, ¿por qué no le había comentado su desaparición? ¿Cómo era posible que intentara relacionarse con él cuando estaba a punto de abandonarlo todo para casarse con su novio cordobés? Los tres la escucharon muy atentos. Gálvez fue el primero en responder.

—Creo que los dos interrogantes tienen una explicación lógica. Puede que Inés se marchase antes de la desaparición de Ruscello o que simplemente, al haber fracasado en sus intentos de conquistarlo, decidiera olvidarlo para siempre. En cuanto a lo de su novio, no es tan extraño.

—Es verdad que algunas mujeres siguen comportamientos propios de los hombres —apuntó Elvira—, pero están en su derecho. Sí, es probable que Inés se sintiera deslumbrada por Ruscello, aunque quien la quería y le brindaba seguridad era su novio de siempre y por eso se fue con él.

—Y no debe descartarse la posibilidad —dijo Santiago— de que el interés de Inés por Ruscello fuera un simple bulo. Todos sabemos que muchas veces se inventan historias por diversos motivos.

Ana miró a su profesor con verdadera admiración. Le parecía estupendo que viera el lado bueno de las cosas. Sin duda, la planteada por él era una explicación tan creíble como cualquier otra.

—De todas formas, Inés Mancebo no es la otra persona a quien buscamos —dijo Ana.

—Es verdad —exclamó Gálvez—. Mancebo, sí, ese era el apellido del que no lograba acordarme.

—Por cierto, según las informaciones que he conseguido, la mejor profesora interpretando a Paganini era Elsa Bravo. ¿Era esta a la que usted se refería cuando hablamos la primera vez?

—Sí, esa era. ¿Qué ha sido de ella? ¿Sigue en la Escuela?

—No, también la dejó a comienzos de 1871 y nadie ha vuelto a saber nada —aclaró Ana.

—¿Cree usted que puede ser ella la otra persona?

—Estoy casi segura.

—Tengo la impresión, y conste que no deseo inmiscuirme en sus preocupaciones y motivaciones para buscar a estas personas —dijo Gálvez—, de que si una de ellas es Bruno Ruscello, la otra tendría que estar relacionada con él por uno u otro motivo y la verdad es que me parece casi imposible que la señorita Bravo le prestase la menor atención al bibliotecario. No concibo que ellos pudieran tener nada en común

—¿Por qué? —preguntó Ana interesada.

—Elsa era la persona más delicada y dulce que he visto en mi vida. No alternaba con nadie de la Escuela. Recuerdo que tenía un hermano que la acompañaba a todas partes. Creo que era político o estaba muy relacionado con ese mundo.

Santiago escuchaba en silencio. No había hablado con Gálvez de la maravillosa y misteriosa interpretación del *Capricho 24* realizada por Ana y no entendía nada de la conversación que estaban manteniendo, pero no le importaba. Seguro que ella tendría sus razones para buscar a esas personas. Ya llegaría el momento en que se lo contara todo. Y si no era así, tampoco le incomodaba. Su único anhelo era estar cerca de ella. Miró a Elvira, que plácidamente seguía tomando pequeños sorbitos de una copa que rellenaba con alegría desbordante. Él mismo, al llegar y ver que las dos mujeres estaban tomando oporto, había pedido al camarero que les dejara allí la botella. Gálvez y él beberían lo mismo.

A Ana no le pasó desapercibido el comportamiento de su tía. No tenía ni idea del oporto que se habría tomado, por eso dijo:

—Tía Elvira, creo que se nos ha hecho tarde. Me siento cansada. Si te parece, nos vamos y volvemos otro día por si el señor Gálvez recuerda algo.

Elvira era consciente de que había bebido más de la cuenta y notaba cierta euforia. Se sentía bien, solo lamentaba que Juan, su amado Juan, no pudiera contemplar sus coqueteos con Gálvez. Siempre le resultaba estimulante demostrarle que otros hombres sí se fijaban en ella y la deseaban. De repente se asustó de sus propios pensamientos y mirándose las manos —que jamás ocultan la edad— pensó en lo triste de su situación. «Soy una vieja —se dijo—. Una vieja ridícula que se las da de conquistadora, que ha desperdiciado su vida fomentando un amor imposible. A mi edad no debería estar aquí, sino en casa rodeada de hijos y hasta nietos...»

—... pero esto es lo que he querido —se le escapó sin darse cuenta, en voz alta, mientras apuraba lo que le quedaba en la copa.

—¿Decías, tía Elvira? —preguntó Ana.

—No, nada. Podemos quedarnos un poco más. Gálvez tiene que darme su dirección —dijo dirigiéndose a él—, quiero convidarle a casa. Ya verá qué amigos tan divertidos tengo.

—Es usted maravillosa —dijo el otro para añadir emocionado—: Le juro que lo que le voy a contar es verdad: en toda mi vida me he enamorado dos veces, y en ambas mi espíritu solo se identificaba y calmaba su ansiedad manifestando sus sentimientos a través de una composición.

—¿Y es? —preguntó impaciente Elvira.

—La misma que llevo interpretando desde el día en que la conocí. La misma que le dedicaré ahora mismo si usted me lo permite.

Y diciendo esto se puso en pie para coger el violín.

—Estoy deseando escucharle. Me siento muy honrada —manifestó Elvira con la mejor de sus sonrisas.

Ana miró a su tía y le pareció que había rejuvenecido: sus ojos brillaban de una forma inusual y unos cuantos rizos rebeldes se escapaban del control del sombrero dándole un aspecto pícaro y divertido. ¿Era todo efecto del oporto o le interesaba Gálvez? Estaba sorprendida, nunca había pensado que situaciones similares se pudiesen dar en personas de aquella edad. Dirigió sus ojos hacia Santiago, un poco avergonzada del comportamiento de su tía.

Este, tal vez adivinando sus pensamientos, dijo:

—La misma noche que nos encontramos aquí, Gálvez no paró de hacerme preguntas: quería saber todo sobre usted, Elvira. Desde entonces no ha dejado de interrogarme.

—Pero si ha cumplido los sesenta —exclamó Ana un tanto indignada.

—Y eso qué tiene que ver —exclamó enfadada Elvira—. ¿Acaso crees que después de los cincuenta los sentimientos dejan de existir?

No siguieron hablando, el violín de Gálvez se había impuesto en el local con una fuerza inusitada...

Ana se había olvidado de la incomodidad ocasionada por su tía y seguía apasionada la interpretación de Gálvez. En aquellos instantes no existía nada en el mundo a excepción de aquella melodía.

Elvira dejaba que sus lágrimas se deslizasen en libertad: nunca había escuchado una interpretación tan buena de la Chacona de Bach. Era emocionante que Gálvez pensara en ella al ejecutarla, pero Elvira no podía responderle siquiera con un sentimiento de simple afecto porque quien ocupaba su mente de forma obsesiva era su amigo Juan: veía su cara, sus maravillosos ojos grises y soñaba con acariciarlo, apretar su mano compartiendo la emoción de la música... Sin embargo, estaba sola... ¿Dónde se encontraría él? No deseaba ceder ante los celos. Lo habían hablado muchas veces... Se sintió desgraciada y rompió a llorar... Lloraba por la emoción de la música, por su amor no correspondido, porque se sentía una mujer frustrada, porque su vida era un desastre... Lloraba...

Santiago miraba a hurtadillas a Ana. Deseaba tanto abrazarla que no era capaz de concentrarse en la música. «Tal vez —se dijo— algún día pueda abrirle mi corazón», pero sabía que mientras fuese su profesor debía ocultar sus sentimientos.

Fernando Gálvez formaba un todo con el violín; aquella noche la Chacona de Bach era suya. Tan suya como lo fue en otras ocasiones, aunque esta vez era distinto. Quizá fuese verdad que Bach la había escrito como un lamento por la muerte de su esposa, pero aquella noche él, Fernando Gálvez, la había convertido en su grito de amor desesperado. Esa sería su última oportunidad. ¿Qué significaban aquellas lágrimas de Elvira?

—¡Maravilloso! —exclamó Ana—, no sabía que Gálvez fuera tan bueno. Genial. Ha sido increíble. ¿No estás de acuerdo, tía?

Ana se sorprendió al ver los ojos enrojecidos de su tía y los esfuerzos que hacía para contestarle.

—Sí, me he emocionado como nunca —dijo con un hilo de voz, pero recobrando su tono habitual al ver que Gálvez se acercaba, manifestó—: ¡Felicidades! Es la mejor interpretación de la Chacona que he escuchado en mi vida. Pero hay algo que no entiendo, ¿por qué su corazón elige un lamento por el amor perdido cuando aún no lo ha conseguido? El día que venga a casa, yo le interpretaré mi respuesta al chelo.

—Qué amable es usted —dijo el violinista a la vez que, emocionado, besaba su mano.

—Creo que es la hora de retirarnos —apuntó Elvira mientras intentaba levantarse con cierta dificultad. Ana se fijó e inmediatamente le brindó su apoyo—. Pronto tendrá noticias nuestras —dijo a Gálvez a modo de despedida.

—Las acompañaré hasta la salida —dijo Santiago.

—No se moleste —respondió la joven.

—Por favor, no es ninguna molestia, sino un placer.

Elvira se estaba dando cuenta ahora de sus excesos con el oporto. Todo le daba vueltas y no controlaba muy bien la situación; por ese motivo, sin pensarlo dos veces, se dirigió al profesor:

—Santiago, le voy a pedir un favor. No me encuentro muy bien y prefiero quedarme en casa antes de llevar a mi sobrina. ¿Le importaría venir con nosotras en el coche para así poder acompañarla después y que no vaya sola?

—Encantado, no faltaría más —contestó él solícito.

—Qué tontería es esa, tía. Yo puedo ir a casa sola. Por favor, don Santiago, no le haga caso.

Pero él no estaba dispuesto a desaprovechar aquella ocasión.

Santiago no sabía dónde vivía la tía de Ana. Suponía que sería en una buena calle porque conocía la casa en Almagro y no se le escapaba que la situación económica de la familia era importante. Aunque no imaginaba que la residencia de Elvira se levantara en el mismo paseo de Recoletos donde se encontraban algunos de los más bellos palacios de Madrid.

La casa de los Sandoval era un palacete; no resultaba tan espectacular como el del marqués de Salamanca o el de Alcañices, situados los dos en aquel paseo, pero no desdecía en absoluto de ellos. Bueno, en realidad el profesor no podía sino comparar el aspecto exterior de los tres edificios, pues nunca había entrado en ninguno de ellos.

Elvira Sandoval bajó del coche ayudada por su sobrina y el profesor tras un trayecto dominado por el silencio.

—Querido Santiago, no le invito a pasar, perdone mi descortesía, pero me encuentro francamente mal. No te molestes, Ana —añadió luego—, seguro que María está a punto de aparecer. Siempre lo hace en cuanto escucha el ruido de la puerta de la verja.

—Gracias por todo, tía. Mañana pasaré a verte.

—No te preocupes —respondió Elvira, que añadió mirando a Santiago—: Cuide bien de ella, es una mujer extraordinaria.

Mientras entraba en la casa apoyada en María, los dos jóvenes se quedaron mirándola y solo se volvieron al cerrarse la puerta.

—¿Vive ella sola? —preguntó Santiago.

—Sí, con tres criados. La verdad es que es una casa grande. Recuerdo que mi padre la animaba a venderla y a comprar otra más pequeña, y con menos gastos de mantenimiento. Pero mi tía siempre se negó alegando que esta casa había sido de los Sandoval durante varias generaciones y no sería ella quien truncase la tradición. Dice que serán sus herederos los responsables del futuro del palacete. Mientras ella viva, asegura, esta será su casa.

Caminaban hacia el coche y Ana se dio cuenta de la insistencia con la que Santiago miraba al jardín del palacio del marqués de Salamanca. En su interior la fuente, realizada en mármol de Carrara, mostraba una bellísima composición con unos cuantos angelotes. Todos excepto uno se hallaban situados en un mismo nivel sosteniendo una gran concha sobre sus hombros, y en lo alto el otro angelote hacía sonar una caracola.

—¿Lo conoce? —preguntó Ana.

—No. He admirado el jardín desde el exterior. Le confesaré un secreto: pocas fuentes centellean como esta los días de sol, y siempre me he preguntado cómo luciría bajo la luna. Además, esta noche está en su plenitud —dijo Santiago mirando al cielo.

—Pues acerquémonos. No me había dado cuenta de que había luna llena. Creo que nunca la he visto más luminosa. Manuel —dijo al cochero—, ahora volvemos, solo unos minutos.

—Cuando usted quiera, señorita —respondió servicial.

—No tengo ni idea de las veces que habré pasado por aquí y nunca me he fijado en la fuente.

—Probablemente a mí me habría pasado lo mismo —afirmó Santiago—, pero tengo un amigo escultor que me habló de su belleza y por eso la he observado en varias ocasiones.

—¡Sí que es bonita! —exclamó Ana—. Fíjese, don Santiago, parece que la caracola emitiera sonido.

—Es verdad, son tan reales esos angelotes que incluso parecen cansados bajo el peso de la concha. Pero ese es su destino.

—Seguro que por las noches, cuando nadie los ve, la colocan en lugar seguro y se dedican a corretear por el jardín —comentó Ana risueña.

—Le gusta soñar, ¿verdad?

—Sí, disfruto imaginando. Por ejemplo, este momento me hace pensar en las personas que habrán estado aquí contemplando la fuente y en qué pensarán esas figuras al vernos detrás de los barrotes.

Habían buscado el lugar de la verja desde el que mejor podían contemplar la fuente. La luna, como si hubiese querido hacerles un favor, iluminaba en su totalidad aquella zona del jardín.

—¿Y qué cree que pensarán de nosotros esta noche, Ana?

—Para mí es difícil imaginar cuando conozco la realidad. Y sé muy bien lo que hacemos aquí.

—¿Está segura de que lo sabe?

—Claro —respondió ella con cierto nerviosismo.

—Haga un esfuerzo. Conviértase por unos minutos en uno de esos angelotes y mire, ¿qué es lo que ve en la calle a través de las rejas?

Ana decidió no oponer resistencia a aquel juego con el que su profesor quería ponerla a prueba. ¿Quería jugar?, pues de acuerdo.

—Veo a una mujer y a un hombre que nos miran y tengo la sensación de que los angelotes somos un simple pretexto para que sigan muy juntos, disimulando que les interesamos, porque en el fondo sus pensamientos no se centran en nosotros. ¿He acertado, don Santiago? ¿En qué está pensando usted ahora? —le preguntó Ana con voz sugerente.

—Es un momento muy hermoso el que estamos viviendo. Tiene usted una voz maravillosa...

Y sin poder reprimir su emoción, Santiago tomó las manos de su alumna y las besó con respeto. Caminaban hacia el coche en silencio. Los dos sabían que estaban pensando lo mismo: les gustaría que aquel breve paseo durara siglos.

En el coche se sentaron juntos, uno al lado del otro. Sus cuerpos estaban tensos. Santiago, sin poder contenerse, tomó de nuevo la mano de Ana y dijo emocionado:

—Voy a contestar a su pregunta. Pensaba en usted, que es la mujer más hermosa que he visto en mi vida. Jamás olvidaré estos momentos, Ana. Ana, Ana... —repitió—. Me gusta tanto decir su nombre...

La joven se quedó callada y le miró a los ojos con total sinceridad. Un traqueteo del coche hizo que perdieran el equilibrio: cayeron uno en brazos del otro y, sintiendo un impulso irrefrenable, sus labios se acercaron hasta juntarse y besarse con pasión. A ninguno de los dos les hubiera importado que el mundo se terminase en aquellos momentos. Nunca habían sido tan felices. Ana deseaba permanecer siempre así, abrazada por él y besando su boca, sintiendo sus manos, que ansiosas recorrían su cuerpo. Todos los poros de su piel eran sensibles a aquel contacto.

Recobrando el dominio sobre sí mismo, Santiago se separó de Ana y se disculpó avergonzado.

—Lo siento, no tenía que haber pasado. Le pido disculpas.

Ana no dijo nada, simplemente sonrió. Nadie la había besado con tanta pasión. No tenía ni idea de lo maravilloso que era sentirse deseada por alguien a quien admiras y te gusta.

Manuel detuvo los caballos delante de la casa de la señorita y esperó a que salieran del coche. «El joven caballero la acompañará hasta la puerta», pensó, y por ello no bajó a abrirles. Pero después de unos minutos, y al ver que no daban señales de vida, se acercó. Sorprendido de que hubieran echado las cortinas, golpeó en la puerta.

—Hemos llegado, señorita Ana.

—Gracias, Manuel —respondió ella. Luego, mirando a Santiago mientras se arreglaba un poco el pelo, le dijo—: Me alegro tanto de que mi tía nos haya dejado a solas...

—¿Estás segura de lo que dices? —preguntó él, tuteándola—. Mi posición es muy comprometida. No debería seguir dándote clases.

—Ni hablar —contestó Ana simulando enfado—. Pasado mañana te espero como siempre y podremos charlar con tranquilidad.

—Sea como quieres. Sabes que no puedo negarte nada —le aseguró mientras besaba su mano a modo de despedida.

Manuel observaba sonriente la solemne despedida de los dos jóvenes, mientras esperaba para llevar al profesor de violín al Café de Levante.

Al entrar en casa, Ana se sorprendió al ver entreabierta la puerta del despacho de su padre y la luz encendida. «Sería un sueño —se dijo— que él estuviera ahí esperándome como tantas veces había hecho.» Le gustaría contarle lo feliz que era, hablarle de Santiago. Pedirle consejo.

Caminaba por el pasillo ensimismada en sus pensamientos y no se percató de la presencia de su madre, que la miraba con cara de enfado desde el fondo del pasillo.

—¿Se puede saber de dónde vienes? ¿Cómo es que tu tía no te ha acompañado? Me han dicho que te has ido de casa a las diez de la mañana y son casi las diez de la noche. Doce horas fuera, ¿qué es lo que has estado haciendo? Déjame que te vea —siguió diciendo Dolores mientras tomaba a su hija de un brazo y la hacía girarse para mirarla directamente a la cara—. Tú vienes de estar con un hombre, esa expresión de alelada te delata.

Ana sentía deseos de gritar, de decirle a su madre que no la tratara de aquella forma; su padre jamás se habría comportado así con ella. Pero no estaba dispuesta a que nadie le amargara la noche. Quería disfrutar recordando los momentos vividos con Santiago y deseaba quedarse sola cuanto antes.

—No se preocupe, madre. No he hecho nada malo. Tía Elvira y yo hemos ido a El Escorial y no me ha acompañado a casa porque se encontraba mal. La he dejado antes a ella. Eso es todo.

—No. A mí no puedes engañarme. Tú acabas de estar con un hombre. Dime quién es. ¿Has dejado a Enrique por él? Se acabaron las salidas con tu tía. Sabes que puedo encerrarte en casa hasta que recobres el juicio y vuelvas con tu prometido.

—Madre, no tengo ningún prometido, nunca lo tuve. Enrique es historia pasada. No volveré a salir con él.

—Eso ya lo veremos. Me ha dicho que está dispuesto a esperar el tiempo que sea necesario.

—Es inútil, no voy a cambiar de idea. Y usted, madre, me puede encerrar, pero sabe que no más de un año, hasta que cumpla la mayoría de edad. Después podré hacer lo que quiera y disponer del dinero que me ha dejado mi padre.

—Tu padre, tu padre. Él es el culpable de haberte educado como a un muchacho.

—No quiero seguir escuchándola, madre. Me voy a mi habitación.

—Espera —le pidió—, tengo que enseñarte algo.

Ana se fijó entonces en el libro que su madre sostenía y del que sacó un sobre. Era un sobre pequeño, desgastado y amarillento, señal inequívoca del paso del tiempo.

—Esta noche tenía una cena en casa de los Núñez Colina a la que por tu culpa no pude asistir, porque no podía irme sin saber nada de ti desde esta mañana —dijo Dolores—. Pues bien, para no aburrirme mientras te esperaba, entré en el despacho de tu padre y curioseando entre los innumerables libros que llenan las estanterías me fijé en uno del que no podía leer el título. Al ir a colocarlo de nuevo en su sitio cayó al suelo este sobre. ¿Sabías que tu padre había sido alumno de la Escuela de Música?

Mientras escuchaba a su madre, la curiosidad de Ana iba en aumento. Estaba deseando ver qué contenía aquel sobre, pero se contuvo.

—No tenía ni idea de que papá estudiara música —mintió Ana—. ¿Por qué me lo pregunta?

—Mira esta fotografía.

Dolores extrajo del sobre una foto antigua y junto a ella una cartulina en la que a Ana le pareció reconocer que había una especie de poema escrito. Nerviosa, la tomó en sus manos y la observó con interés. Inmediatamente descubrió a su padre entre el grupo de jóvenes que posaron para el fotógrafo: eran siete chicos y cuatro muchachas.

—Dale la vuelta —pidió Dolores. Ana miró el reverso y leyó lo escrito: «Alumnos de 1.º de violín del Real Conservatorio de Madrid. 1863»—. ¿No te extraña que nunca nos lo dijera? —insistió.

—Bueno, tal vez fue algo pasajero a lo que no le dio importancia —contestó muy segura, aunque sabía que su madre tenía razón, pues ella también se había hecho esa pregunta.

—Puede que sí, aunque el hecho de guardar esta fotografía y con este poema escrito de su puño y letra —dijo su madre mostrándole la cartulina, mucho más amarilla que el sobre— me lleva a pensar que tu padre nunca olvidó su paso por el Conservatorio y tal vez por eso no me habló de ello —dijo pensativa para añadir—: Claro, que yo conocí a tu padre a los cinco años de haberse hecho esa fotografía y entonces ya estaba terminando sus estudios de Derecho. Lo cierto —siguió diciendo Dolores— es que no debo dedicar a este tema ni un minuto más. Si lo hice fue por comprobar si tú lo sabías. Te confieso que a veces tuve la sensación de que tu padre y tú me dejabais al margen de vuestras vidas. Siempre me he sentido distinta porque no compartíamos las mismas aficiones. Además, él se preocupó de moldearte a su antojo y yo me quedé aislada.

Ana sintió pena. Su madre le estaba revelando algo en lo que jamás hubiera pensado: se encontraba sola. Entonces se dio cuenta de que posiblemente el comportamiento de Dolores respondiera a esa situación. En un gesto de ternura la abrazó.

—Madre, sabe que eso no es cierto. Papá la adoraba. Era para él lo más importante en el mundo —dijo mientras le daba un beso en la mejilla.

—Yo sé que no es así. Pero eso ahora poco importa —replicó Dolores, y dejando a Ana con el sobre en la mano, se fue pasillo adelante. Cuando estaba a punto de entrar en su cuarto, se volvió para decirle—: Tienes que prometerme que mañana nos sentaremos para hablar con calma de Enrique.

—Está bien, madre.

Ana volvió a mirar la fotografía. ¿Sería alguna de aquellas chicas la autora del texto de la partitura? ¿Por qué no un chico? Estaba convencida de que se trataba de una pareja de enamorados y que el bibliotecario, Bruno Ruscello, era uno de los protagonistas... por lo tanto, la otra persona era una mujer... Aunque bien es verdad que podría equivocarse. Pero ¿qué papel jugaba su padre en aquella historia? Leyó despacio los versos que Pablo Sandoval había copiado en una tarjeta.

> ¿Por qué volvéis a la memoria mía
> tristes recuerdos del placer perdido,
> a aumentar la ansiedad y la agonía
> de este desierto corazón herido?
> ¡Ay!, que de aquellas horas de alegría
> le quedó al corazón solo un gemido
> y el llanto que al dolor los ojos niegan,
> ¡lágrimas son de hiel que al alma anegan!
>
> ¿Dónde volaron, ¡ay!, aquellas horas
> de juventud, de amor y de aventura,
> regaladas de músicas sonoras,

adornadas de luz y de hermosura?
Imágenes de oro bullidoras,
sus alas de carmín y nieve pura,
al sol de mi esperanza desplegando,
posaban, ¡ay!, a mi alrededor cantando.

Ana reconoció inmediatamente aquellos versos: eran unos fragmentos del poema «Canto a Teresa» de Espronceda. ¿Alguna de las chicas de la foto se llamaría Teresa? ¿Habría sido el primer amor de su padre? ¿Habría muerto como la Teresa de Espronceda? Recordó que Inés Mancebo le había dicho que su padre era muy amigo de todas sus compañeras. Volvió a mirar la fotografía y creyó identificar a Inés en una de las muchachas. ¿Cuál sería Elsa?

Al ir a guardar en el libro el sobre con la fotografía y los versos, tuvo la sensación de haberlo visto antes en las manos de su padre. Estaba forrado con un papel azul fuerte y ella recordaba que muchas tardes su padre leía un libro como aquel. Sin grandes esfuerzos podía ver de nuevo su imagen sentado en su despacho con un libro azul en las manos mientras ella estudiaba. Dirigió una mirada rápida a la librería y no descubrió ningún ejemplar forrado de aquel color. Se fijó entonces en el título del ejemplar, *Madame Bovary*, y le sorprendió que su padre leyera novelas, no le encajaba nada. Ana advirtió que nunca había hablado con él sobre sus gustos literarios y sintió una punzada en su corazón al pensar que ya no podría nunca más contar con la opinión paterna sobre tantos y tantos temas que se le irían planteando a lo largo de la vida.

De haber sabido que su padre poseía aquel libro, Ana lo hubiese leído en secreto, ya que siempre le habían prohibido ese tipo de lecturas. Mientras lo colocaba en el estante, seguía dándole vueltas a por qué su padre habría guardado la foto y el poema en aquel libro. «Tal vez la historia de *Madame Bovary* le atraía por alguna razón —se dijo—, o simplemente lo leyó cuando frecuentaba la Escuela. También pudo regalárselo alguno de los que están en la fotografía.»

A punto estuvo de volver a buscar el libro para empezar a leerlo, pero no; lo dejaría para otro día. Aquella noche solo quería pensar en la maravillosa sensación de los labios de Santiago sobre los suyos.

IX

Caminaban despacio. En un intento de calmarse, Ana había convencido a su tía Elvira para ir a la consulta del doctor Martínez Escudero dando un paseo. Era incapaz de dominar sus nervios; la inquietaba la idea de que fueran a someterla a una sesión de hipnosis. Elvira estaba aún más nerviosa que ella, pero trató de animarla.

—Me ha comentado Rodrigo que su amigo el doctor Louveteau es buenísimo y que ha sido una suerte que viniera a Madrid estos días porque de esta forma nos evita un viaje a París. Además —apuntó—, allí no sería tan fácil que pudiese atenderte, pues tiene el día ocupado con sus clases en la Escuela de Neurología de la Salpêtrièr.

—Le pediré que te deje estar presente. Luego quiero que me cuentes con todo detalle mi reacción cuando esté bajo los efectos de la hipnosis. ¿Tú crees que servirá para algo? —preguntó Ana preocupada.

—No lo sé. Pero debemos fiarnos del doctor. Recuerda que nos lo dijo muchas veces: él está convencido de que será tu inconsciente quien le dé pistas para descubrir el porqué de ese tipo de anormalidades en tu comportamiento.

—Me siento como un animal de laboratorio con el que van a experimentar. Te aseguro que me dan ganas de volver a casa y anular la cita.

—No seas tonta. No sentirás nada. Además, como nos ha explicado el doctor, no deja ningún tipo de secuelas. Es muy temprano —comentó Elvira mirando el reloj—, ¿quieres que te convide a un chocolate caliente? Ya verás qué bien nos sienta a las dos.

—De acuerdo. Eres estupenda —respondió entusiasmada—, no sé qué haría sin ti.

Siempre que estaba nerviosa, Elvira recurría al chocolate: un remedio para ella eficaz que la ayudaba a enfrentarse con mayor energía a todo tipo de dificultades. Entraron en el café Suizo; como no iban a estar mucho tiempo, en vez de dirigirse al salón destinado exclusivamente a mujeres, se sentaron en una mesa de la entrada y pidieron chocolate con los famosos bollos que este establecimiento inmortalizaría.

—Yo soy la que tiene que estarte agradecida —dijo de pronto Elvira mirando a su sobrina con cariño—. ¿Sabes que al compartir conmigo tus preocupaciones y problemas has hecho que me sintiera viva?

—¿Que te sintieras viva? —repitió Ana incrédula—. Pero si tú eres la vitalidad personificada.

—No, querida. Puede que no me haya explicado bien. Claro que me gusta la vida y por supuesto que no me considero una persona desgraciada, pero por la edad y otra serie de circunstancias me he acomodado. Estoy bien —continuó—, lo que sucede es que estos días me he dado cuenta de que puedo sentir emociones olvidadas, por lejanas. La otra noche experimenté algo parecido al placer ante la mirada de un hombre. Esa mirada, mezcla de admiración y deseo, que jamás te deja indiferente.

Ana la escuchaba emocionada. Se estaba estableciendo entre ellas un lazo indestructible. Cómo no iba a confiar en su tía si esta le abría su corazón para descubrirle sus más íntimos sentimientos. Quería agradecerle esa muestra de confianza, pero Elvira seguía hablando.

—He conocido a personas que de no ser por ti jamás habría conocido. Personas como la niña de la venta, que me ha hecho tomar conciencia de la inutilidad de mi vida: fiestas, viajes, conciertos, reuniones sociales... Siempre las mismas caras, los mismos temas de conversación, los mismos lugares, el mismo hastío.

—Pero, tía, tú siempre fuiste para mí la imagen de la felicidad.

—Es probable que dé esa sensación, aunque es una felicidad solo aparente. Contigo he descubierto lo importante que es preocuparse por los demás. Ana, quiero que sepas que he asumido tus problemas y preocupaciones como si fueran míos.

—Es posible que no hayas ayudado a otros porque no necesitaban apoyo.

—Sí, es posible. Aunque lo más seguro es que yo no haya captado sus necesidades. Cuando solo se piensa en uno mismo, la receptividad del individuo se anula y queda incapacitado para todo lo que no se refiera a él.

—¿Sabes lo que pienso? —preguntó Ana—. Creo que la energía, la persona, la fuerza, el inconsciente o lo que sea que me hace vivir experiencias extrañas es lo que está influyendo en nosotras.

—Quizá tengas razón, aunque si me pones en esa tesitura, lo que sí creo es que puede ser nuestra respuesta la que nos descubre nuevas posibilidades. Es decir, tú podrías olvidarte de lo que te pasó y del texto de la partitura, sin embargo, tu buena disposición hace que algo cambie dentro de ti y reacciones para tratar de ayudar porque estás convencida de que alguien te necesita. Lo mismo me sucede a mí al escucharte y apoyarte. Pero ahora tomemos el chocolate, que se nos enfría.

Subieron las escaleras de forma pausada, como si no les apeteciera llegar. El doctor vivía en el tercer piso del número 9 de la calle San Bernardo. Les sorprendió que fuera el propio Martínez Escudero quien les abrió la puerta.

—Qué puntuales. Pasen, por favor. He preferido que no estuviesen las enfermeras y como esta tarde no tengo consulta, les he dado permiso.

—Muy amable —dijo Ana con un hilo de voz.

—No esté usted intranquila —replicó el doctor—. Ya verá como es muy sencillo. Una simple conversación.

—No, si no estoy nerviosa. Lo que sucede es que no me hago a la idea de que mi inconsciente pueda revelarle, por ejemplo, por qué hablo del asesinato de Prim y de toda la confusión que rodeó el suceso, sin tener ni idea del tema.

—Mi querida señorita Sandoval, la hipnosis no es infalible, pero el doctor Louveteau tiene experiencia y seguro que lograremos una respuesta fiable. Perdónenme un segundo, voy a decirle que han llegado ustedes. Pueden pasar al despacho —dijo señalando la puerta del fondo del pasillo—. Bueno, ya conocen el camino.

Era una habitación muy amplia con un gran ventanal que estaba abierto y por el que penetraba la luz del día ofreciendo un aspecto muy distinto a lo que podría esperarse del despacho de un psiquiatra. Las paredes aparecían cubiertas de recias estanterías de madera en las que se apilaban cientos de libros, junto con diplomas y títulos que acreditaban los conocimientos del doctor Martínez Escudero. En una hermosa mesa de caoba, dos curiosas tulipas verdes, a juego con la tapicería de dos de los sillones. Los otros dos eran de cuero negro, como el diván.

—¿Te has tumbado alguna vez en el diván? —preguntó Elvira a su sobrina.

—No. Siempre hemos charlado sentados en los sillones.

—Pues tiene que ser comodísimo. Estoy segura de que yo me quedaría totalmente relajada a los dos minutos —bromeó.

—De eso se trata —dijo Martínez Escudero entrando en el despacho, justo antes de añadir—: Este es el doctor Louveteau.

—Encantado, señoritas —saludó el doctor en un excelente español. De no ser por el leve acento que sobrevolaba sus erres, habrían jurado que el francés llevaba toda la vida en España. Elvira recordó que Rodrigo había mencionado que Louveteau había pasado aquí parte de su adolescencia.

Era relativamente joven para la imagen que de él se habían formado. Tanto Ana como Elvira pensaban encontrarse con un hombre de barba canosa, de unos sesenta años, y sin embargo quien las saludaba era un hombre rubio, alto y bastante agraciado que no pasaría de los cincuenta.

—Señorita Ana —dijo Louveteau—, me imagino que ya sabe en qué consiste la sesión a la que voy a someterla.

—Bueno, el doctor me explicó que primero me induciría al sueño y luego intentaría que regresara al pasado.

—Perfecto. Confíe en mí, ya verá como rápidamente llegamos al punto que nos interesa.

—Perdón, doctor —le interrumpió Ana—, ¿puede quedarse mi tía?

—Por supuesto. Ahora, echemos las cortinas y usted, Ana, túmbese en el diván.

Elvira contempló el cambio efectuado en la habitación en solo unos segundos. Cerrado el ventanal y corridos los tupidos y sólidos cortinones, solo las lámparas de la mesa, con una luz tenue, iluminaban la estancia creando un ambiente intimista. Ella y Martínez Escudero observaban sentados frente al diván.

El doctor Louveteau, de pie, miraba a Ana a los ojos.

La joven se sentía tranquila, pero le costaba mantener la mirada de Louveteau; era tan profunda que le hacía daño. Por eso cuando le pidió que fijase toda su atención en dos dedos de su mano, al fin logró relajarse. El doctor hacía pequeños círculos con los dedos que ella debía seguir, aunque estaba convencida de que aquello no iba a funcionar...

La voz del doctor se había vuelto un tanto monótona, distante. Le pidió que cerrase los ojos. Obedeció, mas el doctor insistía.

—Cierre los ojos, despacio... Disfrute de esa ausencia de imágenes, relaje los párpados, despacio, despacio... No piense en nada, solo concéntrese en mi voz y sienta la laxitud...

Se resistió y vio la imagen de Santiago. Recordó su expresión, la noche en que se besaron. Quería volver a sentirse como entonces. Sin embargo, aquella voz resultaba tan persuasiva...

—Relájese, Ana, déjese llevar por esta paz...

Luchaba por mantener la visión de Santiago..., pero la voz, cada vez más susurrante, insistía.

—No piense en nada, solo en esta sensación placentera... Se encuentra maravillosamente bien... *Alors,* déjese llevar por esta dulce sensación que la envuelve.

Ana descubrió una nueva emoción. Estaba flotando. Su cuerpo no existía. Toda ella era etérea...

Elvira, que seguía el proceso con verdadero interés, observó la cara relajada de Ana y se asustó al ver que el doctor Louveteau se acercaba a su sobrina aguja en mano.

—No se inquiete —le comentó Martínez Escudero—, solo es para comprobar si la paciente ha conseguido la profundidad deseada.

El doctor introdujo la aguja en el antebrazo derecho de Ana y Elvira comprobó sorprendida que su sobrina no reaccionaba. «Qué intenso ha de ser el trance para que no perciba el dolor del pinchazo», se dijo. Satisfecho con el estado de la paciente, Louveteau inició la regresión haciendo a la joven preguntas que la llevaron a su pasado. Primero la situó en los veinte años. Se interesó por las clases en la Escuela de Música; quería que le hablara de sus compañeros, de sus profesores; le preguntó por sus amigos.

Elvira no salía de su asombro, si su sobrina estaba inconsciente, ¿cómo podía hablar? Y sobre todo, ¿cómo era posible que sus gestos estuviesen de acuerdo con lo que decía, igual que si se hallara consciente? Solo su voz era distinta: se expresaba con una gran lentitud, en un tono bajo, como si estuviera descubriendo un secreto y no quisiera que nadie se enterase.

—Dime, Ana, ¿te gusta algún chico? —siguió preguntando el doctor.

—Bueno, sé que unos cuantos se interesan por mí.

—Y tú ¿a cuál prefieres?

—No me decido por ninguno.

—Pero tienes acompañante, ¿no?

—No. Bueno, alguna vez me acompaña un joven abogado, Enrique.

—¿Le quieres?

—Como amigo sí. Estoy bien con él.

—Si no te gusta, ¿por qué estás con él y no con otro?

—A mis padres les agrada que me acompañe.

—Siempre deseas darles gusto a tus padres. ¿Tienes muy en cuenta sus opiniones?

—Sí, sobre todo la de mi padre. Él sabe muy bien lo que me conviene.

—¿Estás ahora muy unida a tu padre?

—Claro. Es muy bueno y me quiere mucho.

—¿No tienes secretos para él?

—No.

—¿Se lo cuentas todo?

—Sí.

—¿Y a tu madre también?

—A ella no le importo. Se preocupa de otras cosas.

—¿No la quieres?

—Sí, aunque mucho más a mi padre. Él me entiende. Ella no.

Elvira, interesadísima, seguía la conversación y no le pasó desapercibida la dulzura que se dibujó en la cara de su sobrina cuando habló de su hermano Pablo. Sabía que le quería mucho, que estaban muy unidos. Pero en ese momento se dio cuenta del trauma tan terrible que había supuesto para Ana perderlo.

Tampoco al doctor Louveteau se le escapó esa expresión que, unida al contenido de las réplicas, le llevó a plantearse una primera hipótesis: posiblemente la respuesta que buscaban estuviese escondida entre los recuerdos paternos. Por eso siguió insistiendo.

—Dices que siempre has estado muy unida a tu padre.

—Sí. Papá está pendiente de mí.

—Ana, has cumplido trece años. Me imagino que vas al colegio, ¿tienes muchas amigas?

—Sí.

—Habláis de muchas cosas.

—Claro.

—Recuerda y cuéntame alguna de vuestras conversaciones.

—Rosa, que es la mayor, sueña con ser artista de teatro. Es muy guapa y le gusta que la miren. María dice que lo que ella quiere es enamorarse de un chico muy guapo y tener muchos niños.

—Y tú, ¿les dices lo que quieres ser?

—Ellas ya saben que deseo convertirme en una gran violinista. Que quiero hacerme famosa en el mundo de la música.

—¿Por qué decides ser violinista?

—Mi padre me anima a serlo. Siempre quiso que yo me dedicara a la música.

—*Très bien.* Concéntrate. Ahora tienes once años. ¿Pasas mucho tiempo a su lado? Cuéntame cómo es un día normal de vuestra vida.

—Voy al colegio de Nuestra Señora de Loreto. Vuelvo a casa sobre las cinco. Después de merendar hago los deberes en el despacho de papá.

—¿Él está contigo?

—Sí, claro.

—¿Qué hace mientras tú estudias?

—Lee o escribe.

—¿Por qué te gusta tanto estudiar en el despacho de tu padre?

—Porque me agrada estar cerca de él y porque puedo preguntarle todas mis dudas. Papá me ayuda a estudiar.

La sonrisa que ilumina el rostro de Ana se trunca de pronto y se queda en silencio.

—¿Qué sucede? —le dice Louveteau, muy atento a cualquier gesto de la paciente—. ¿Qué es lo que no te gusta?

—Son unos amigos de papá que a veces vienen a verlo.

—¿Y qué pasa?

—Que papá me manda a mi cuarto.

—Y tú no quieres que te separen de él, ¿verdad?

—No, pero es que discuten mucho y después papá está triste.

—¿Por qué sabes que discuten?

—Me quedo a escuchar detrás de la puerta.

—¿Puedes oírlos ahora?

—Sí.

—Dime de qué hablan.

—Siempre hablan de lo mismo, de un... asesinato... Del... asesinato... del general Prim.

Louveteau no levanta la vista, pero Elvira y el doctor Martínez Escudero se miran asombrados. Allí está el misterio.

—Ana, sigues detrás de la puerta, ¿verdad?

—Sí.

—¿Quién está hablando ahora?

—Es papá y está enfadado.

—¿Qué es lo que dice?

—Que están equivocados, porque los verdaderos culpables, los que decidieron acabar con la vida de Prim, siguieron disfrutando de la misma situación de poder sin que nadie les pidiera cuentas por lo que habían hecho. —Se expresa con voz fuerte. Elvira se pregunta si esa entonación enfática no responderá al deseo de imitar la forma de hablar de su padre.

El doctor Louveteau interroga con la mirada a su colega Martínez Escudero, que con una inclinación de cabeza le da a entender que esas eran más o menos las mismas palabras que empleó Ana sin ser consciente de ello durante la cena en casa de Juan.

—¡Es malo! No me gusta —casi grita la joven.

—¿Es uno de los amigos de tu padre?

—Sí.

—¿Por qué no te gusta?

—Es el que más enfada a papá.

—¿Ahora también?

—Sí. Y papá grita mucho.

—¿Puedes entender lo que dice?

—Habla de una malla que le salvó la vida al general y dice que murió porque nadie quiso salvarlo.

—Está bien, Ana, descansa, descansa unos minutos.

—Papá les dice que no quiere hablar de ese tema, que ya está todo dicho, pero que jamás se callará ante semejante patraña. Yo no quiero que vengan a verlo esos amigos que siempre le hablan de lo mismo.

—Tranquilízate, descansa, descansa...

El doctor Louveteau consulta su reloj. No ha necesitado mucho tiempo para llegar al origen del recuerdo reprimido, y se dice que tal vez pueda seguir intentando profundizar en la influencia paterna, para tratar de encontrar alguna respuesta a la extraña experiencia que Ana había tenido con el violín.

—¿Te sientes mejor?

—Estoy bien.

El doctor Louveteau decide retroceder un poco más en la vida de la paciente.

—Ana, eres una niña preciosa. Tienes seis añitos y te gusta mucho jugar con muñecas. Es una tarde cualquiera y estás en casa con ellas, ¿cómo se llama tu preferida?

—*Sol,* se llama *Sol.*

—¿Es rubia o morena? ¿La tienes en tus manos?

—Sí. Es rubia. Papá dice que se parece a mí.

—¿Juegas a las muñecas con papá?

—No, pero me deja llevar los juguetes a su despacho.

—¿Estás jugando ahora en él?

—Sí. Estoy sentada en la alfombra y le doy la merienda a *Sol.* Mamá me ha regalado unas tacitas preciosas.

—¿Está mamá contigo?

—No, solo papá.

—¿Y qué hace?

—Escucha música.

—¿A ti te gusta la música?

—Sí, mucho. Pero a mamá no. Siempre discute con papá.

—*Alors,* quiero que te concentres y recuerdes lo que dice mamá.

—No, no, no... —Elvira mira sorprendida a su sobrina, que como si fuera una niña comienza a lloriquear y a taparse la cara con las manos—. No, no... —repite.

—Tranquila, tranquila —le dice Louveteau—. Cuéntame qué está pasando.

—Mamá grita, grita mucho, está muy enfadada. No, no... —suplica llorando Ana.

—¿Qué pasa?

—Mamá ha roto la grabación y le dice a papá que así no volverá a escuchar aquella maldita música nunca más y se va dando un portazo.

—¿Tú qué haces?

—No me atrevo a acercarme a papá. Está llorando.

—¿Qué sientes?

—Pena, una pena muy grande, sobre todo por papá, que ya no podrá volver a escucharla... Dice entre sollozos que era una grabación única. Y yo lloro. Lloro como papá y daría todas mis muñecas para que él pudiese volver a tener el cilindro del fonógrafo.

—¿Cómo es esa música, Ana? La has escuchado muchas veces y también hace unos minutos antes de que mamá entrara en el despacho. ¿Podrías tararearla?

—No sé.

—Inténtalo.

La joven permanece con expresión turbada. Al cabo de unos segundos dice que no puede.

—A tu papá le encantaría que la recordases —insiste el doctor.

—Lo sé.

—¿Te lo dice él?

—No. Pero a veces papá la tararea sin darse cuenta y yo intento seguirle.

—¿Y qué pasa?

—Que él se emociona y me da un beso. Me asegura que un día yo seré la mejor con el violín.

—Ana, sé que es un esfuerzo. ¿Puedes tararearla ahora? Piensa que papá te escucha.

—Es difícil.

Elvira y los doctores Martínez Escudero y Louveteau no pestañean para no perderse ni uno de los elocuentes gestos de la joven, que con expresión infantil intenta recuperar el recuerdo de aquellas notas. Los tres están seguros de que se trata del *Capricho 24* de Paganini, pero necesitan que la propia Ana se lo confirme.

Ella se sumerge con fuerza en su niñez. Quiere darle una alegría a su padre. Ve su cara. Nota que le invade la ternura y comienza tímidamente a entonar unas notas...

No existe ninguna duda porque, aunque por momentos resulta confuso identificar la melodía, se trata del *Capricho 24*. El doctor Louveteau mira a Martínez Escudero, que asiente. La hipnosis ha dado resultado y puede finalizar.

—Ana llama Louveteau—, voy a despertarla contando hasta tres. Cuando oiga el número tres abrirá los ojos, estará despierta por completo y se sentirá perfectamente bien. Podrá recordar toda la sesión. ¡Atención! Comienzo a contar: un... dos... tres, ¡despierte! Todo ha salido bien. Tiene que estar tranquila. Se notará cansada, pero se recuperará muy pronto. Ana, quiero que recuerde todo lo que hemos hablado.

Elvira sentía unas ganas inmensas de llorar. Jamás hubiese podido imaginar que su sobrina estuviera unida de tal forma a su padre y deseaba escuchar la explicación del doctor.

Ana abrió los ojos muy despacio, tratando de descubrir el lugar exacto donde se encontraba, y respiró aliviada al ver la cara de su tía.

—Ha sido una paciente estupenda —dijo el doctor Louveteau—. Puede quedarse tranquila. Como sospechábamos, en su inconsciente estaba la respuesta. Hemos asistido a lo que llamamos «pantomnesia», es decir, determinados momentos del pasado que le han impresionado, de forma negativa, han quedado grabados en su psique con gran intensidad, pero su inconsciente los ha ocultado por el rechazo que le producen.

Al contrario de lo que pudiera pensarse, Ana miraba al doctor con expresión de placidez. Iba a comentarle que entendía perfectamente lo que le estaba diciendo, pero Louveteau seguía hablando.

—Esos pasajes guardados en su memoria podían no haber aflorado nunca, de no producirse las situaciones concretas que provocaron el recuerdo. Sabe a qué momentos me estoy refiriendo, ¿verdad? ¿Recuerda nuestra conversación?

—Sí —respondió Ana con una gran paz y exclamó—: ¡Dios mío, la música de papá era Paganini!

—Pero la había borrado porque su recuerdo le producía dolor. Sin embargo, la noche de fin de año usted se hallaba en un estado anímico muy especial —afirmó el doctor—: Añoraba a su padre, deseaba recordarle y al disponerse a tocar el violín para él, surgió la chispa e interpretó la música que usted sabía que le apasionaba.

—Lo entiendo —dijo Ana muy convencida—, aunque hay varias cosas para las que no encuentro explicación.

—¿Y son?

—La perfección con la que interpreto esa música, la hoja que dibujé de forma inconsciente y el texto que localicé en la partitura de los Caprichos.

El doctor Martínez Escudero intervino en ese momento para recordarle a su colega los pormenores del historial de Ana.

—Ciertamente, a esos interrogantes no puedo darles respuesta. Es decir, no existe explicación médica o científica para ellos. Claro que se podrían buscar aclaraciones dentro del mundo de la parapsicología, por ejemplo, la adivinación por contacto, pero es algo en lo que yo no creo —afirmó con rotundidad Louveteau.

—Comprendo que nosotros, como médicos, no debamos creer firmemente en la parapsicología, aunque yo no consideraría la adivinación por contacto una pura fantasía —matizó Martínez Escudero.

—Es usted demasiado benévolo en sus calificaciones. Yo lo considero más bien una tomadura de pelo.

Elvira escuchaba interesadísima y antes de que su sobrina dijese nada, pidió que le aclararan qué era eso de la adivinación por contacto. Fue Martínez Escudero quien las informó.

—Es una, llamémosla, teoría que asegura que los objetos quedan impregnados de quienes los poseen y algunas personas más sensibles pueden percibir a través de ellos cualidades o defectos de sus antiguos dueños.

—Será una tontería, pero me parece muy interesante —comentó Ana. Estaba dispuesta a agarrarse a cualquier posible solución. Solo quería encontrar respuestas a lo que le sucedía y por supuesto que no iba a rechazar ninguna hipótesis—. ¿Hay algún experto en Madrid con el que podamos consultar? —preguntó.

—Lo desconozco —respondió el doctor Martínez Escudero.

—La verdad es que no entiendo muy bien para qué necesitaríamos a un experto si supiéramos qué objetos son los que pueden influir en Ana —apuntó Elvira.

—¿Y cómo lo sabría? ¿Podría decirnos ahora cuáles son esos objetos que propician determinadas reacciones de su sobrina? —le preguntó Martínez Escudero.

—Parece fácil deducir que tendría que ser el violín —afirmó Elvira—, nadie mejor que él para lograr esa maestría interpretando a Paganini.

—Tiene usted razón, pero solo a medias. Supongamos que el violín que utiliza Ana, el de ella, pudo haber pertenecido antes a otra persona, y que esta interpretara a Paganini de forma excepcional. Pues con todos esos datos no se podría afirmar nada si un especialista no examina el objeto, en este caso el violín, para determinar al palparlo y estudiarlo si puede transmitir vivencias o no. Además —prosiguió el doctor—, ese virtuosismo con Paganini que Ana demuestra en determinados momentos puede recibirlo de cualquier otro objeto que haya pertenecido a algún violinista.

—¿A qué objetos se refiere, doctor? —quiso saber la joven.

—A ninguno en concreto y a todos los que estuvieron en contacto con el supuesto violinista. Cualquiera puede ser: una pipa, una prenda de vestir, unas gafas... Algo perteneciente a esa persona experta con el violín.

Ana no sabía si el violín que le había regalado su padre lo había comprado para ella o si lo había usado él en su paso por la Escuela de Música. Y de no ser el violín, estaba segura de que los objetos que podían haberle transmitido vivencias ajenas se encontraban en La Barcarola, la casa de su tía en la que todo se había desencadenado.

—Pero por favor, querido Rodrigo —dijo Louveteau—, todo eso son majaderías a las que no deberíamos prestar la menor atención. Señorita —dijo dirigiéndose a Ana—, está usted perfecta. Olvídese de la hoja de tilo, del mensaje y demás interrogantes. Seguro que son simples coincidencias y que en otra situación no les hubiera dado importancia.

—Sí, es posible —convino ella—, aunque personalmente siempre me ha parecido que las coincidencias responden a algo que ignoramos.

Elvira conocía muy bien a su sobrina y decidió intervenir para zanjar el tema.

—Mañana doy una copa en casa. Solo asistirá un reducido grupo de amigos y me encantaría que pudieran acompañarnos.

—Acepto encantado —contestó Martínez Escudero—, sobre todo porque estoy deseando ver el cuadro que le regaló Juan.

—Pero ¿por qué no me lo ha dicho antes? —le interrumpió Elvira—. Me habría encantado convidarle a merendar cualquier tarde.

—No quería molestarla. Paul —dijo dirigiéndose a Louveteau—, puede acompañarme, ¿verdad?

—Por supuesto, no me perdería una fiesta con una anfitriona tan encantadora como Elvira. Además, me ha intrigado con el cuadro, ya sabe que la pintura es mi pasión.

—Pues no hay más que hablar —concluyó el doctor mientras Elvira, ya en pie, sonreía feliz ante la perspectiva de una interesante velada.

—A partir de las siete, cuando quieran —dijo ella.

—Perfecto.

—¿Usted acudirá? —preguntó a Ana el doctor Louveteau.

—Si mi tía me convida, por supuesto que iré —respondió divertida.

—Cómo puedes dudarlo, si eres la reina de la casa —replicó sonriendo Elvira para añadir—: Convidaré también a tu profesor y a su amigo violinista.

De regreso a casa, Ana le había dicho a Elvira que necesitaba asimilar las emociones despertadas aquella tarde e intentar aclarar sus ideas y que lo mejor sería charlar con calma al día siguiente.

Sentada en el despacho de su padre, volvió a recordar con toda nitidez las imágenes recuperadas en la hipnosis. Acarició el sillón en el que él se sentaba. Nunca hasta ese momento se había atrevido a permanecer en aquel espacio. Solo hacía unos meses del fallecimiento de su padre y no soportaba el dolor que se agudizaba al entrar en contacto con aquellos lugares en los que aún le parecía sentir su presencia. Todo permanecía como él lo había dejado, y de repente sintió la necesidad de curiosear, de mirar las distintas carpetas, de rebuscar en los cajones de la mesa, de inspeccionar en las estanterías en las que a veces se guardan cosas que luego se olvidan.

Cuando estaba a punto de encaramarse en la escalera, unos suaves golpes en la puerta la hicieron detenerse.

—Perdón, señorita —dijo Berta, la doncella de su madre—, ¿dónde prefiere que le sirvamos la cena y a qué hora desea que lo hagamos?

—Creo que voy a esperar a mamá. Cenaré con ella. ¿No está Ignacia? —Ana quería a la vieja criada como si de un miembro de su familia se tratara.

—Ignacia no se encuentra muy bien y como podía arreglármelas sola, se fue a su cuarto. Señorita, permítame decirle que su señora madre no llegará muy pronto y es probable que cene fuera.

—No importa. La esperaré.

Ana había decidido hablar con su madre aquella misma noche. Necesitaba preguntarle muchas cosas. Sobre todo quería saber por qué le molestaba aquella música y quién la interpretaba. Recordó su conversación con Inés Mancebo y se preguntó si la intérprete de aquella música sería alguna de las compañeras de curso de su padre. Podría ser la propia Inés o Elsa Bravo.

La sesión de hipnosis le había aclarado muchas cosas. Pero ¿por qué tomó la decisión de perfeccionarse en Paganini? Resultaba evidente que su reacción ante el fenómeno que experimentó la noche de fin de año podría haber sido muy distinta y nunca se habría encontrado con el misterioso texto. De nuevo se planteó la misma pregunta que no dejaba de inquietarla: ¿quién la había llevado hacia las partituras de los Caprichos? Con una fotografía de su padre en las manos, Ana se dijo que él se sentiría orgulloso de su comportamiento, porque pasase lo que pasase, aunque nunca pudiera averiguar nada, estaba convencida de que hacía lo correcto.

Al abrir uno de los cajones de la mesa de despacho halló el tabaco de pipa de su padre. Aspiró el olor dulzón del capstan y cerrando los ojos volvió a deleitarse con aquel aroma y todo lo que para ella significaba, mientras se preguntaba por qué su madre no había cambiado nada del despacho. Todo seguía igual: los papeles sobre la mesa, las fotos... y la pipa, la hermosa pipa de espuma de mar con la cabeza de hombre esculpida como cazoleta. La tomó en sus manos y la acarició dulcemente mientras la emoción la embargaba. Luego la colocó en su sitio, en una especie de bandeja situada delante de una fotografía de sus padres en París.

Se fijó una vez más en aquella instantánea tomada en su luna de miel. Hacían una buena pareja. A Ana aún le parecía escuchar la voz de su padre cuando le decía con una sonrisa: «Tenías que ver la sensación que causaba tu madre a los franceses. No había lugar al que fuéramos en que no la miraran embobados». «¿Y a ti no te perseguían las francesas?», preguntaba Ana siguiendo la broma. «No, hija. Yo nunca he tenido éxito con las mujeres. Siempre daré gracias a Dios por haber conocido a tu madre y porque me aceptara.»

Ensimismada en sus recuerdos, no percibió la entrada de Dolores, que la observaba desde hacía unos minutos.

—¿Te pasa algo? Jamás te ocupas de cenar conmigo, vivimos casi como dos extrañas y hoy me esperas más de dos horas —decía su madre, mientras tomaba en sus manos la fotografía que contemplaba Ana—. ¡Dios mío, cuánto he cambiado!

—No, madre, sigue siendo muy hermosa.

No mentía. Dolores Navarro aún era una mujer atractiva, con una belleza clásica de facciones perfectamente equilibradas, y aun siendo más bien baja, su imagen resultaba esbelta y airosa. Siempre había sido una maestra a la hora de rentabilizar su atractivo físico, y sabía elegir a la perfección el tipo de vestuario que más la favorecía, así como el peinado que mejor casaba con su fisonomía.

—Sí, es verdad que no estaba nada mal —dijo Dolores con una sonrisa y la mirada aún fija en la instantánea—, pero ahora mi imagen es tan distinta...

—A mí no me lo parece —insistió Ana—. Madre, ¿no ha pensado en cambiar esta habitación? ¿La dejará siempre como está?

—¿Te interesa mucho saberlo? ¿La quieres para ti? —le preguntó su madre con cierta ironía.

A Ana no le sorprendían aquellos cambios de humor, ya estaba acostumbrada. Hacía muy poco, la noche en que regresó de Valdemorillo, Dolores le había desvelado lo sola que se sentía al considerarse excluida de la vida en común entre su marido y su hija. Ana deseaba aclarar del todo la situación con su madre y pensó que aquel podría ser el momento indicado. Tenía la sensación de que algo las separaba.

—¿Por qué le ha molestado mi pregunta?

—Déjalo, no tiene importancia —respondió su madre sonriendo.

—Sí la tiene. ¿Existe alguna cosa en mí que la ponga de mal humor? —Ana dudó unos segundos y por fin le planteó algo que siempre había sospechado—. Madre, a veces tengo la sensación de que no me quiere, de que nunca me ha querido.

—¿Que no te quiero? —protestó Dolores a punto de llorar—. No existe nada en el mundo que me importe más que tú.

—Entonces, ¿por qué siempre se enfada conmigo? He deseado tanto un gesto cariñoso...

—¿Cuándo lo has deseado? Siempre he sido invisible para ti. El cariño de tu padre lo llenaba todo. No había hueco para el mío.

—Pero, madre...

Mucho tiempo atrás, Dolores había asumido que su relación con Ana estaba rota. Al principio no fue consciente de cuánto protegía Pablo a la niña, y cuando al fin se dio cuenta de lo alejada que estaba de ella, ya era tarde: no tenía fuerzas para enfrentarse a su marido y además sabía cuánto bien le hacía a la pequeña, así que prefirió callarse.

—Sí, Ana. He sufrido en silencio durante mucho tiempo. Dios quiera que nunca te suceda lo mismo. Ojalá nunca veas cómo las dos personas que más quieres forman un mundo aparte del que te sientes excluida.

—Pero si papá la adoraba. Siempre estaba pendiente de cuanto decía —manifestó Ana totalmente sobrecogida por la confesión de su madre.

—Claro que me quería. Ese no era el problema.

—¿Entonces? —preguntó con una voz apenas audible.

—El problema eras tú.

—¿Yo?

—Sí. Cada día estabas más lejos de mí. Todo cuanto hacía o decía te molestaba. Siempre acudías a tu padre para todo. ¿Dices que no te quiero? Qué sabrás tú. Yo sí tengo experiencia en el desamor de una hija. Tu padre se reía de mí cuando se lo decía, pero seguía acaparándote. Al final decidí que él se ocupara de ti. A partir de ese momento intenté distraerme con lo que fuera con tal de que me ayudase a sobrellevar mejor mi problema.

Ana escuchaba emocionada la confesión de su madre. Nunca le había parecido una persona vulnerable y sí que lo era. Se dio cuenta de que no conocía en absoluto a la mujer que tenía enfrente, la mujer que le había dado el ser. En un arranque de ternura, se abrazó a ella y llorando le pidió perdón.

—Lo siento, de verdad que lo siento. Jamás me hubiera podido imaginar lo que estaba sucediendo. Mi percepción era la contraria. Gracias por contármelo, madre.

Dolores siempre había sabido dominar su emoción y también ahora lo estaba consiguiendo, pero al escuchar a su hija, a su adorada Ana, llamarla «madre» con aquella emoción, fue incapaz de contenerse y respondió al abrazo como si no la hubiese abrazado nunca.

Permanecieron abrazadas durante unos minutos. Luego Dolores, mirando a su hija con una expresión que a Ana le pareció maravillosa, le dijo:

—Dime ahora por qué te interesas por el futuro del despacho de tu padre.

—Era simple curiosidad. Lo que pasa es que todo en esta habitación hace más vivo su recuerdo —respondió con voz triste.

—¿Y eso es malo? —preguntó su madre.

—Es doloroso.

—Tienes toda la razón. Aunque el dolor se irá pasando y llegará un momento en que esta habitación ya no nos turbará, sino que ayudará a recordar momentos vividos en su compañía.

—¿Lo echa mucho de menos, madre?

—Sí. Ni un solo minuto dejo de acordarme de él. Como te he dicho, tengo experiencia en disimular mis penas. Lo cierto es que intento seguir haciendo una vida social normal. A veces me cuesta, pero me sobrepongo. Puedes estar segura, nunca dejaré de querer a tu padre.

Ana pensó que aquel era el clima perfecto para seguir hablando con su madre de los temas que le interesaban.

—Madre, quisiera hacerle una pregunta. ¿Por qué le rompió a papá el cilindro del fonógrafo?

Dolores miró a su hija sorprendida. «¿Cómo puede acordarse de aquel incidente después de tantos años?» Dudó si responder o no, pero Ana ya era una mujer y si le preguntaba, era porque algo le preocupaba.

—Fue una tarde en la que habíamos discutido y yo estaba muy disgustada, tanto que tuve que suspender una merienda con mis amigas porque mi estado era deplorable. Recuerdo que bajé al despacho de tu padre decidida a hacer las paces creyendo que él estaría tan afectado como yo. Al entrar y verle feliz escuchando aquella música, no pude evitarlo. Deseaba hacerle daño. Y decidí eliminar aquel placer al que yo era ajena. Solo advertí tu presencia cuando me iba enfurecida del despacho. De haberte visto, tal vez no me hubiera comportado de esa forma —dijo pesarosa su madre—. Pero dime, ¿por qué me lo preguntas?

Ana no había contado a su madre nada de lo que le sucedía y de momento prefería no hacerlo, así que respondió:

—Hoy es la primera vez que entro en el despacho de papá y los recuerdos se agolpan...

—Pero, hija —dijo su madre interrumpiéndola—, ¿por qué no me lo has preguntado antes?

—No lo sé. Esta tarde, en este ambiente, he vuelto a vivir aquel momento y como me ha abierto su corazón, me atrevo a preguntárselo. Recuerdo que papá estaba tan triste...

—Sí, lo sé. Conseguí hacerle daño, que era lo que pretendía. Nuestra discusión le había dejado indiferente y necesitaba hacerle reaccionar. No te asustes, Ana, puede que algún día lo entiendas. Pero lo cierto es que lamenté de veras haberlo hecho y muchas veces le pedí perdón y aunque siempre aseguraba no acordarse del incidente, y le quitaba hierro al asunto, sé que no era así porque no volvió a utilizar el fonógrafo. Mira —dijo su madre mientras se aproximaba a una de las puertas de la parte baja de la librería—. Ven, acércate —le pidió al tiempo que la abría—. Desde aquel día el fonógrafo permaneció aquí guardado, como si no existiera.

Ana observó el fonógrafo desmontado y pensó en lo extraño del comportamiento de su padre. Ella no se había dado cuenta de que desde entonces él no escuchaba música en el despacho.

—Madre, yo creo que papá no volvió a utilizar el fonógrafo porque sabía que a usted no le agradaba, que lo hiciera —dijo sin pensarlo dos veces.

—Te equivocas totalmente, asistíamos juntos a recitales y conciertos. Lo hizo para que yo nunca olvidara el daño que le causé y puede que también porque al no poder escuchar la maldita grabación que tanto le gustaba, no desease hacerlo con otras.

—¿Quién era el intérprete? —preguntó Ana.

—No tengo ni idea. Probablemente algún violinista conocido del amigo que le compró el fonógrafo. Sé que comentaron algo sobre una serie de grabaciones que habían hecho.

—¿Cómo se llamaba ese amigo?

—Tampoco lo sé —admitió Dolores—, aunque creo que donde está guardado el fonógrafo había un sobre y es probable que en él aparezca el nombre.

—Gracias, madre.

Dolores le quitó importancia con un gesto de la mano y tras un segundo cambió de tema.

—Siento no acompañarte en la cena, pero he tomado algo en casa de los Macías y estoy agotada. Diré a Berta que te atienda. —Dolores miró a su hija sin hablar, luego se dio la vuelta—. Buenas noches.

—Buenas noches, madre, que descanse.

—Ana —le dijo ya desde la puerta—, te quiero, hija.

—Yo también, madre.

La joven se quedó muy pensativa. Tenía la sensación de que su madre ocultaba algo: certezas... tal vez sospechas... Sí, posiblemente algunas dudas habían quedado grabadas en su corazón, pero como tales no debía darlas a conocer y menos a ella. Se encaminó despacio a la librería. Buscó detrás del fonógrafo y allí estaba. Se trataba de un sobre amarillento y arrugado. «Qué raro», pensó. Su padre archivaba la correspondencia y aquel no era lugar para dejar una carta. La abrió y leyó:

Querido amigo Pablo:

Ha sido una satisfacción poder cumplir su encargo. Aquel es otro mundo. América es joven y se nota. Hemos grabado unos cilindros que le adjunto. Sé que alguno le apasionará. Espero que nos veamos el jueves en el Fornos.

Suyo afectísimo,

Ernesto Bravo

Sorprendida, se quedó unos minutos con el papel en la mano sin saber qué hacer. El autor de la carta tenía que ser hermano de Elsa. Aquel que le habían dicho que la controlaba en todo momento.

En realidad le daba lo mismo quién fuera este amigo de su padre porque nada podía hacer, ya había agotado todas las posibilidades sin conseguir ninguna pista sobre los Bravo. ¿Cómo era posible que toda una familia desapareciese sin dejar ningún tipo de rastro? El valor de aquella nota manuscrita —si es que el tal Ernesto era el hermano de Elsa— sin duda tenía importancia porque confirmaba la relación entre su padre y los Bravo, por lo menos con Ernesto y casi seguro con Elsa: si Inés le había dicho que su padre mantenía muy buena relación con todas sus compañeras de la Escuela de Música, esta carta dejaba constancia de que no era una relación esporádica, y la amistad continuaba.

Ana estaba convencida de que las personas del texto de la partitura eran las dos que misteriosamente habían desaparecido: Bruno Ruscello y Elsa Bravo.

Había quedado claro en la sesión de hipnosis que si ella interpretaba a Paganini y hablaba de lo sucedido en el asesinato del general Prim, era porque había asimilado como suyas reacciones de su padre, imitando de forma inconsciente la personalidad de aquella persona a la que amaba y admiraba. Aunque existía una diferencia entre las dos reacciones involuntarias de las que Ana había sido protagonista: en el caso de sus opiniones sobre el asesinato de Prim, ella no era consciente de haber hecho comentario alguno sobre la muerte de Prim, sin embargo, sí escuchó las notas de su violín interpretando a Paganini.

A pesar de que las dos experiencias tenían una misma explicación —eran recuerdos archivados en su inconsciente—, lo que provocó la irrupción de esos recuerdos era distinto. De ahí la diferente percepción que tenía de ellos. En el caso de sus opiniones sobre Prim, Ana se limitó a repetir las palabras que oyó tantas veces en aquellas discusiones de boca de su padre. Al no intervenir la voluntad, después no recordó nada. Sin embargo, en el caso de la música sí apareció la voluntad de la joven por agradar a un padre ausente: tras decantarse por Mendelssohn en la noche de fin de año, se había impuesto el inconsciente, que, activo aun sin saberlo ella, la llevó a interpretar a Paganini, el predilecto de Pablo Sandoval.

En esos momentos de la noche y después de darle muchas vueltas, de intentar unir las piezas de aquel rompecabezas, Ana había llegado a la conclusión de que era su padre quien la estaba guiando para que llegase al fondo del misterioso texto de la partitura, aunque era consciente de que esto no debía decírselo a nadie porque no quería que pensaran que se había vuelto loca.

Otra certeza que Ana no podía obviar, porque estaba convencida de ella, era que las dos personas desaparecidas —Elsa y Bruno— no podían estar muertas, porque de ser así, no tendría sentido el haber descubierto el texto.

¿Y la hoja del tilo? ¿Sería cierto que esas dos personas se sentían unidas por un hermoso árbol? ¿Por qué había dibujado aquella hoja? ¿Quién había guiado su mano?

Ana no albergaba ningún tipo de duda en cuanto a su misión en este misterio, pero lo cierto era (y ella lo sabía muy bien) que ya no le quedaba ninguna pista que le permitiese seguir indagando. Bueno, solo una. Mañana mismo hablaría con su tía Elvira para que le diese la dirección en Italia de los antiguos propietarios de La Barcarola. En realidad, todo había comenzado allí. En la solitaria casa de Biarritz...

X

Elvira se estaba dando los últimos retoques. Se sentía contrariada porque Juan, que siempre acudía media hora antes de la fijada para la fiesta y hacía las veces de anfitrión si ella aún no había terminado de arreglarse, ese día no había podido ir. Además, según le había dicho, llegaría un poco tarde. Lo cierto era que no debía importarle el retraso de su amigo: era libre, igual que ella, para hacer lo que más le apeteciese, pero llevaban muchos años juntos y se había acostumbrado a él. Es más, le encantaría conocer su opinión sobre el vestido y los complementos que había elegido para la fiesta.

Nunca había sido muy disciplinada a la hora de seguir los dictados de la moda; antes bien, acostumbraba a adaptarla a sus gustos y preferencias. Aquella tarde noche, Elvira había elegido de su guardarropa un vestido sencillo de seda gris claro. Además de elegante, este color la favorecía, pues resaltaba su blanquísima tez y el cabello rojizo. Lo había peinado en un gracioso recogido que permitía que algunos rizos se moviesen en libertad sin ningún tipo de sujeción. Dudó unos segundos a la hora de escoger el complemento más adecuado, pero al final se decidió por un hermoso y larguísimo collar de perlas. Luego se miró en el espejo y aprobó su aspecto con una sonrisa pícara. En ese gesto de complicidad consigo misma reconoció que se había esmerado de forma especial... y Fernando Gálvez era el responsable de aquella incipiente y renovada ilusión.

Unos fuertes aldabonazos en la puerta la hicieron girarse hacia el reloj que en aquel momento marcaba las siete. Elvira estaba segura de quiénes eran esos invitados tan puntuales.

—Deberíamos haber esperado unos minutos —decía Santiago—, no me gustaría que fuésemos los primeros en llegar.

—No tiene ninguna importancia. Si todos pensaran como tú, no llegaría nadie. Lo que no es correcto es llegar antes de la hora fijada —aseguró Fernando Gálvez—. Nos han dicho a las siete y acaban de dar.

Cualquiera que pudiese observarlos se daría cuenta de que iban a asistir a una fiesta. Los dos hombres se habían esmerado en su arreglo personal: si bien Santiago se mostraba más adusto con una indumentaria totalmente clásica y aspecto de intelectual poco acostumbrado a alternar, Gálvez alegraba su atuendo con un chaleco verde que le imprimía un aire bohemio y al mismo tiempo de seguridad en sí mismo. El aspecto externo era sin duda reflejo de su estado de ánimo: al más joven le aterraba asistir a una fiesta en casa de la tía de Ana casi tanto como verse rodeado de gente extraña; por su parte, Gálvez era incapaz de mantener a raya la euforia. Se sentía pletórico y no se permitía pensar en nada que no fuese aquella hermosa e interesante criatura que le había invitado. Por ella estaba dispuesto a ser la persona más encantadora de la fiesta. Experiencia no le faltaba, y hoy se emplearía a fondo.

Mientras esperaban que les abrieran la puerta, Gálvez comentó mirando entusiasmado a su alrededor:

—Vaya poderío. Esta es la mejor zona de Madrid. No tenía ni idea de que la señorita Sandoval perteneciera a una clase tan privilegiada. Bueno, modales se le veían, pero jamás pensé que pudiera ser vecina del marqués de Alcañices.

—Buenas noches, señores. ¿A quiénes debo anunciar? —les preguntó María, la doncella, impecablemente uniformada.

—A los señores Ruiz Sepúlveda y Gálvez.

—Pasen, por favor.

Los dos hombres miraban en derredor entusiasmados. Ambos sabían apreciar el arte y poseían un excelente gusto estético, quizá por eso quedaron sobrecogidos al entrar en el salón: los espejos, las pinturas pompeyanas y la maravillosa araña de cristal de doce brazos con tulipas y bellísimas lágrimas de cristal de Murano les daban la bienvenida a un mundo que Santiago jamás había frecuentado.

La doncella siguió andando hacia uno de los lados del salón donde unos cortinones de terciopelo azul celeste, recogidos con unos recios cordones de un azulón intenso, daban paso a un espacio más pequeño y con un ambiente totalmente distinto. Las butacas, las sillas, el color de las paredes... todo estaba en perfecta armonía con tres impresionantes cuadros de Sorolla. La habitación era luminosa, tanto por la luz de los cuadros y la decoración en tonos muy claros como por la puerta de cristal que daba a un jardín interior y que en aquellos momentos permanecía entreabierta. En una mesa auxiliar pudieron ver todo tipo de bebidas.

—La señorita bajará ahora —les dijo la doncella—, ¿qué les sirvo mientras esperan?

Gálvez hubiese pedido una ginebra. Sabía que no era lo correcto, pero seguro que le daba tiempo a tomársela antes de que bajara Elvira. Sin embargo, no le quedó más remedio que resignarse porque Santiago ya contestaba a la sirvienta.

—Muchas gracias. Esperaremos a la señorita Sandoval.

—Como ustedes deseen —musitó la doncella mientras se iba.

—Pues yo hubiese agradecido una copa —afirmó Gálvez—. Te juro que estoy impresionado. ¡Vaya casa! Y mira que he visto mansiones espléndidas en mis estancias en Europa, aunque hace ya tanto de eso... —se lamentó con nostalgia—. Ahora estoy rodeado de mediocridad y ya casi ni me acuerdo de que hubo un tiempo en el que yo frecuentaba a la alta sociedad. Oye, Santiago, ¿no te parece extraño que Elvira no se haya casado?

—La verdad es que nunca había pensado en ello.

—Pues es muy raro, porque siendo tan guapa y rica, tuvo y tiene que tener pretendientes a montones. Tal vez la culpable sea la mala suerte. Sí, pudo haber muerto su prometido o se enamoró de alguien que la rechazó o no llegó el hombre de su vida y ese puedo ser yo —dijo riendo Gálvez.

Nunca te había visto tan jovial y feliz. Eso de animarse a uno mismo tiene que dar resultado —comentó Santiago con cierta sorna.

—En este lugar es fácil tener sueños felices —apuntó el maduro violinista mirando a su alrededor.

Elvira y su amigo Juan eran los artífices de la decoración de toda la parte baja de la casa. Ellos fueron quienes decidieron ampliar el salón central derribando parte de las paredes laterales para comunicarlo con las dos habitaciones contiguas, y que así, según el número de invitados a las fiestas, pudieran utilizarse como lugares de conversación más reposada. De esa forma, el espacio central lucía en todo su esplendor como auténtico salón de baile. Además, las estancias laterales también podían mantener su independencia del salón central porque disponían de puerta propia y solo había que echar los cortinones que los unían al espacio central para que quedaran aislados.

Habían decorado los dos cuartos laterales creando en ellos ambientes totalmente distintos. Incluso los cortinones que cubrían su entrada desde el salón central eran de tonalidades diferentes: eligieron azules, que iban sin duda perfectos con los colores de los frescos y pensaron que podría jugar con el cortinón azul claro con cordones oscuros para dar paso al espacio en el que se encontraban Gálvez y Santiago; para la otra dependencia, en cambio, optaron por un cortinón oscuro con cordones claros.

—¿Te parece que nos acerquemos al salón del fondo? —sugirió Gálvez inquieto.

—De acuerdo.

Al instante advirtieron que en nada se parecía al que acababan de dejar. Una excelente librería ocupaba dos de las paredes de la sala. Se fijaron en una escultura de bronce: un precioso ángel sentado que los observaba mientras tocaba la flauta en uno de los ángulos de la habitación.

—Mira, Santiago, observa la actitud de esa figura. La postura relajada de sus piernas basta para transmitir sensación de placidez, de felicidad.

—Sí, es posible —concedió el otro mirando detenidamente la expresión de la figura.

—Adoro la escultura. ¿Sabes por qué? —le preguntó Gálvez, y aclaró sin esperar respuesta—: La adoro porque me hace sentir. Estoy convencido de que en la escultura, como en la música, predomina el sentimiento frente a la razón.

—Pero eso también sucede si analizas otras manifestaciones artísticas —puntualizó Santiago—. A ti te emociona la escultura, sin embargo, al margen de la música, yo disfruto más con la pintura. Mira la maestría de ese cuadro.

En el lugar más destacado de la sala, sobre la chimenea, el retrato de una distinguida señora mayor los miraba con serenidad.

—Juraría que es un madrazo —dijo Gálvez—, aunque no me atrevería a asegurar si del padre o del hijo.

—Me inclino por el padre —opinó Santiago.

—Ha acertado usted —intervino Elvira, que desde hacía unos segundos los observaba detrás de los cortinones—. Fue Federico Madrazo quien pintó a mi madre. ¿Prefieren que nos reunamos en esta parte del salón? Ahora mismo le digo a María que nos acerque las bebidas. Elegí el otro por costumbre. En primavera y verano me gusta aquel por la decoración más clara y por la salida al jardín, pero si ustedes, que son mis invitados especiales, están cómodos aquí, no hay más que hablar.

—No, por favor —suplicó Santiago—, perdónenos. Su casa es tan maravillosa que no resistimos la tentación de ver cómo era esta sala. Ya sé que deberíamos haber esperado a que usted llegara, discúlpenos, por favor.

—No diga tonterías. Cómo me alegro de que hayan venido. Será una velada casi íntima. No más de doce personas —aseguró la anfitriona.

Fernando Gálvez no había dicho nada; miraba a Elvira ensimismado. Tomando una de sus manos, sobre la que se inclinó con auténtica devoción, dijo:

—Sabía que era usted una mujer hermosa, pero al verla ahora en este ambiente del que forma parte, se me asemeja a una ensoñación que puede desaparecer en cualquier momento. Es demasiado perfecta para ser real.

—No me asuste usted, Gálvez. Hay que ver qué exagerado es —contestó riendo Elvira—. Entendería que esos piropos se los dedicara usted a mi sobrina. Nunca la he visto tan guapa como hoy.

Gálvez se giró para ver a Ana, que entraba con tres amigos de Elvira: dos mujeres y un hombre. Lo cierto era que estaba impresionante: llevaba un traje rojo granate con un amplio escote que permitía admirar el delicado y esbelto contorno de su cuello. Se había vuelto a poner el moño bajo que tanto la favorecía y como único adorno lucía unos preciosos pendientes de rubíes a juego con el vestido.

—En verdad es hermosa —confirmó Gálvez—, pero usted no le va a la zaga.

—Qué zalamero es usted. ¿Sabe?, me gusta mucho su chaleco verde.

—¿Se está burlando de mí? —preguntó Gálvez simulando enfado.

—No, en absoluto. —Y sonriendo coqueta, añadió—: Pero si así fuera, ¿cree que se lo iba a decir?

Cuando celebraba reuniones como la de esta tarde a la que asistía un grupo reducido de invitados, prefería prescindir del servicio de camareros. Solo contaba con la ayuda de María, que colocaba bandejas con distintos canapés y una exquisita selección de dulces en mesitas auxiliares. La bebida se la servían los propios invitados. De esta forma, Elvira estaba más tranquila, ya que no se arriesgaba a las inevitables indiscreciones y todos podían hablar con absoluta libertad.

Pendiente de todo, la anfitriona vio como Juan llegaba acompañado de los doctores Martínez Escudero y Louveteau.

—Acompáñeme, Gálvez —pidió Elvira—. Voy a presentarle a Juan Blasco, mi mejor amigo.

Santiago intentaba disimular, no quería que nadie notara su arrobamiento. Desde que Ana había entrado en el salón, no existía nada en el mundo más que ella. Se sentía nervioso. Sabía que las personas que estaban en la reunión eran de confianza, y además Ana le había hecho un retrato perfecto de cada una de ellas; pero aunque nada tenía que temer, no conseguía tranquilizarse. Hablaba con todos e intentaba ser simpático, sin embargo, sus ojos seguían a Ana, no podía dejar de mirarla.

Llevaba días convencido de que era la mujer de su vida. No tenía ni idea de lo que les depararía el futuro, pero sabía que nunca querría a nadie como a ella. Su amor era tan auténtico e intenso que haría cualquier cosa que Ana le pidiera... Incluso renunciar a ella. Y es que Santiago estaba de acuerdo con la frase «todo por amor» cuando se refería a la felicidad del ser amado, no a la propia. Es decir, estaría incluso dispuesto a retirarse de su camino si ella podía ser más feliz con otra persona.

También Ana estaba pendiente de Santiago en todo momento. Era la primera vez que coincidían en un acto social y se sentía gratamente sorprendida. No es que lo estuviera sometiendo a ninguna prueba, pero a pesar de su juventud sabía que muchas veces una persona te puede fascinar en un determinado ambiente que es en el que la conoces, pero después al observarla en otros escenarios y con otro tipo de personas, ya no resulta lo mismo. No es que fuera clasista; era solo que se movía en aquel mundo y resultaba muy importante para ella que Santiago, que era el hombre que más la atraía, siguiera pareciéndole igual de seductor rodeado de aquellos extraños en casa de su tía.

Quería charlar a solas con él, y sin pensárselo dos veces fue en su busca y le pidió que la acompañara al jardín, pues de repente había sentido la necesidad de respirar un poco de aire. Salieron sin que nadie le diera la menor importancia.

—Ya te comenté que los amigos de mi tía son especiales —le dijo Ana.

—Y muy divertidos —apostilló Santiago.

Solo habían transcurrido nueve días desde la noche en que se besaron. Dos veces volvieron a verse, porque a pesar de los deseos de Santiago de suspender las clases, se impuso la opinión de Ana, que le rogó que siguiera acudiendo a su casa hasta finales de mes, y ambos pudieron comprobar lo difícil que les resultaba, sintiendo la misma atracción, permanecer solos en una misma habitación ignorándose. Lo lograron por respeto a sí mismos. De ahí que ahora sus manos acudieran presurosas a encontrarse.

—Ana, si supieras cuánto he soñado con este momento. Ni un solo minuto he dejado de pensar en ti.

La había tomado por los brazos y la atraía hacia sí, mientras admiraba extasiado el rostro de la mujer a la que amaba. Ella esperaba ansiosa que los labios de Santiago se posaran en los suyos. Los dos jóvenes se fundieron en un apasionado abrazo. Pasó un rato hasta que él advirtió lo expuestos que estaban a las miradas ajenas que pudiesen sorprenderlos al otro lado de los cristales. Se separó de ella lo justo para musitarle unas palabras al oído:

—Ana —dijo quedamente—, paseemos un momento. No escandalicemos a alguien que pueda observarnos. Además, quiero hablar contigo, pero, por favor, tú no digas nada. No tienes que responder. Deseo decirte que te amo. Te quiero más que a mi propia vida y sé que siempre será así. Hace mucho tiempo que vengo acallando mis sentimientos. Lo cierto es que desde el primer día que te vi y observé la delicadeza con la que colocabas el violín en el hueco de tu cuello, supe que me enamoraría locamente de ti.

Caminaban muy despacio. Santiago hablaba sin mirarle a la cara. Ella, nerviosa, se agarraba a su brazo y lo apretaba sin darse cuenta.

—Me has dicho unas cosas tan hermosas, Santiago. ¿De verdad lo piensas? —preguntó la joven por decir algo, pues era presa de un gran nerviosismo.

—Puedes estar segura. Pero, por favor, no te sientas agobiada por mi amor. He querido que lo supieras y este me pareció el momento adecuado. Mírame —dijo Santiago mientras se paraba frente a ella.

Siguiendo las indicaciones de Ana, últimamente había prescindido de las gafas y esa noche tampoco las llevaba. Ella miró los ojos verdes de su profesor y le parecieron los más expresivos del mundo.

—Dentro de tres días me voy a Roma —musitó—. No estaré allí más de una semana, pero antes de irme quiero que hablemos despacio sobre lo que me has dicho esta noche. Le pediré a tía Elvira que nos permita reunirnos aquí en su casa. —Ana necesitaba tiempo. Su profesor de violín era la persona que más le interesaba del mundo, pero se había asustado un poco al conocer la profundidad del amor de Santiago. Un sentimiento al que tal vez ella no pudiera corresponder con la misma intensidad.

Santiago no quería engañarse sobre los sentimientos de Ana. «Es muy posible —se dijo— que se sienta atraída y se deje querer, pero nada más.» Ella le había contado que a su lado, por primera vez, experimentó el placer de un beso y la felicidad que proporcionaban unas caricias.

Elvira se había dado cuenta de que Ana y Santiago no estaban en el salón. Disimuladamente miró hacia el jardín con idea de salir un rato con ellos, pero al verlos abrazados decidió no interrumpirlos. Echó un poco las cortinas y pensó en lo maravilloso que era sentir la emoción del enamoramiento. Volvió a mirarlos antes de irse y sintió envidia. ¡Cuánto daría ella porque Juan la abrazara así! ¿Por qué había tenido que enamorarse de un hombre que no se sentía atraído por ella sexualmente? Le entraron ganas de llorar, pero como siempre se contuvo y como buena anfitriona, se dedicó a sus invitados. Una de sus amigas se acercaba en aquel momento.

—Elvira, tienes que decirme dónde has conocido al tal Gálvez. Es divertidísimo. Podríamos contar con él para otras veladas. Además, nos ha dicho que es violinista. Te felicito porque es todo un hallazgo.

La amiga se fue antes de que pudiera contestarle, pero estaba en lo cierto: Fernando Gálvez había conquistado a todos. Elvira deseaba tener la opinión de Juan, con quien lo había visto charlar a solas durante un buen rato. Ahora el maduro violinista estaba sentado con el doctor Louveteau, que no dejaba de reír.

Se sirvió una copa de champán y se acercó al grupo en el que se encontraba Juan con el doctor Martínez Escudero. Sin oírlos, ya supo por la expresión de Juan, que gesticulaba de forma apasionada, que les estaba hablando de ópera, su otra gran pasión, además de la pintura. Lo miró con cariño y se dijo que su amigo envejecía bien. Se notaba que hacía deporte y que se preocupaba de su aspecto externo. Nada en él ponía de manifiesto su condición sexual; solo su extrema sensibilidad y su pasión por la belleza podrían dar pie a pensar que no se trataba de un varón al uso. Aun así, era una persona muy vital y dejaba constancia de ello en todo su comportamiento... Como en ese instante, en que defendía la ópera española.

—Os aseguro que tenéis que ir a verla. Tú has estado en el estreno —le dijo a Martínez Escudero— y has podido comprobar que *La Dolores* es una ópera muy buena.

—No está mal, pero yo soy partidario de la zarzuela porque creo que es lo nuestro. Dejemos la ópera para otros —opinó el doctor.

—Ni hablar —exclamó Juan—, se pueden hacer las dos cosas y no tenemos por qué limitarnos a un solo género, cuando además somos capaces de hacerlo bien.

—Perdona, Juan —dijo una de sus amigas—, no es que dude de tu criterio. Sé que eres un entendido y una de las personas que más en contacto están con el mundo de la escena, pero puede que tu amistad con Bretón te reste objetividad. Me han contado que fuiste uno de los que lo acompañaron en olor de multitudes a su casa después del estreno.

Unos días atrás, el 16 de marzo, Tomás Bretón había estrenado en el Teatro de la Zarzuela su última ópera, *La Dolores,* y aunque según los críticos, los intérpretes no eran los ideales y hubiese sido mejor representarla en el Real, el éxito fue apoteósico y a la salida un grupo de aficionados y seguidores de la ópera acompañaron a Bretón a la calle de la Bola, donde vivía.

—Tienes razón —contestó Juan a su amiga—. Aquella noche fui un aficionado más. La verdad es que pude manifestar en libertad toda mi alegría. Elvira no estaba conmigo, le fue imposible asistir al estreno, y eso me permitió comportarme de esa forma. Pero no es verdad que mi amistad con Bretón sea la causa de mis comentarios positivos sobre la ópera.

Elvira, que escuchaba divertida, tuvo la sensación de que Juan se expresaba como un niño que se sentía libre al conseguir eludir la tutela de los mayores. ¿La quería Juan como a una madre o tal vez como a una hermana mayor? Nunca se lo había planteado así, y pensar que tal vez aquello fuese cierto la entristeció. Decidió apartarlo de su mente, al menos por ahora, y se dirigió hacia el grupo con expresión radiante.

—Como Juan os decía, no pude asistir al estreno de *La Dolores,* aún no la he visto, aunque he leído algunas críticas y son todo elogios.

—Y tanto —apuntó Martínez Escudero—, hasta el extremo de que algunos críticos señalan que *La Dolores* profundizaba con mayor propiedad en los elementos locales que la *Carmen* de Bizet.

—Estoy totalmente de acuerdo —manifestó Juan—. Siempre he opinado que la música de *Carmen* es fantástica, pero impropia de un asunto popular español.

Ante los sonrientes ojos de la anfitriona, la animada charla derivó en cómo Bretón había acertado al adaptar el drama rural de Feliú y Codina consiguiendo un relato alejado de los melodramas románticos y de ahí pasó a matices operísticos y opiniones enfrentadas sobre las nuevas corrientes que barrían Europa, rompiendo a su paso con los principios neorrománticos tan presentes hasta la fecha. Para cuando el grupo comenzó una acalorada discusión sobre la conveniencia o no de fomentar la aparición de obras españolas —al hilo de las últimas declaraciones de Bretón, uno de los más destacados defensores de que la ópera se escuchara en el idioma propio. Elvira decidió que ya estaba bien de ópera y retomó la palabra.

—Juan, ¿por qué no nos hablas de los últimos estrenos teatrales? Sabemos que no te pierdes ni uno.

Él, satisfecho de poder seguir hablando de algo que le apasionaba, empezó a facilitarles un pormenorizado recorrido por los carteles de los teatros madrileños, y es que la vida teatral en Madrid gozaba de buenísima salud: más de doce locales abrían sus puertas rivalizando por atraer al mayor número de espectadores posible.

Elvira solía asistir con Juan a todos los estrenos, pero desde hacía unos meses, ocupada como estaba con las preocupaciones de su sobrina, no había podido acompañarle. En aquellos momentos se preguntó con quién habría ido Juan al teatro y sintió algo parecido a los celos. Totalmente absorta en sus pensamientos, sin escuchar las explicaciones de este, volvió a pensar en algo que habría preferido olvidar. No comprendía por qué aquella noche cobraban vida los aspectos más frágiles de su relación con el pintor.

—Elvira, la felicito —dijo el doctor Martínez Escudero—, es una velada estupenda. Tiene usted unos amigos muy agradables.

—No sabe cómo me alegro de que se esté divirtiendo, doctor.

—Muchísimo. Solo necesito ver su cuadro para que la fiesta resulte inolvidable.

A Elvira se le había olvidado el comentario del doctor sobre sus deseos de ver el lienzo pintado por Juan. No lo hizo de forma consciente, aunque bien podría ser así porque no le agradaba nada enseñarlo: el cuadro era, sin duda, la creación de un artista y como tal debía ser considerado, pero ella no podía evitar cierto rubor cada vez que alguien lo veía y procuraba mantenerlo lo más alejado posible de las miradas ajenas, aunque fueran amigos como en este caso.

—Disculpadnos unos momentos —dijo Elvira poniendo la mejor de sus sonrisas en un intento de que nadie percibiera el desagrado que le producía aquello—. Antes de que María coloque las bandejas con los dulces, voy a enseñarles a los doctores el último cuadro que me regaló Juan. La mayoría ya lo habéis visto, así que no os molestéis en acompañarnos.

—¿Yo puedo? —preguntó Gálvez con un divertido gesto.

—Por supuesto —respondió Elvira, y al ver la mirada que Gálvez dirigía hacia donde se encontraba Santiago, añadió—: Santiago, usted tampoco lo conoce.

El joven no se había separado ni un momento de Ana y charlaba con ella y con dos amigas de Elvira. Al escucharla se levantó de inmediato a la vez que decía:

—Tengo enormes deseos de verlo, muchas gracias.

—Yo también os acompaño —dijo Ana.

Elvira los observaba a hurtadillas. Nunca sabía cómo reaccionar en aquella situación. Todos miraban el cuadro en silencio. El primero en hablar fue Martínez Escudero.

—Te felicito, Juan. Es muy bueno, aunque sin duda la belleza de la modelo ayuda.

—Es uno de los desnudos más bonitos que he visto —apuntó el doctor Louveteau—. ¿Conoce usted algo de la obra del pintor austríaco, Gustav Klimt?

—He oído hablar de él, pero no tengo ni idea de lo que hace —aseguró Juan.

—Pues le aseguro que tienen ustedes mucho en común. —Paul Louveteau, buen amigo de Sigmund Freud, había pasado con él un año en Viena y allí conoció al pintor Gustav Klimt, que le entusiasmó—. Cuando conocí a Klimt —les comentó el doctor— era un joven y prometedor artista que acababa de recibir el Premio del Emperador por la creación de un lienzo en el que plasmaba el interior del auditorio del Burgteather y en el que aparecían unos doscientos cincuenta personajes. Se lo habían encargado para recordar el auditorio a los siglos venideros, porque iban a derribarlo, ¿saben? Y ahí estaban dibujados el emperador, los distintos miembros de la corte, varias personalidades... ¡y con esos ropajes!... Una maravilla. No se hacen una idea. Luego tuve la suerte de ir a su estudio, donde pude admirar algunos cuadros sensacionales. Me parece un artista genial.

Ana escuchaba muy atenta y pensó que le gustaría conocer al pintor, tenía que ser un personaje interesante. Seguro que podría hacerlo cuando viajara a Viena.

—Doctor Louveteau —dijo dirigiéndose a él—, ¿dice que Gustav Klimt es muy joven?

—*Non*, no es muy joven aunque a mí me lo parezca. Estoy acostumbrado a calificar así a la gente cuando aún no han cumplido los cuarenta —aclaró sonriendo—. Ahora debe de andar por la treintena, porque cuando yo le conocí, que es cuando empezaba a hacerse famoso, no pasaría de los veinticinco o veintiséis. —Louveteau seguía examinando el cuadro de Juan y mirando a Elvira—. Pues sí, *mon ami*, me reafirmo en lo dicho. No sé cómo es el resto de su obra, pero en este cuadro el colorido presenta cierta similitud con la de Klimt y la modelo también es muy parecida a las que él pinta. Aunque en realidad usted no ha inventado ni retocado nada porque la modelo aquí presente es tal cual usted la ha reflejado —dijo contemplando a la anfitriona con admiración—. Desconozco cómo serán las de Klimt, pero estoy seguro de que si el joven austríaco la viera, le entusiasmaría pintarla. Le felicito, Juan, es un cuadro *magnifique*.

Elvira escuchaba con interés al doctor, aunque prefirió no decirle nada. Fue el pintor, realmente feliz por los elogios, quien le contestó.

—Doctor, cuando quiera puede venir a casa, donde tengo una muestra bastante amplia de mi obra. Aunque debo decirle que este es mi único desnudo, con lo cual no creo que entre el pintor austríaco y yo haya más similitud que la de que nos gusta un determinado estilo de mujer, como usted bien apuntaba.

Ana se sentía especialmente intrigada y estaba deseando ver algún cuadro de Klimt. Dirigiéndose a Louveteau le preguntó:

—Pero ¿cómo pinta Klimt a sus mujeres?

—*Bon*, muestra los instintos más íntimos. Utiliza oro y múltiples adornos en sus cuadros, que se me antojan como la expresión de sus obsesiones. Los desnudos de Klimt son sensuales, incluso se diría que las mujeres que pinta resultan provocadoras.

—¡Dios mío! —exclamó Elvira—, y dice que me parezco a ellas. ¿Es así como me ve en el cuadro, doctor?

—Solo un poquito —contestó Louveteau con una sonrisa—. Al estar tocando el chelo, usted no nos mira directamente, pero sus ojos entrecerrados invitan a que imaginemos cómo sería su expresión si se fijara en quienes la observan.

Ninguno de los presentes conocía la obra del mencionado artista austríaco, pero comparaciones aparte, el cuadro de Juan Blasco —titulado *El violonchelo*— les parecía hermoso. Hermoso y muy audaz: una mujer completamente desnuda, Elvira, tocaba el violonchelo, que cubría la parte más íntima de su cuerpo. El cabello rojo y largo caía en cascada voluptuosa sobre sus pechos mientras sus piernas y brazos desnudos en torno al instrumento mostraban una gran sensualidad.

Gálvez, horrorizado, se dio cuenta de que la visión de Elvira desnuda le había excitado. ¿Serían sus piernas y muslos tan maravillosos como aparecían en el cuadro? ¿Habría posado desnuda? Sin pensarlo ni un minuto dijo:

—¿Y usted ha posado desnuda para que la pintaran?

Elvira, divertida, lo miraba y acogió su pregunta con una amplia sonrisa. Era la única que había advertido el nerviosismo de Gálvez y aquello, a decir verdad, la halagaba.

—Sí, lo cierto es que he posado varias veces desnuda en el estudio de Juan.

—¿Por qué? —Gálvez no daba crédito, pero al tiempo parecía realmente interesado por comprenderlo. Como tenía la virtud de caer bien, a nadie le molestaban sus preguntas, aunque Elvira se dijo que si llegara a ser otro quien las planteara, su reacción no habría sido la misma.

—¿Que por qué lo he hecho? De vez en cuando me gusta demostrarme que soy un poco rebelde, que no acepto como bueno todo lo impuesto por la sociedad y que soy libre para decidir, aunque luego sienta pudor cuando miran el cuadro. Y antes de que se lance a preguntarlo —añadió con cierta guasa—, le puedo confirmar que Juan no ha retocado nada, lo que ve es el natural, incluso el lunar de la rodilla izquierda, ¿verdad, Juan?

—Confirmado queda. El cuadro es un reflejo exacto de la modelo —dijo el artista.

—Pero ¿por qué el desnudo de Elvira?

—Bueno, ella es mi amiga desde hace casi veinte años. Es hermosa... Si hace un momento el doctor Louveteau afirmaba que Klimt desearía inmortalizarla, ¿cómo no hacerlo yo, que la conozco tan bien? Dígame la verdad, Gálvez, ¿no sería una auténtica pena que este cuadro no existiera?

—Si tuviese una gran fortuna, la ofrecería íntegra para quedarme con él —respondió el violinista, que no separaba sus ojos del lienzo.

Elvira estaba disfrutando con su reacción. Aquella especie de coqueteo al que todos parecían ajenos la hacía sentirse bien. Al ver que todos iban regresando al salón y que solo ellos se quedaban rezagados, le animó a seguir jugando.

—Pero, Gálvez, ¿toda su fortuna por este cuadro? —le dijo mientras se acercaba a él—, ¿y en qué lugar de la casa lo colocaría?

—No me pregunte eso, que puedo decir la verdad.

—Dígamela, no me voy a asustar.

—Lo pondría en el dormitorio para quedarme dormido todas las noches viéndola.

—¿Tanto le gusta? —dijo ella un tanto provocadora.

—Muchísimo y usted, queridísima Elvira, lo sabe. ¿Verdad que se ha dado cuenta?

—Pues la verdad es que no sé a qué se refiere —mintió.

—Al efecto que me produjo verla desnuda. ¡Ay, cómo me gustaría poder acariciarla!

Se habían quedado completamente solos. Fernando Gálvez se sentía desbordado y volvió a ser el conquistador seguro que no contempla la posibilidad del rechazo: tomando a Elvira por los hombros, la atrajo hacia sí y la besó con pasión, mientras la abrazaba pegando su cuerpo al suyo. Por su parte, Elvira no hizo nada por evitarlo y le agradó comprobar que no se había equivocado: la excitación de Gálvez seguía pujando por manifestarse.

—¿Entiendes ahora, mi perversa amiga, por qué deseo quedarme a solas contigo? Elvira, prométeme que nos veremos otro día, por favor, dame una oportunidad —suplicó Gálvez besándole las manos con pasión.

Elvira se dio cuenta de que la tuteaba, pero no le importó. Resultaba muy agradable sentirse deseada. Sería tan hermoso que fuera Juan quien se comportara así..., mas eso era imposible. De todas formas, se percató con alegría de que su cuerpo respondía a la atracción sexual pese a que su corazón y su mente estuviesen en otra parte.

—Prometo convidarte a almorzar en casa. Los dos solos. Así tendremos tiempo de hablar y podré cumplir mi promesa, no creas que se me ha olvidado —apuntó Elvira riendo—, de dedicarte una interpretación al chelo.

—Eres maravillosa. Espero ese día con impaciencia —dijo Gálvez mirándola con ojos de enamorado.

—Perdón, ¿molesto? —preguntó sorprendido Juan al verlos en actitud cariñosa—. Subí a buscaros extrañado por la tardanza, pero veo que mejor hubiera sido que me quedara abajo con los demás.

—Sabes que tú nunca molestas —dijo Elvira con amor—, es que Gálvez se ha quedado fascinado con tu cuadro.

—Elvira, no te había dicho que Juan y yo nos conocemos desde hace tiempo —comentó Gálvez sin darle ninguna importancia.

Sorprendida, se dirigió a Juan.

—¿Por qué no me habías dicho nada?

—Bueno, él dice conocerme, yo no me había fijado. La verdad es que no le recuerdo. Tampoco me parece que sea una noticia que deba darte inmediatamente —contestó Juan un tanto molesto.

—¿Y puede saberse de qué os conocéis? —les preguntó.

Juan juraría que antes de subir a ver el cuadro, Elvira y Gálvez se trataban de usted y ahora se tuteaban, pero no le dio mayor importancia. Como tampoco se la había dado al hecho de que Gálvez le identificara de verlo muchas noches con unos amigos en el Levante. Sin embargo, ahora se sentía incómodo y hubiera preferido que Elvira no se enterase.

Gálvez estaba casi seguro de la condición sexual de Juan Blasco y no tenía ni idea de la relación que podría existir entre

Elvira y él, aunque después de haber visto el cuadro, podría jurar que el amor no era ajeno a aquella amistad. De ahí que quisiera desvelar a Elvira el tipo de compañías con las que Juan asistía muchas noches al Café de Levante: un grupo de homosexuales que todos conocían.

—Pues es muy sencillo —dijo Juan—, Gálvez me conoce de verme en el café donde toca el violín. Resulta un tanto curioso —comentó con cierta sorna—. Yo nunca le identificaría y en cambio él me reconoció al instante.

A Gálvez le molestó el comentario de Juan y decidió responderle como se merecía:

—Es normal, cuando uno tiene la suerte de gozar de compañía agradable, es como si el resto del mundo no existiera. Comprendo a la perfección que no se fijara en este humilde violinista —dijo con voz pausada.

Elvira se dio perfecta cuenta de que algo no funcionaba entre ellos. A Gálvez lo conocía poco, pero a Juan muy bien, y por ello le sorprendió su actitud. Podía ser simplemente cuestión de simpatía o que a Juan le hubiera fastidiado el que lo reconocieran.

—Juan —le dijo Elvira—, no tenía ni idea de que frecuentaras el Levante.

—Voy algunas noches antes de cenar.

Habían comenzado a bajar la escalera. Gálvez ofrecía galantemente su brazo a Elvira, que no dejaba de darle vueltas al comentario de este, «cuando uno tiene la suerte de gozar de compañía agradable». ¿Con quién estaría Juan? Resultaba evidente que no había querido darle ninguna explicación. ¿Por qué nunca le había hablado de esos amigos? Estaba segura de que no había secretos entre ellos. ¿Qué había sucedido? Por supuesto que aquel no era el momento adecuado para pedirle que dijera la verdad. Pero ¿quién era ella para exigirle nada? ¿Por qué tenía Juan que darle cuentas de lo que hacía? Él era libre como ella.

Como tantas otras veces en las que la acometieron los celos, deseaba acallarlos intentando justificar el auténtico drama de su vida: imaginar que otro hombre pudiese acariciar el hermoso y adorado rostro de Juan le destrozaba el corazón. «¿Quiénes serán esos amigos que le acompañan?» ¿Sería capaz Juan de romper su amistad con ella si uno de esos amigos especiales se lo pidiera? Sentía ganas de gritar, de decirles a todos que era una fracasada, que su vida era una mentira, que era una cobarde, que no se atrevía a imponerse a un amor que en cualquier momento podía destruirla. Siempre supo que en aquella relación su papel era el más difícil. Ella sí deseaba que Juan la besara, pero él no: esa era la diferencia. Juan podía seguir haciendo su vida, solo tenía que dejarse querer. No renunciaba a nada, mientras que ella lo dejaba todo a cambio de nada.

Elvira miró a sus invitados, que hablaban divertidos entre ellos. Luego observó a Juan... ¡Dios, cómo le quería! Aquella noche hablaría con él. Necesitaba que todo se aclarase. De repente se le ocurrió que no sería mala idea irse con su sobrina a Roma. Seguro que el viaje le haría olvidar el incidente de esa noche y además Juan la echaría de menos.

Pero no, no lo hará. Esta vez no huirá. Seguiría el ejemplo de Ana, que no cerraba los ojos ante la realidad por muy desagradable que fuese.

Elvira llevaba veinte años viviendo de ilusiones, engañándose a sí misma. Era cierto que nunca querría a nadie como a

Juan, pero se trataba de un amor imposible y tenía que convencerse de ello. Con una sonrisa que iluminó su interesante rostro, Elvira Sandoval, perfecta anfitriona, se mezcló con sus invitados. Acababa de tomar una importante decisión.

XI

Ana no conocía Roma, pero estaba casi segura de que pronto sucumbiría a sus encantos. Siguiendo la inclinación que sentía de llegar por la noche a las ciudades desconocidas, había elegido un tren cuya entrada en la estación Términi estaba prevista para las nueve. Solo faltaban quince minutos y comprobó cómo la oscuridad se iba adueñando poco a poco de la campiña del Lacio.

Cuando supo que los Alduccio Mendía —la familia que había vendido la casa de Biarritz a Elvira— vivían en Roma, se alegró porque de esa forma podría conocer una de las ciudades que más le apetecía visitar, aunque era consciente de que se iría muy pronto, si los antiguos propietarios de La Barcarola le facilitaban nuevas pistas sobre las personas que trataba de localizar.

Había tenido mucho tiempo para pensar durante el viaje, y cada vez se reafirmaba más en la creencia de que Elsa Bravo y Bruno Ruscello eran los protagonistas del texto de la partitura. Confiaba en que los Alduccio conocieran a Ruscello, que también parecía ser italiano. Pensaba que podría darse la casualidad de que el desaparecido bibliotecario viviera ahora en Roma o en cualquier ciudad italiana y que él fuera el autor del texto, aunque también podría ser Elsa, ya que los dos habían desaparecido. Lo que resultaba evidente era la vinculación de uno de ellos, si no los dos, con la casa de Biarritz.

De pronto, Ana advirtió algo que se les había pasado desapercibido y que la hizo dudar de todos los pasos dados hasta ese momento sobre aquel complicado asunto que había irrumpido en su vida: en todas las conjeturas realizadas, ella y su tía Elvira partían de una premisa que consideraron válida y que la llevó a investigar la salida de profesores de la Escuela durante unos años determinados, los cercanos a la muerte del general Prim. Lo habían hecho basándose en que ella, Ana, había opinado de forma inconsciente sobre el asesinato del general sin saber nada de aquel asunto, y lo interpretaron como una pista para poder dar con las personas que trataban de identificar y que lógicamente —dedujeron— tenían que haber vivido en aquel tiempo (1870-1871) en Madrid. Ahora, a punto de llegar a Roma, se daba cuenta de que sus reacciones nada tenían que ver con influencias extrañas, sino que repetía mecánicamente algo que había dicho su padre, como había demostrado en la sesión de hipnosis. ¿Cómo se les habría pasado por alto a Elvira y a ella? ¡Y también al doctor Martínez Escudero!

Afectada como estaba por aquel descubrimiento, pensó que su tía y el doctor no habían creído nunca en su historia. Luego se acordó de su padre y de uno de los muchos consejos que le había dado: «Nunca te olvides de lo importante que es pensar siempre en positivo».

Ana miró por la ventanilla. La oscuridad le devolvía su propia imagen. «¡Dios mío! ¿Serán todo imaginaciones mías? ¿Me estaré volviendo loca?» Siguió mirándose hasta que la emoción le impidió hacerlo. Se secó los ojos y al ver que el cristal de la ventana estaba empañado, se acercó para limpiarlo y comprobar si ya estaban entrando en Roma. Fue entonces cuando recordó su último viaje en tren... y la hoja de tilo que había pintado al regresar de Biarritz. La misma que figuraba en la partitura. Aquello la hizo sentirse segura de nuevo y la expresión de su rostro recuperó la calma.

Cierto que la premisa que les había dado pie para iniciar la búsqueda de las personas era falsa, pero había funcionado porque los resultados eran positivos y sabía que estaban en el buen camino. La casa del tilo constituía la prueba real de que su propietario, Bruno Ruscello, era uno de los protagonistas de la historia; y el virtuosismo de Elsa Bravo interpretando a Paganini, el aval que la convertía en la otra persona que trataba de localizar.

Esos razonamientos la tranquilizaron y se propuso no seguir dándole vueltas a lo mismo. Al día siguiente visitaría a la familia Alduccio. Lo que tenía que hacer ahora era disfrutar de su llegada a la Ciudad Eterna.

Su tía se había empeñado en que se alojara en el Gran Hotel Plaza, posiblemente el más lujoso de los hoteles romanos, con el argumento de que se alzaba en el mismo centro histórico y una hermosa mujer como ella no podía hospedarse en otro lugar. Además, le aseguró que en el Gran Hotel tendría la oportunidad de encontrarse con todos los personajes famosos que pasasen por Roma aquellos días.

Sonrió al recordar la conversación con su tía y pensó cuánto daría por viajar atrás en el tiempo y que su cicerone en Roma fuese el mismo Nikolai Gogol que tan bien conoció esa ciudad antes de su muerte. De todas formas, se proponía visitar algunos de los lugares descritos por el escritor ruso.

El tren se había detenido completamente. La ciudad más hermosa del mundo la esperaba.

Tal y como le había asegurado su tía, un coche la aguardaba en la estación para llevarla al hotel de la Vía del Corso.

En el trayecto, Ana apenas si podía ver los edificios de las calles y plazas por los que pasaba, aunque le bastó con una rápida ojeada para intuir su singular fisonomía y cómo a los romanos les gustaba alegrarse la vista con el discurrir del agua en las fuentes, sin duda protagonistas en aquella ciudad. Las fontanas romanas tenían una presencia muy superior a la que Ana podía imaginar: existían más de treinta, algunas muy famosas, y otras muchas desconocidas por el visitante, aunque encerraban un encanto especial por lo sorprendente de su ubicación. A veces, intrincados laberintos de calles estrechas y misteriosas desembocaban en una recóndita plaza donde una fuente recordaba que también ella era parte de Roma.

El Gran Hotel Plaza resultaba mucho más suntuoso y espectacular de lo que en principio se podría pensar al contemplar su exterior. El edificio, construido alrededor de 1850, había sido la residencia de una importante familia italiana que diez años más tarde decidió convertirlo en un hotel de lujo. Desde entonces era el lugar elegido por los más ilustres visitantes de la Ciudad Eterna. Una vez más, Ana tuvo que darle la razón a su tía Elvira: el Gran Hotel invitaba a soñar, a creerse la protagonista de la más maravillosa y romántica de las novelas. Le llamó la atención el enorme león agazapado —quizá recostado, quizá a punto de salir corriendo, en esto la interpretación era libre— que la miraba burlón desde el pie de la portentosa escalera de mármol. Él también era de mármol, pero daba la impresión de que estuviese vivo. «Incluso se podría decir que ha sufrido el deterioro al que se ven sometidos los seres vivos», se dijo al ver que el tiempo comenzaba a mellar los colmillos de la estatua.

Le dieron una habitación en el tercer piso. Ella hubiese preferido que fuera una del último, ya que el edificio contaba con cinco plantas, pero no dijo nada. Antes de subir decidió dar una vuelta por los distintos salones y volvió a sorprenderse por la belleza del hotel: la majestuosa lámpara del vestíbulo, los frescos con motivos florales que adornaban techos y paredes, los candelabros que realzaban con su brillo los riquísimos tapizados de sillas, sillones y sofás... La decoración podría parecer un tanto excesiva, pero resultaba fantástica. Ana se fijó en los lucernarios multicolores que reinaban en el techo convirtiéndose en estrellas indiscutibles de las bóvedas del hotel.

Se sentía un poco cansada y no le apetecía arreglarse para ir al comedor a cenar, así que estaba pensando que pediría que le subieran algo a la habitación, cuando de repente cambió de opinión y decidió que saldría a pasear aunque solo fuesen unos minutos. Su reacción la sorprendió un poco. Era una muchacha impulsiva, pero nunca antes había sentido nada parecido en ninguno de los lugares a los que llegaba por primera vez. Sin embargo, ahora le parecía una descortesía irse a descansar sin salir a saludar a la ciudad de sus sueños: deseaba sentir el latido de Roma, pisar sus calles, mirar su cielo. Sabía que la plaza de España estaba muy cerca del hotel y hacia allí dirigió sus pasos.

Siguiendo las instrucciones que le habían dado —haciéndose entender sin mayores problemas en un batiburrillo de español e italiano—, tras salir del hotel caminó unos cuantos metros hacia la izquierda y tomó la Vía dei Condotti. Tenía la sensación de que no era una extraña, de que ya conocía aquellas calles. Al pasar al lado del café Greco lo identificó sin dificultad: su tía le había hablado mucho de determinados lugares romanos y aquel era uno de ellos, pero Ana no se detuvo, continuó andando despacio. En ese breve paseo solo deseaba respirar el aire de Roma, sentirse por unos momentos parte de ella. Percibir sus silencios...

La plaza de España era tal y como la había visto en la postal que le enviaron tiempo atrás unas amigas. El entorno resultaba único: allí estaba la esbelta palmera que competía con las espadañas de la iglesia en su carrera hacia el cielo. Admiró la sencillez y majestuosidad de aquella escalera que terminaba en el pórtico de la iglesia de Trinita dei Monti; y a sus pies, la hermosa Fontana de La Barcaccia, protagonista de una hermosa leyenda. Cuenta la tradición que en 1598 se desbordó el Tíber y que al poco se encontró una embarcación justo en ese lugar central de la plaza de España. Cierto o no, el papa Urbano VIII pensó que no estaría mal recordar con una fuente aquel suceso y encargó la obra a los dos Bernini, padre e hijo. Estos, expertos como nadie a la hora de insuflar vida al mármol, inmortalizaron la leyenda con una barroca y a la vez sencilla fontana en la que una barca parece a punto de hundirse en el tranquilo mar de la fuente. Sin embargo, son muchos los que opinan que la idea de la barca semihundida se debe a la genialidad de los Bernini, que de esa forma resolvieron un problema técnico, ya que la presión del agua del acueducto que pasa por la zona era muy baja y les resultó imprescindible situar la fuente más abajo del suelo, así que construyeron un gran vaso ligeramente más bajo que el nivel del suelo en el que se colocó la barca.

El reloj de algún edificio cercano hizo sonar su voz. Eran las diez de la noche. Antes de marcharse, Ana volvió a recorrer las inmediaciones de la plaza de España con ojos admirados que se enternecían al posarse en la barcaza. La idea de que esta fuese el recuerdo de aquella que llegó un día desde el Tíber le entusiasmaba y se dijo que aquello debía de ser verdad, porque como dicen los italianos con mucha razón: «E si non è vero è ben trotavato». A Ana le gustaba soñar y pensó que aquella barca que un día llegó allí después de una inundación estaba un poco cansada de ver siempre el río, y que aprovechó la fuerza del viento y la subida de las aguas para realizar el sueño de toda su existencia: quedarse varada en una de las plazas de Roma. No pudo evitar pensar que aquella fuente era una forma de premiar lo insólito, lo muchas veces incomprendido, pero que si te detienes a conocerlo, casi siempre resulta hermoso.

De camino al hotel pensó en Santiago. Le gustaría que pudiera estar con ella... Esa misma noche le escribiría una postal. La última semana habían hablado mucho. Ana era una persona sincera y estaba convencida de que la falta de autenticidad, cuando se inicia una posible relación, resulta mala consejera. Le asustaba un poco la forma que tenía Santiago de quererla y así se lo había dicho. No estaba segura de que fuera amor auténtico lo que ella sentía por él. Le gustaba, le admiraba y se sentía muy bien a su lado, pero la experiencia con Enrique la había hecho más cauta a la hora de establecer cualquier tipo de vínculo.

Ni pudo ni quiso evitar la comparación entre los dos hombres que se habían enamorado de ella; eran tan distintos. Enrique aún no había asimilado su fracaso sentimental y jamás lo haría porque era incapaz de comprender cómo alguien, teniendo la oportunidad de estar con él, podía renunciar a ello. Estaba tan poseído de sí mismo que en su mundo interior no existía la palabra «fracaso»; él no la quería, solo la utilizaría como complemento ornamental, como madre de sus hijos, y de ese modo serían la pareja perfecta: él siempre se mostraría pendiente de sus necesidades económicas y coyunturales, pero jamás se interesaría por conocer lo que pensaba sobre nada. Enrique decidiría por los dos. Santiago era todo lo contrario: la amaba y deseaba su felicidad, la de ella, aunque no fuera a su lado.

Ya había llegado al hotel; antes de entrar se dio la vuelta y miró en derredor mientras en voz muy bajita formulaba una especie de deseo, vaticinio o premonición:

—Un día, Roma, te visitaré con el hombre de mi vida. Espero que sea Santiago.

Después de trepar por los altos muros de Vía Giulia, unas cuantas glicinas asomaban curiosas para observar desde un lugar privilegiado a la gente que pasaba por allí. La mañana era radiante y los transeúntes parecían alegres.

Ana no quería llegar más tarde de las doce a la casa de los Alduccio Mendía, que vivían en el número 42 de esa misma calle. Ella aún iba por el 19 y más le valía darse prisa, ya tendría tiempo a la vuelta de detenerse con más calma para ver antigüedades. Aquella vía era sin duda el paraíso de los aficionados y coleccionistas: nunca había visto más tiendas de anticuarios juntas.

No estaba nerviosa, solo esperaba que hubiese alguien en la casa. Los amigos de Elvira de Biarritz habían escrito a los Alduccio para informarles de su visita.

Había programado unas cuantas actividades para aquella tarde, aunque deseaba con toda su alma tener que suspenderlas porque ello significaría que le habían dado información. Pensar que una de las dos personas que buscaba pudiese encontrarse en Roma hacía que su corazón se acelerara.

El número 42 correspondía a un gran portón con una aldaba que no desmerecía en absoluto de las medidas de la puerta. Ana tuvo que hacer un esfuerzo para moverla con cierto brío y, de inmediato, como si estuvieran esperando su visita, un criado le franqueó la puerta y la hizo pasar a una especie de portalón cochera. La joven se dio cuenta entonces de que la gran puerta se podía abrir en su totalidad para permitir el acceso a los coches.

No había terminado de cruzar el portal y ya le esperaba otro criado uniformado que la acompañó a la entrada de la casa, a la vez que le decía orgulloso que la señora la esperaba... A pesar de sus rudimentarios conocimientos de italiano, Ana se dijo que no le estaba resultando muy difícil entenderse en aquel idioma.

El recibidor, de grandes dimensiones, era el distribuidor de la casa. A la izquierda se abrían tres puertas; a la derecha, dos, y una amplia escalera de caracol permitía el acceso a las zonas superiores. Todo el fondo, cerrado con bonitas cristaleras, daba a un jardín que no se podía ver desde el recibidor salvo que se abriesen las cristaleras, ya que estas ocultaban lo que había detrás de ellas.

El sol daba de pleno en esa zona de la casa, y el recibidor aparecía iluminado con mil colores diferentes. Solo por la puerta entreabierta del centro se colaba la luz solar.

El jardín era inmenso. Varios árboles embellecían el lugar proporcionándole un aspecto distinguido. «Seguro que aquí celebran fiestas», se dijo Ana al ver una especie de templete para los músicos, un cenador, una pequeña fuente. La mujer aguardaba sentada en una preciosa terraza rodeada de arbustos florales y altos pinos que la protegían del sol.

—*Buon giorno, signorina* Sandoval. Bienvenida a mi casa —exclamó al verla en un castellano con mucho acento—. Perdone que no me levante, pero cada día estoy más torpe. —Le tendió la mano y le indicó que se sentara a su lado, al tiempo que se presentaba—: Soy Victoria Bertoli, viuda de Alduccio Mendía.

—Es usted muy amable al recibirme —respondió ella, impresionada por el distinguido y un tanto etéreo aspecto de la señora.

—¿Le *piace* un café, té, un zumo de naranja? ¿Qué le puedo ofrecer? —preguntó solícita Victoria Bertoli.

—Muchas gracias. Un zumo de naranja, por favor.

Ana miraba con interés a su anfitriona, una auténtica dama: Victoria Bertoli emanaba distinción en cada uno de sus movimientos. Tendría unos setenta y cinco años. El pelo, blanco como la nieve, lo tenía recogido de una forma desenfadada que le sentaba muy bien y le daba un aire mucho más joven. Vestía un traje azul y llevaba muchas perlas: en el cuello, en las manos, en los brazos, en las orejas...

Si Ana la estudiaba a fondo, Victoria hacía lo mismo con ella: le gustó aquella muchacha, era hermosa y presintió que tenían muchas cosas en común. No se había equivocado: desde que supo que alguien vendría a interesarse por un tema relacionado con la casa de Biarritz, Victoria Bertoli intuyó qué tipo de persona sería. A veces le sucedía y en esta ocasión estaba segura de que lo que había despertado su clarividencia era el hecho de que fuera violinista. Presentía en ello la mano de su hija Valeria, de ahí su preocupación por ser ella quien la recibiese. Debía estimularla y demostrarle que la conocía muy bien.

—Me han dicho que es usted violinista.

—Sí —contestó Ana—, y debo decirle que soy muy afortunada porque la música me apasiona.

—Pues esta tarde hay un recital en la Accademia Nazionale di Santa Cecilia dedicado a Paganini. Ya sabe que era uno de los socios de esta institución y me han dicho que será una audición muy interesante. Aproveche la oportunidad —la animó Victoria—. No creo que tenga dificultades para poder asistir.

La joven no creía en las casualidades. ¿Qué significado podía tener aquel comentario? Lo desconocía, pero lo consideró un buen presagio y logró animarla.

—Nada más llegar al hotel pediré que me informen de los requisitos necesarios. Muchas gracias. ¿Le gusta Paganini? —quiso saber Ana.

—¿Sabe que le vi tocar? —dijo Victoria Bertoli.

—¿A Paganini? —preguntó sorprendida Ana.

—*Ecco!* Fue en una de sus últimas actuaciones en público. Tendría yo unos doce o trece años, y recuerdo que sus manos, los dedos de sus manos, eran enormes. Decían que estiradas medían cuarenta y cinco centímetros y que eso era porque pasaba muchas horas practicando con el violín. Lo cierto es que tocaba el violín como nadie, aunque no se encuentre entre mis preferidos. ¿Sabe que la mía *figlia* era violinista?

—¿Su hija? —respondió Ana—. No, no tenía ni idea.

—Pues sí. Era muy buena. Desgraciadamente, murió hace unos años.

—Lo siento.

—*Grazie,* pero dígame, ¿a qué se debe su grata visita?

—Verá, mi tía, Elvira Sandoval, fue quien les compró a ustedes la casa de Biarritz. Por una serie de circunstancias, estoy interesadísima en localizar a dos personas que sospecho pudieron ser invitados en esa casa, y como para mi tía son totalmente desconocidos, pensé que tal vez ustedes me pudiesen facilitar alguna información sobre ellos.

—Me está usted hablando de hace más de veinte años. Además, yo he ido poquísimo a Biarritz. La casa fue un capricho de mi marido, que en gloria esté, pero yo nunca me sentí cómoda en ella. Los chicos sí disfrutaron mucho, pero yo no puedo ayudarla, y lo siento. Siempre viví un poco al margen de ese lugar.

Ana no pudo ocultar su desilusión, aunque insistió:

—Las personas a quienes quiero localizar se llaman Elsa Bravo y Bruno Ruscello. Es posible que fueran conocidas de la familia y sus nombres le resulten familiares.

—Nunca los había oído. ¿Él es italiano?

—Creo que sí —contestó Ana con la pena pintada en su cara.

—Giuseppe —llamó Victoria.

Al momento se presentó el criado uniformado que había llevado a Ana hasta el jardín. La dama cruzó con él unas cuantas frases en un italiano demasiado veloz para los oídos de Ana, aunque creyó oír que le preguntaba al criado por un tal Lorenzo.

Victoria Bertoli tenía unos ojos oscuros, muy vivos y penetrantes. Había algo en ella como irreal: su aspecto externo era el de una mujer mayor, de principios de siglo. Es decir, nada en su vestimenta, en sus aderezos la hacía parecer antigua, sin embargo, no desentonaría en otro momento de la historia. Era como si fuese una parte más de aquel jardín maravilloso, de aquella casa centenaria. La dama, que no había dejado de observar a Ana con curiosidad manifiesta, le preguntó cariñosamente:

—Tiene mucho interés en localizar a esas personas, *non è vero?*

—Sí. Creo que una de ellas, si no ambas, me necesita.

Ana se dio cuenta de que no había pensado la respuesta. De forma espontánea había dicho lo que de verdad sentía, y se puso nerviosa...

—Tranquilícese, señorita —dijo Victoria Bertoli mientras acercaba sus manos a las suyas—. Venga, acérquese un poco. No tema lo que pueda pensar esta pobre vieja. Me ha dicho la verdad y yo la entiendo muy bien. Desde el primer momento en que la vi supe que usted no era como los demás. Por ejemplo, sé que solo hace unas horas que ha llegado a Roma y ya se ha enamorado de la ciudad.

—¿Cómo puede saber lo que pienso? —preguntó incrédula.

—Se nota en los ojos, Ana. Permíteme que te tutee, podrías ser mi nieta —le pidió Victoria con dulzura—. Mírame. Yo he nacido en Roma y como casi todos los romanos amo a mi ciudad. Pero el mío es un amor distinto. Tal vez fuera más exacto llamarlo no amor, sino emocionado descubrimiento. Sí —aseguró la dama—, para mí Roma es como el descubrimiento del cordón umbilical que me une a la *eternità*. Y ante esta ciudad maravillosa siento la necesidad de mostrarme tal y como soy. De la misma forma y con la misma intensidad que tú, Ana. No todo el mundo es sensible a ese embrujo especial: solo los elegidos por ella son capaces de sentir su latido milenario, su hermosura imperecedera, su esencia eterna.

Ana escuchaba emocionada las opiniones de su anfitriona.

—Quienes somos capaces de experimentar sentimientos como el que Roma nos provoca estamos abiertos a muchas cosas, la mayoría de las veces incomprensibles para otros —dijo Victoria mientras se pasaba la mano por la frente—. Me duele la cabeza —se lamentó—, no debería haberte recibido en el jardín, el sol me hace daño, pero deseaba que conocieras este lugar. ¿Verdad que te gusta?

—Muchísimo —se apresuró a contestar ella.

—Quería decirte, Ana, que no dudes de esas sensaciones para las que no encuentras explicación. Eres muy sensible y una gran receptora.

—¿A qué se refiere? —preguntó un poco asustada.

—Tu espíritu capta energías que buscan respuestas.

—¿Cómo puedo conseguir lo que se espera de mí?

—Dejándote llevar de tu intuición —aseguró Victoria, que añadió—: Siento no poder seguir contigo. Pronto llegará mi hijo Lorenzo. Pregúntale a él como si no hubieras hablado conmigo. Estoy segura de que quien podría conocer a esas personas era mi hija Valeria, la violinista, aunque Lorenzo era su confidente. *Si hai ricevuto l'incarico di trovare queste persone, non preocuparti, perché ce la farai.*

Ana la miró en un intento de descifrar el significado exacto de la frase. Su conocimiento del italiano era muy limitado. Al darse cuenta de que había dejado de expresarse en castellano, Victoria rectificó de inmediato.

—Si has recibido el encargo de encontrar a esas personas —repitió—, no te preocupes porque lo conseguirás. Querida Ana, debes persistir pese a las dificultades. No te desanimes. Sigue firme en tus convicciones.

Ana se sentía un poco aturdida. ¿Cómo podía saber aquella señora desconocida nada de lo que a ella le había sucedido? En medio de su turbación, se dio cuenta de que le había dado la razón: «Has recibido el encargo», le acababa de decir. Sí, su misión era encontrar a Elsa Bravo y a Bruno Ruscello: ese era el único objetivo.

Le gustaría preguntarle muchas cosas a aquella mujer fantástica, pero no debía molestarla. Victoria Bertoli intentó ponerse en pie y ella la ayudó, mientras le preguntaba si quería que la acompañase.

—No, muchas gracias. Ya está aquí Giuseppe.

Ana los miró mientras se alejaban. Antes de entrar en la casa, Victoria Bertoli se volvió hacia ella.

—No te olvides del concierto de esta tarde. Me han dicho que es muy bueno. *Arrivederci,* Ana.

—Cuídese, señora Bertoli.

Ana necesitaba meditar una por una las palabras que le había dicho Victoria. Cuando llegase al hotel intentaría transcribir la conversación que había mantenido con ella. No había transcurrido ni un minuto desde que la dejaron sola cuando un hombre alto y bien parecido entró en el jardín y se dirigió a ella en un perfecto castellano.

—Señorita Sandoval, tiene que perdonarme. No me han avisado de su llegada. Soy Lorenzo Alduccio Bertoli —dijo mientras tomaba su mano respetuosamente—. No sé cómo se enteró mi madre de que usted iba a venir, ni el porqué de ese interés en verla, el caso es que se ha puesto de acuerdo con los criados y no me han dicho nada hasta hace unos minutos. Lo siento de verdad. Seguro que mamá la ha aburrido con mil historias.

—No, en absoluto —dijo Ana con total sinceridad—. Me ha encantado conocerla.

—¿Y cómo sigue todo en Biarritz? —preguntó Lorenzo—. Yo estaba con mi padre cuando firmaron los documentos de la casa y no sabe cómo sentí que la vendieran. Guardo recuerdos imborrables de aquel lugar. Pero dígame, ¿qué información busca?

Ana le dio los nombres de las personas que quería localizar y se ilusionó ante la respuesta de Lorenzo.

—Mi hermana Valeria pasaba los veranos y parte del otoño en Biarritz y sé que muchos amigos se reunían con ella allí. Conocí a algunos, pero no eran esos sus nombres. De todas formas, tengo una ligera idea de que mantenía una gran amistad con una violinista española, aunque desconozco cómo se llamaba y tampoco puedo afirmar que la visitara en Biarritz... Quizá mi hermana Ludovica sí los recuerde.

Ella le escuchaba esperanzada.

—¿Dónde puedo localizarla? —preguntó con cierta impaciencia.

—Vive en el campo, pero esta tarde vendrá a Roma. Yo hablaré con ella —afirmó Lorenzo, para decir a continuación—: Si me facilita el nombre de su hotel o una dirección donde pueda localizarla, mañana paso a verla para contarle lo que me haya dicho mi hermana.

Ana agradeció la suerte que había tenido al encontrarse con personas tan agradables y dispuestas a ayudarla.

—Muchas gracias —le dijo con la mejor de sus sonrisas—. Es usted muy amable. Me alojo en el Gran Hotel Plaza y esperaré impaciente su visita.

—Si puedo ayudarla en algo durante su estancia en Roma, no dude en decírmelo, por favor. Estaré encantado de poder prestarle mi apoyo.

—Puede estar seguro de que lo haré —dijo Ana en un gesto de sinceridad—. Son ustedes las únicas personas que conozco en Roma.

Cuando se cerró la puerta tras ella y se vio de nuevo en la calle Giulia, Ana volvió a mezclarse con el bullicio, el ir y venir de las gentes y se dijo que muy pocos se imaginarían el maravilloso lugar que existía tras aquel portalón tan poco aparente.

No dejaba de pensar en muchas de las cosas que le había dicho Victoria Bertoli. ¿Sería una bruja, una *strega,* como decían los italianos, o una vidente? «Aunque es posible —se dijo Ana— que no sea nada de eso y que simplemente alguien la haya informado sobre mí.» De pronto se dio cuenta de que le resultaba mucho más fácil creer que Victoria Bertoli era vidente a que hubiera recibido información sobre ella, entre otras razones, porque la anciana le había comentado aspectos de su personalidad que solo ella conocía. Caminó despacio mirando de vez en cuando los escaparates de los anticuarios, por los que había perdido todo interés.

Al fijarse en el número 151, recordó que su tía le había recomendado visitar la iglesia española de Santiago y Montserrat y allí, en ese número, se encontraba la portería del templo cuya entrada principal, situada en la calle contigua, probablemente estaba cerrada debido a la hora. Tal vez si el responsable de la puerta era amable, le permitiese pasar al interior.

En aquel momento fue consciente de una sensación nueva: era como si estuviese segura de que en Roma se allanaban los caminos, es decir, tenía el convencimiento de que si sus deseos eran sinceros y venían movidos por el espíritu, todo se confabularía para hacerlos realidad. Animada con esta confianza llamó a la puerta.

El portero, un hombre de unos sesenta años, la recibió amablemente, aunque le dijo —o eso le pareció entender a Ana— que lo sentía muchísimo, pero debía cumplir las normas: la iglesia permanecería cerrada hasta las siete de la tarde. Ana insistió un poco diciéndole que más tarde no podría volver y que como española deseaba verla, sin embargo, todo resultó inútil. A punto estaba de abandonar la portería cuando un sacerdote muy sonriente hizo su aparición.

Los dos hombres cruzaron unas cuantas frases, salpicadas con miradas en su dirección, y al poco el sacerdote despidió al portero con una sonrisa y se encaminó hacia donde ella aún aguardaba.

Era un hombre con aspecto tranquilo, de mediana edad, que irradiaba simpatía. Mientras colocaba unas carpetas en una estantería, le dijo a Ana:

—No se vaya. ¿De qué parte de España es usted?

—De Madrid —contestó ella.

—Yo soy asturiano —replicó el sacerdote—. Llevo aquí quince años y no sabe cómo echo de menos a la tierrina.

—¿No le gusta Roma? —preguntó Ana sorprendida.

—Sí que me gusta, pero como Asturias nada —dijo muy ufano para añadir—: Si espera unos minutos, le enseño la iglesia en una visita rápida.

—Muchas gracias, es usted muy amable. La verdad es que me hace ilusión verla. Mi tía me ha hablado de ella. ¿Es verdad que los dos papas que hubo pertenecientes a la familia de los Borja están aquí enterrados?

—Sí. Hace cinco años el escultor, Felipe Moratilla, terminó el mausoleo que alberga los restos de los dos pontífices: Calixto III y Alejandro VI, que eran tío y sobrino respectivamente.

—¿Fueron consecutivos? —quiso saber Ana.

—No. Calixto III nombró a su sobrino Alejandro cardenal. Le fue abriendo camino, pero entre ellos hubo cuatro papas.

Ella desconocía casi todo de la historia papal. Sí sabía quién había sido el conocido como Papa Borgia, pero hasta que su tía no le habló del enterramiento de estos dos papas desconocía el parentesco que los unía. No tenía ni idea de que Calixto III fuera valenciano. Lo único que sabía de él era que había establecido una comisión para examinar el proceso al que habían sometido a Juana de Arco y que al final de los trabajos, la comisión anuló el juicio por el que había sido condenada a muerte. Entonces Juana de Arco fue declarada inocente de los cargos de brujería que la habían llevado a la hoguera. Por eso Ana le tenía cierta simpatía.

—Esta es la primera iglesia de Roma diseñada con una nave única rectangular y con tres capillas a cada lado —le explicó el sacerdote, que minutos antes se había presentado como el padre Ángel Muñoz.

—El presbiterio es muy grande —comentó Ana.

—Y muy profundo. Mire. En esta primera capilla de la derecha está el mausoleo de los papas Borja. Me gusta decirlo así y no Borgia, porque son españoles —matizó el sacerdote.

—¿Qué les pasó? ¿Por qué se les ha enterrado aquí? —se interesó ella.

—Parece que su comportamiento no fue el adecuado o, en fin, eso se dice. Aunque solo Dios conoce la verdad de los corazones. En todo caso, lo que sí es seguro es que despertaron más odios que afectos. Por eso se les negó la sepultura en el Vaticano e incluso tapiaron las habitaciones que ellos ocuparon en la Santa Sede.

—¿Así que son los únicos papas que no están enterrados en el Vaticano?

—No, no. Hay otros. También el papa Pío IX, por ejemplo, está enterrado en la basílica de San Lorenzo fuori le Mura.

—Padre, ¿tan malos fueron como para que intentaran olvidar su existencia? ¿Cree que habrían sido juzgados del mismo modo si los dos pontífices hubieran sido romanos?

—Probablemente no. En cuanto a su maldad, quién sabe... Piense, querida señorita, que no tenemos constancia de nadie que se haya condenado. La misericordia de Dios es infinita. Lo que sí parece cierto es que tenían muchos enemigos que no dudaron en vengarse de ellos.

Al pasar cerca del sagrario, el sacerdote dobló su rodilla con respeto. Ana hizo lo mismo. Deseaba orar unos segundos, pero no sabía cómo hacer para que el cura no pensase que estaba abusando de su amabilidad.

—Padre, ¿es verdad que cuando uno entra por primera vez en una iglesia, Dios le concede todo lo que le pida?

—En mi tierra sí que se dice —afirmó don Ángel—, aunque creo que el éxito dependerá de la fe con la que nos dirijamos a Él. Si quiere rezar unos minutos, puede hacerlo. La espero en la portería.

Ana le pidió a Dios y a la Virgen de Montserrat por todos sus seres queridos y les suplicó que la ayudasen en aquel extraño trabajo en el que se hallaba metida.

—Padre —dijo ella mientras le tendía la mano—, siento haberle entretenido. Jamás olvidaré su amabilidad.

—Ha sido un placer poder hablar con una compatriota. No me dé las gracias. Siempre hago lo mismo —aseguró don Ángel—, me dejo llevar por las simpatías. Y usted me ha caído muy bien. Si necesita algo, ya sabe dónde encontrarme.

Ana se sentía bien y se alegraba de que su presentimiento se hubiese cumplido. Puede que en Roma encontrase la clave que la llevara hacia las personas que buscaba. Si se daba prisa, en diez minutos estaría en el hotel y le daría tiempo a arreglarse antes de bajar al comedor.

Ana no tuvo problemas para asistir al concierto en la Accademia Nazionale di Santa Cecilia. Pese a llegar con el tiempo justo le asignaron un asiento en la tercera fila; esas eran las ventajas de ir sola. La sala estaba prácticamente llena y no se molestó en mirar a la gente porque estaba segura de que no conocería a nadie. Se concentró en la música y de pronto todo dejó de existir para ella. El sonido del violín atrapó sus sentidos y los movió a su antojo. Sin duda, como afirmaba Stendhal, la música era la más sensual de las artes. Los adagios siempre la habían conmovido y este del concierto número 1 para violín de Paganini ejercía en Ana el mismo efecto.

El intérprete, un joven profesor italiano, dominaba a la perfección la técnica del violín y el público supo premiar su virtuosismo con grandes aplausos. Hacía tiempo que ella no escuchaba los tres movimientos del concierto número 1 y se alegró de haber asistido a la velada musical. Esta aún le depararía una sorpresa que Ana festejó aplaudiendo con fuerza: el violinista les comunicó que para cerrar la audición tocaría el *Capricho 24* de Paganini.

La joven respiró profundamente y se dispuso a escuchar... El violín comenzó a sonreír triunfante ante la alegría de existir, sumergiéndose en un bucle de felicidad en el que todo giraba, giraba... Unos segundos para la melancolía y después el vértigo y el delirio...

Había sido una interpretación fabulosa, pero con menos pasión que la que ella había escuchado en dos ocasiones. Volvió a pensar en la experiencia vivida: estaba convencida de que ella era capaz de tocar de memoria el *Capricho 24* de tanto oírlo al lado de su padre, pero era consciente de que jamás podría imprimir aquella maestría con la que lo hizo. Alguien tenía que haber guiado su mano.

Al salir, casi se tropezó con Lorenzo Alduccio.

—Nunca hubiera sospechado que nos encontraríamos aquí —exclamó sorprendido—. No quiero ser indiscreto, pero ¿cómo se ha enterado de la celebración de este concierto? Normalmente solo asisten los socios y conocidos, entre otras razones, porque no se le da ninguna publicidad y veo que usted ha venido sola —apuntó Lorenzo mirando alrededor.

—He venido porque su madre me animó a hacerlo y la verdad es que ha merecido la pena.

—Tengo noticias para usted. He preguntado a mi hermana y sí recuerda el nombre de la amiga de Valeria. Era violinista como ella, se llamaba Elsa Bravo y vivía en Madrid.

Ana no podía contener su alegría. ¡Entonces estaba en lo cierto! Aquel era un dato más que afianzaba su hipótesis.

—Pasaba algunas temporadas en Biarritz con ella —continuó Lorenzo—. Mi hermana cree que a Elsa le sucedió algo grave porque recuerda que antes de vender la casa de Biarritz, Valeria le comentó lo extrañada que estaba por la falta de noticias de su amiga española. Le dijo que le había enviado varias cartas a su domicilio de Madrid, pero que todas le fueron devueltas.

Ana vio cómo se derrumbaban todas sus esperanzas y preguntó con un hilo de voz:

—¿Y no volvieron a saber nunca más de ella?

—Parece ser que no. Valeria incluso viajó a Madrid para enterarse de lo que le había podido suceder, pero todo resultó inútil. Nadie sabía nada de ella ni de su familia —aseguró Lorenzo.

—¿Le dijo algo su hermana de la otra persona? —quiso saber Ana.

—No. El nombre de Bruno Ruscello no le decía nada. Nunca lo había oído nombrar. De verdad siento no poder darle mejores noticias —se lamentó Lorenzo— y le agradecería que si se entera de algo nos lo dijera. Nosotros no conocimos a Elsa, pero mi hermana Valeria sí, y por ella nos gustaría saber qué le ha sucedido.

Ya se habían marchado casi todos los asistentes al concierto, solo un reducido grupo charlaba a la salida. Lorenzo se ofreció a acompañarla al hotel.

—No sabe cómo se lo agradezco, pero necesito pensar. Pasearé unos minutos cerca del Tíber para intentar aclarar mis ideas. Han sido ustedes tan amables... Preséntele mis respetos a su madre y dígale que me ha entusiasmado el concierto.

La joven estaba siendo totalmente sincera y tampoco se planteó qué otro interés podría tener Lorenzo en acompañarla que no fuese la amabilidad de la que todos los Alduccio parecían hacer gala.

—Si ese es su deseo, no insistiré. Pero, por favor —dijo Lorenzo—, permítame convidarla a almorzar en casa. Elija usted el día.

—Aún no sé cuánto tiempo me quedaré en Roma —contestó Ana.

Lorenzo era un hombre guapo que rondaría los cuarenta años, y aunque Ana casi podría ser su hija, él adoraba la belleza y siempre había sido un diletante. Aquella muchacha era hermosa y disfrutaba mirándola. Además, poseía algo en su mirada que le subyugaba.

—Le propongo una cosa —dijo sonriendo—. Me convida mañana a una copa en el Gran Hotel y me cuenta qué ha decidido.

—De acuerdo —contestó Ana—, hasta mañana.

—*Arrivederci,* señorita Sandoval.

La temperatura era sumamente agradable y Ana se deleitó en la caricia del suave aire que, como ella, paseaba por el Lungotevere. Su aspecto resultaba tranquilo, aunque si alguien se fijara en sus ojos percibiría la preocupación y el desasosiego, que no le daban tregua. ¿Habrían muerto Elsa y Bruno? Se lo había preguntado ella misma en mil ocasiones. Y otras tantas se repitió la misma respuesta: «¡No! Al menos uno tiene que estar vivo, porque ¿qué finalidad tendría entonces el descubrimiento del mensaje en la partitura de los Caprichos? A no ser —pensó Ana por primera vez— que los hayan asesinado y quieran que nos enteremos.»

Se asustó de sus pensamientos e intentó justificarlos atribuyéndolos a la influencia que el Castillo de Sant'Angelo, que la miraba desde el otro lado del Tíber, podía ejercer sobre ella, ya que conocía parte de su historia. Sonrió ante la ocurrencia y decidió, antes de seguir hacia el hotel, cruzar el puente y rodear la curiosa fortaleza en la que se reflejaban las etapas más importantes de la vida de Roma. Según se acercaba al castillo, Ana iba percibiendo vibraciones negativas. Estaba segura de que en aquel lugar había reinado el miedo, el dolor, el sufrimiento. Esas sensaciones no eran nuevas para ella. Hacía tiempo que, en determinados lugares, notaba cómo su estado de ánimo sufría alteraciones. Unas veces eran positivas y otras negativas, como en aquel momento.

El emperador Adriano había mandado construir Sant'Angelo para que fuese su mausoleo; posteriormente se remodeló como fortaleza, y años más tarde fue sometido a nuevos cambios con la finalidad de convertirlo en residencia papal. Después, cárcel y refugio seguro para los pontífices que ante los embates enemigos llegaban a él a través del pasadizo secreto que comunicaba el castillo con el Vaticano. Eso hizo el papa Clemente VII, ante el asedio de las tropas de Carlos V.

Miró con detenimiento el ángel que coronaba el castillo desde que así lo ordenó el papa Gregorio Magno. Se alzaba como recuerdo del milagro del arcángel san Gabriel, que se había aparecido al pontífice para comunicarle que la peste que asolaba la ciudad había remitido. El ángel envaina la espada y aunque en teoría debería ser un ángel bueno, Ana no pudo evitar que su visión le recordase la de un ángel exterminador que al menor descuido caería sobre ella.

No, no se sentía cómoda en aquel lugar. Sant'Angelo la atraía, pero al mismo tiempo deseaba alejarse. Al girar para dirigirse de nuevo al puente, tuvo la sensación de que alguien la seguía. Sin embargo, cuando se dio la vuelta no vio a nadie.

¿Y si Elsa y Bruno desaparecieron porque huían de alguien y no querían ser localizados? «No —se respondió a sí misma—, porque de haberlo hecho juntos, estarían felices. Distinto sería que fuera solo uno quien tuviera que afrontar esa situación. Pero ¿dónde estaba? Y ¿dónde se encontraba el otro?»

Tomó la firme decisión de no seguir especulando con posibles respuestas a lo sucedido con Elsa Bravo y Bruno Ruscello. No debía continuar porque todo resultaba inútil. Recordó entonces las palabras de Victoria Bertoli, cuando le aseguró: «Si has recibido el encargo de encontrar a esas personas, no te preocupes porque lo conseguirás».

Se encontraba ya en el puente y contempló a los ángeles que a ambos lados del mismo controlaban todo. Eran hermosos como un sueño, de forma especial los dos esculpidos por Bernini. Todos se hallaban de espaldas al río, y todos llevaban en sus manos instrumentos de la pasión de Cristo. Al acercarse para ver mejor al ángel que portaba la corona de espinas, Ana de nuevo tuvo la sensación de que alguien la observaba. No era propio de ella tener miedo. Aún no había oscurecido, pero, sin quererlo, caminó mucho más deprisa. Al finalizar el Lungotevere Tor di Nona, no supo si seguir por el de Marzio o con la ayuda del mapa callejear por la ciudad hasta llegar al hotel. A pesar de que Roma era una ciudad que no ofrecía complicaciones y en la que Ana se orientaba como si la conociera de toda la vida, optó por seguir bordeando el río porque le parecía el camino más recto.

Había decidido no volver a mirar hacia atrás, sus sospechas eran infundadas y no debía darles ninguna importancia. Pero incumpliendo sus propias decisiones, se giró: un hombre caminaba en la misma dirección que ella. Los separaban unos veinte metros. Su primera reacción fue salir corriendo, aunque se contuvo. «No debo reaccionar de forma tan impulsiva —se dijo—. Puede ir, como yo, a su hotel o simplemente a casa.»

La hermosa vista del río y la presencia de algunas personas con las que se cruzó la tranquilizaron. Andaba ahora muy despacio con la intención de que el hombre que había visto la adelantase, pero no sucedió así y Ana siguió con la incertidumbre de si aún caminaba tras ella.

Abandonó el Lungotevere Marzio para cruzar la Vía di Ripetta y tomar la de Tomacelli, que la llevaba directa al hotel. En ese momento no logró resistirse más y quiso comprobar si el hombre había desaparecido, pero allí estaba. Sin poder controlarse, echó a correr hacia el hotel.

Al verla llegar jadeante, uno de los recepcionistas se interesó por lo que le pasaba. Ella dudó unos segundos, pero al final le contó la verdad y juntos salieron a la puerta. La calle estaba desierta.

Con gestos tranquilizadores, el recepcionista le indicó que tal vez hubiese sido una casualidad —*coincidenza,* repetía sonriente—, que allí no había nadie, y Ana optó por darle la razón, disculpándose al momento en su básico italiano.

Los dos volvieron adentro. Ninguno llegó a saber que cinco minutos más tarde un hombre siguió sus pasos y entró en el hotel para tratar de averiguar quién era la joven dama a quien llevaba varias calles siguiendo.

Se encontraba tan bien allí que decidió quedarse y buscó algún restaurante cercano a la plaza de Santa María de Trastevere, donde permaneció sentada más de una hora. Por la tarde subiría al Gianicolo para comprobar in situ la descripción hecha por Nikolai Gogol de la ciudad de Roma.

Sola y lejos de su mundo habitual, volvió a asaltarla ese sentimiento pleno de libertad que ya sintiera en Biarritz: podía hacer lo que le apeteciera, sin tener que pensar en los demás. Era una postura tal vez egoísta, sin duda muy placentera, y también peligrosa por la soledad en la que puede verse inmerso quien elija ese tipo de vida.

Contempló el campanil románico de la iglesia de Santa María del Trastevere y se dijo que ella, aunque disfrutaba con esa libertad, estaba deseando regresar junto a sus seres queridos para contarles sus vivencias en aquella ciudad a la que ya se sentía tan unida. «De qué sirven todas las alegrías, emociones y desilusiones si luego no tienes con quién compartirlas. Es verdad que siempre puede uno desahogarse con un extraño, pero no es lo mismo», se dijo.

En aquel instante se acordó de su padre y sintió un dolor profundo al darse cuenta de que nunca le contaría sus impresiones sobre la Ciudad Eterna. «Seguro que él me está viendo —pensó Ana, y dijo para sí—: Si es así, padre querido, sepa que en Roma me acuerdo de usted y le quiero por ser el mejor padre del mundo.»

Llevaba casi seis horas en la calle. Se había levantado muy temprano. Después de desayunar salió del hotel tras dejar un mensaje para Lorenzo Alduccio, en el que se disculpaba por no esperarle, asegurándole que antes de irse de Roma pasaría por su casa. Había sido una mañana muy completa, que inició en el Aventino. Como católica que era, había sentido una especial emoción en aquel lugar, que por ser el asentamiento de los primeros cristianos encerraba para ella connotaciones especiales. Visitó las catacumbas de santa Domitila y san Calixto, admiró la enigmática tumba de Cecilia Metela en la Vía Apia, los restos de la muralla aureliana. Antes de abandonar el Aventino contempló la extraordinaria panorámica sobre el Tíber con la cúpula de san Pedro al fondo, y volvió a pensar con respeto en los primeros cristianos que no dudaron en entregar su vida por mantener sus creencias.

Curiosamente, la imagen que se llevaba de las catacumbas era la de santa Cecilia: la escultura de una mujer tumbada con la cara vuelta como si estuviese durmiendo. Sin embargo, algo en la posición de su cuello revelaba lo antinatural de la postura. El escultor, Stefano Maderno, reprodujo exactamente la posición en que se halló el cadáver de la santa.

El ánimo de Ana la llevó a cambiar de inmediato el itinerario previsto. En su lugar, se encaminó hacia la iglesia levantada en el siglo v en honor de la santa, sobre la que había sido su casa en el Trastevere. Santa Cecilia, una joven patricia romana convertida al cristianismo, se casó con un pretendiente de su misma clase social llamado Valeriano, que muy pronto abrazó la fe de su esposa. Como casi todos los cristianos cuya posición los alejaba en principio del punto de mira de las autoridades, el matrimonio se dedicaba a socorrer a los hermanos en la fe, cruelmente perseguidos: Valeriano enterraba a los muertos y Cecilia prestaba todo tipo de apoyo a los acosados. Pronto fueron descubiertos. Los dos sufrieron martirio bajo el reinado del emperador Marco Aurelio.

Una vez en la basílica de Santa Cecilia, Ana quiso comprobar lo que la tradición contaba y desde la cripta de la iglesia accedió a un patio en el que se podían ver los restos de una antigua casa romana. Observó todos los rincones y pronto la inundó una sensación de calma. Pensó en la veracidad de la leyenda, aunque poco importaba: lo cierto era, y Ana así lo percibía, que entre aquellos muros aún se respiraba amor. También en la plaza donde se encontraba había muy buenas vibraciones.

Al margen del atractivo que Roma ejercía sobre ella, pensó que esa ciudad era un buen sitio para aligerar el peso de las preocupaciones. Su historia era tan rica que resultaba muy fácil dejarse atrapar por algunos pasajes de la misma. En toda la mañana no había vuelto a su memoria el problema que la había llevado allí. Sus previsiones para la tarde no eran menos halagüeñas.

El coche, puntual, la esperaba a la hora convenida. Subieron despacio la loma del Gianicolo: una breve parada en San Pietro in Montorio para admirar el templete de Bramante y de nuevo en marcha. El simpático conductor le había asegurado que la llevaría al lugar idóneo para admirar la mejor panorámica de la ciudad y ahora Ana contemplaba extasiada las cúpulas que besaba el sol dorado de media tarde. Claro que entendía a Gogol, e igual que él, se olvidó de sí misma, del misterioso texto de la partitura, de sus protagonistas. Se olvidó de todo... Solo existía aquel momento y se entregó con pasión al encanto arrebatador de Roma, a su magia eterna.

Despidió el coche y cuando estaba a punto de entrar en el hotel, retrocedió y tomó la Vía dei Condotti. Deseaba regresar al primer lugar en el que se identificó con la ciudad. En cierta forma su postura le resultaba sorprendente, pero desde que estaba en Roma, no controlaba sus decisiones como era habitual en ella. Las palabras exactas de Victoria Bertoli acudieron a su mente: «Ante esta ciudad maravillosa siento la necesidad de mostrarme tal y como soy». Sin duda estaba en lo cierto y a ella le sucedía lo mismo.

Eran las ocho de la tarde, y a diferencia de la otra vez que estuvo allí, la plaza de España no estaba desierta: unos cuantos visitantes pululaban por ella. Era consciente de que le encantaría saber lo que pensaba cada uno de ellos, descubrir qué sentimientos les inspiraba la fuente; sonrió al darse cuenta de que se estaba comportando como si el lugar le perteneciera y, curiosa, esperase el veredicto sobre su propiedad. Observó las caras de la gente e intentó leer en ellas: le parecieron inescrutables y tuvo la sensación de que la mayoría miraba sin ver, a excepción de un hombre de mediana edad, sentado en el borde de la fuente, que ensimismado no separaba sus ojos del agua. Nada conseguía rescatarlo de su concentración.

Ignorando la presencia del hombre meditabundo, pasó su mano por la superficie de aquel mar en miniatura en cariñosa señal de despedida. Había planeado abandonar Roma al día siguiente por la tarde y quizá no dispusiese de tiempo para decirle adiós más adelante a la barcaza que la había conquistado, aunque presentía que no iba a ser un adiós definitivo. Por la mañana iría a cumplimentar a los Alduccio Mendía y tenía intención de acudir a dos museos: Capitolino y Doria Pamphili. No quería irse de Roma sin ver el cuadro del papa Inocencio X pintado por Velázquez.

Antes de abandonar la plaza, se giró para retener una última instantánea y fue entonces cuando vio que el hombre de la fuente caminaba hacia ella. Al verle de pie, Ana se asustó: era el mismo que la había seguido la tarde anterior hasta el hotel. «No puede ser», se dijo a la vez que una voz profunda llegaba hasta sus oídos.

—Señorita Sandoval, un momento, por favor. Se lo ruego.

Ana pensó que todo aquello era un sueño y que en cualquier momento iba a despertar. ¿Cómo podía aquel desconocido saber su nombre? ¿Por qué se dirigía a ella en español, incluso? Se quedó petrificada. Él ya estaba casi a su lado.

—Perdóneme, señorita. Soy Renato Brascciano. Deseo hablar con usted. Por favor, concédame unos minutos.

Observó al hombre que le tendía la mano: iba vestido de forma elegante y sus modales parecían refinados. Era guapo: ojos verdes, cabello canoso, mediana estatura y una voz dotada de gran musicalidad. Apreciaciones importantes para atender de buen grado su petición.

—¿Cómo sabe mi nombre?

—Ayer la seguí hasta su hotel. No se enfade —puntualizó al ver el gesto de Ana—. Me lo dijo uno de los botones, ya sabe cómo son estos muchachos.

—¿Y por qué desea hablar conmigo?

—Verá, la vi en el concierto de la Accademia Nazionale di Santa Cecilia. Confieso que sufrí un sobresalto porque su presencia me trastornó por completo. Pensé que ella se encontraba de nuevo conmigo y aunque sabía que era imposible, usted me la recuerda tanto... Ladea la cabeza como ella. Su manera de moverse es idéntica. Sus gestos, los mismos. Pese a que sus rasgos físicos no se parecen en nada, por su manera de comportarse podría ser ella.

Ana se dijo que aquel señor de tan buena facha debía de estar loco y podría ser peligroso. Esa sensación le hizo comprobar si quedaban algunos turistas en la plaza y vio con alivio que no estaban solos. Se decidió a preguntarle.

—¿Qué es lo que quiere de mí, además de contarme que me parezco a alguien?

—En realidad nada. Confieso que ayer no me atreví a abordarla, cuando eso hubiera sido lo normal. Preferí seguirla y así poder recrearme en su forma de moverse... Recordar... recordar a mi querida Lucrecia. Más tarde, al conocer su identidad en el hotel, deseché toda posibilidad de que las uniera algún lazo de parentesco. Aunque ella nació en la Argentina, toda su familia era de origen italiano.

Ana, poseedora de una imaginación muy activa, ya se había inventado varias explicaciones que podrían responder a lo que estaba oyendo, pero en el fondo reconocía que el tal Renato Brascciano le parecía sincero y no le molestaba escucharle.

—¿Y qué ha sucedido para que cambie de idea y estemos ahora hablando? —le preguntó.

—Es muy sencillo: en toda la noche no conseguí conciliar el sueño pensando en usted. Soy consciente de que tanto su parecido con Lucrecia, como el hecho de que nos hayamos encontrado en un escenario en el que ella estaría, de encontrarse en Roma, es fruto del azar. Pero le confieso que por momentos me afianzo en la idea de que Lucrecia desea que la conozca.

No le pasó desapercibido que el hombre había variado el tiempo de su discurso: aquella era la primera vez que hablaba de la mujer en presente, y eso trajo consigo nuevas preguntas.

—¿Quién es ella?

—Lucrecia Roccia. La mujer más maravillosa que he conocido —contestó él con gesto triste.

—¿Y dónde está?

En esta ocasión, la respuesta se demoró un poco más entre sus labios.

—Ella... Lucrecia murió hace unos meses.

Era la conversación más extraña que Ana había mantenido en su vida. Hubo un momento en el que pensó decirle adiós educadamente, aunque la sospecha de que fuera una forma —sin duda un tanto original, aunque tan válida como cualquier otra— de entablar amistad con ella la movió a hacerle una pregunta un tanto inconveniente:

—Entonces ¿se comunica usted con los muertos? ¿Cómo puede afirmar que ella desea que me conozca?

—Señorita Sandoval, no mantengo ningún tipo de contacto con el más allá. Lo que sucede es que esos a quienes hemos amado y se han ido siguen viviendo en nosotros siempre que no nos olvidemos de ellos.

Aquel hombre podía parecer un loco o un original conquistador, aunque nada más lejos de la realidad y Ana lo captó, no porque estuviera de acuerdo con el razonamiento que acababa de exponer, que sí lo estaba, sino por la forma en que se expresaba. Volvió a interesarse por esa mujer.

—¿Lucrecia era su esposa?

—Nunca lo fue y le aseguro que nada me habría hecho más feliz. Me quería como a un amigo. Fui la persona más cercana a ella durante los últimos siete años.

—¿Vivía en Roma?

—No. En un pueblecito de la Toscana. Pero permítame —pidió Renato—, antes no he terminado de contarle las razones por las que cambié de idea y me decidí a hablar con usted. Como le decía, después de pasarme la noche en vela, concluí que si debíamos conocernos, el azar tendría que decidir. Yo no la esperaría a la salida del hotel para seguirla y abordarla en la mejor ocasión. Pensé que si el encuentro tenía que ser una realidad, usted se presentaría en esta plaza a última hora de la tarde. De esa forma el destino decidiría por nosotros. Y aquí me senté a esperarla.

—¿Por qué esta plaza? —preguntó interesada, para añadir—: ¿Es lo que habría hecho Lucrecia?

—Este era uno de sus lugares preferidos y la última vez que estuvo aquí se despidió de la fuente como usted lo ha hecho; dejando que el agua meciera su mano. Está claro, señorita Sandoval, que existen muchas concordancias entre usted y ella. Estoy convencido de que desea que yo la conozca.

—¿A qué puede deberse ese interés?

—Muy sencillo: es Lucrecia quien desea que usted la conozca.

—¿No dice que está muerta?

—Sí. Pero puede conocerla a través de mí. Es una larga historia y no quiero entretenerla. Si me lo permite, la convido a almorzar mañana en...

—Me temo que será imposible —le interrumpió—. Mañana regreso a Madrid y no dispondré de tiempo.

—Cuánto lo siento —exclamó Renato—. Por favor, concédame aunque solo sean quince minutos.

—De acuerdo, le espero a las cuatro de la tarde en el hotel.

Otra vez, Ana se estaba comportando de forma inhabitual en ella. ¿Por qué habría de perder el tiempo con un señor que la veía como el fiel reflejo de una mujer llamada Lucrecia y que había sido, según él, el amor de su vida? ¿Y si aquel asunto tenía algo que ver con el misterio que ella trataba de descifrar? Lamentó no haber viajado con el violín. Sentía auténtica necesidad de escuchar su voz amiga para sosegarse y pensar con calma.

Por su parte, Renato Brascciano tenía la seguridad de haber hecho lo conveniente. No se equivocaba, cada minuto se reforzaba más en su primera impresión: Ana Sandoval era la persona que estaba buscando. No sabía qué argumentos utilizar para convencerla, pero tenía que conseguir que le acompañara a Pienza. Ella era la persona adecuada.

A la mañana siguiente, mientras se dirigía a casa de los Alduccio Mendía para despedirse, Ana iba pensando en la conversación mantenida con Renato. Nunca había creído que las coincidencias fuesen fruto del azar, sino que más bien podrían responder a algo que ignoramos. Se acordó de su tía Elvira, que siempre aseguraba que todos tenemos un doble: no era este su caso, ya que en opinión de Renato Brascciano el parecido físico no existía, solo su manera de comportarse era similar a la de Lucrecia.

Resultaba evidente su buena disposición para abordar cualquier tema por extraño que resultara, pero por mucha imaginación que desplegase, las razones que la impulsaban a conocer a Lucrecia Roccia se le escapaban. A no ser que todo fuese una fabulación de Renato. Ella no lo consideraba un demente, aunque tal vez lo fuera.

Como le había sucedido la vez anterior, tuvo que emplear toda su fuerza para mover la aldaba de la mansión de los Alduccio Mendía. A los pocos segundos Giuseppe le franqueó la puerta y después de saludarla amablemente le preguntó si deseaba ver a la señora o al señorito. Al comprobar la afabilidad y disposición del criado, no pudo evitar el pensar en que los italianos podían ser los seres más encantadores a poco que se lo propusieran. Miró a Giuseppe sonriente y le dijo que le gustaría despedirse de ambos. Él, consternado, le comentó que la señora estaba enferma, pero que de inmediato avisaría al señorito Lorenzo.

Antes de que el criado se fuera, Lorenzo acudió a ver quién había llamado a la puerta.

—Querida señorita Sandoval, no sabe cuánto me alegro de verla. ¿Se quedará hoy a almorzar conmigo? —preguntó muy alegre, como quien está seguro de que la respuesta será afirmativa.

—Tendrá que ser en otra ocasión. Esta misma tarde regreso a Madrid, aunque le prometo que en mi próxima visita, si entonces está de acuerdo, mi primer compromiso en Roma será con usted.

—Qué desilusión —exclamó Lorenzo a la vez que exageraba su gesto triste—. ¿Dentro de un año, dos, tal vez cinco?

—Seguro que mucho antes —dijo Ana—. Por cierto, me gustaría ver a su madre. Me ha dicho Giuseppe que está enferma.

—Sí, hace unos días que no se encuentra bien. Un enfriamiento, seguro.

—Lo siento mucho. Despídame de ella, por favor.

—No, aguarde un momento. Voy a comentarle que se va, igual luego se enfada si no se lo digo.

Mientras esperaba, Ana se asomó al jardín. Le volvió a parecer hermoso, aunque no era lo mismo sin Victoria Bertoli. Se dijo que existen personas con tanta energía que impregnan su entorno y cuando no están, su ausencia se nota de forma muy especial. La voz de Lorenzo la hizo girarse.

—Mi madre pide que la disculpe y le ruega que acepte este presente como recuerdo de su visita a esta casa.

Ana abrió despacio la saquita de terciopelo rojo. No se imaginaba qué podía contener, y cuando vio la pulsera hizo amago de devolverla.

—No puedo admitirla, es demasiado valiosa. Por favor, dígale a su madre que estoy muy agradecida, pero que el mayor regalo que me llevo es haber tenido el placer de conocerla.

Lorenzo tomó la pulsera que Ana le entregaba y con sumo cuidado la abrió para colocarla en la muñeca de la joven.

—Mi madre me advirtió cuál sería su reacción y me ordenó que se la pusiera y le entregara esta tarjeta.

Con letra clara y firme estaba escrito:

Mi querida Ana:

Te ruego que aceptes la pulsera. La han llevado varias generaciones de mi familia, hombres y mujeres, indistintamente. Ni Lorenzo ni Ludovica sabrían apreciarla. Creía que llegaría el final de mi vida sin poder entregarla a nadie hasta que apareciste tú y supe que la pulsera ya tenía nueva dueña. Ana, sé siempre tú misma.

Miró la pulsera con cariño y respeto: se trataba de un aro de oro macizo, abierto y con un trébol de cuatro hojas en cada extremo a modo de remate. En el centro de uno, una amatista; en el otro, un coral; entre ambos abrazaban una especie de moneda, un camafeo negro, en el que se adivinaba una figura humana en actitud pensante.

Sus conocimientos de joyería y orfebrería eran más bien escasos, aunque estaba casi segura de que era una pieza etrusca. Alguien le había contado que una de las características de esta civilización consistía en utilizar en sus técnicas de decoración una modalidad denominada granulado: las hojas del trébol de la pulsera aparecían rellenas de pequeñísimas esferitas de oro y estas contribuían a proporcionarle una luminosidad que la convertía en una pieza única.

—Dígale a su madre que la llevaré con muchísimo orgullo y que me siento muy honrada de que haya decidido regalármela.

Lorenzo no entendía por qué su madre se desprendía de una joya que siempre había llevado ella, para regalársela a una desconocida. Lo normal hubiera sido que se la diera a su hermana Ludovica o incluso a él mismo... En fin, no volvería a ocuparse de ello. Estaba acostumbrado a las rarezas de su progenitora.

Lo que deseaba era no perder el contacto con aquella hermosa mujer.

—Así lo haré —dijo muy complaciente—. Señorita Sandoval, sé que no debo insistir, pero ya conoce el inmenso placer que sería para mí convidarla a almorzar. ¿No puede quedarse unos días más en Roma? Es una pena hacer un viaje tan largo para tan poco tiempo.

A Ana no le gustó que Lorenzo se creyera capaz de hacerla cambiar de idea y le contestó muy seria.

—El goce de estar en Roma, aunque sea unos minutos, compensa cualquier sacrificio.

Por supuesto que le hubiera gustado quedarse al menos una semana como tenía previsto. En Madrid no le esperaba nada urgente, sin embargo, percibía que debía irse.

—Mi madre le ruega que nos dé su dirección en Madrid.

La joven pensó que Lorenzo se lo había inventado y que era él quien estaba interesado en conseguirla. A pesar de ello le facilitó sus señas y él las guardó como un tesoro.

Ya tenía todo preparado para irse a la estación. Aún disponía de dos horas, suficiente para escuchar la historia que Renato Brascciano deseaba contarle sobre Lucrecia, si es que acudía al hotel, porque Ana no estaba muy segura de que fuera a hacerlo.

Si analizaba el resultado de su viaje a Roma, partiendo de la información obtenida, no podía decirse que hubiese sido muy fructífero, mas sí había conseguido la certeza de que existía una conexión entre Elsa Bravo y la casa de Biarritz. Aun así, lo más interesante había sido su encuentro con Victoria Bertoli y la conversación que ambas mantuvieron. No se había quitado la pulsera. La miró y, como un eco muy lejano, escuchó la voz de Victoria Bertoli cuando le aseguraba: ... *Si hai ricevuto l'incarico di trovare queste persone, non preocuparti, perché ce la farai.* Estaba tan ensimismada mirando la pulsera que no se dio cuenta de la llegada de Renato Brascciano. La saludaba ya con una respetuosa inclinación de cabeza.

—Perdone, no sabe cuánto siento importunarla.

—No se preocupe. Siéntese, por favor —le respondió Ana con un gesto de su brazo derecho, en el que llevaba la pulsera.

Renato no podía dar crédito a lo que estaba viendo.

—¿Hace mucho que tiene esa pulsera?

—Me la han regalado hace unas horas.

—Mire —le pidió al tiempo que le mostraba su brazo derecho, en el que lucía una idéntica. Él fue el primero en recuperar la palabra—: ¿Entiende ahora por qué necesito contarle la historia de Lucrecia?

—Pues no —respondió sincera Ana—. El hecho de que nuestras pulseras sean iguales puede tener diversas explicaciones.

—Por supuesto, lo que sucede es que Lucrecia me la dio cuando supo que estaba enferma de muerte. Que usted esté en posesión de una igual me refuerza en la creencia de que tiene mucho en común con ella y sin duda puede ser la persona indicada.

—¿Indicada para qué? —preguntó un tanto inquieta.

—Poco antes de morir, Lucrecia me nombró heredero universal. No tenía familia ni amigos más allegados que yo. Me dejó la casa y todas sus pertenencias. Solo una especie de diario quedó al margen de la herencia. Un diario que yo debo guardar hasta que encuentre a la persona que, a mi juicio, sea la adecuada para entregárselo. Recuerdo que le pregunté cómo descubrir esa idoneidad —siguió contando Renato—, y ella me aseguró que sería tan evidente que no dudaría ni un momento. Debo decirle que así ha sucedido. Desde el momento en que la vi en el concierto dedicado a Paganini supe que era usted y esa creencia se fue reafirmando poco a poco. En estos momentos estoy casi seguro.

Ana no sabía cómo reaccionar. Volvió a pensar en la irrealidad de lo que le estaba sucediendo. «Tiene que ser un sueño del que despertaré pronto», se dijo.

—Perdone, señor Brascciano, no alcanzo a comprender qué es lo que desea de mí.

—Que me acompañe a Pienza.

—¿Cómo? —exclamó incrédula.

—Allí vivía Lucrecia.

—Eso es imposible. Dentro de dos horas salgo para Madrid.

—Por favor —suplicó él.

—¿Qué tengo yo que ver con unos escritos de alguien a quien no conozco? Además, ¿qué se supone que voy a leer en ellos?

Lo ignoro.

—¿No los ha leído usted?

—No. He cumplido el deseo de Lucrecia: el diario aguarda a la persona indicada.

—¿Y no le intriga?

—Por supuesto, pero cumplir los deseos de mi amiga es para mí mucho más importante que satisfacer mi curiosidad.

Renato no sabía ya qué argumentos utilizar para convencerla. «Tal vez —se dijo— si le cuento la verdad, consiga hacerla reaccionar.»

—Sé que todo esto tiene que resultarle extraño. También a mí me sorprende lo sucedido. Quiero que conozca con todo detalle mis vivencias de estos días porque creo que la harán reflexionar —dijo en tono convincente—. Piense que yo no tenía previsto viajar a Roma, lo hice atendiendo la llamada de un amigo al que le urgía verme. Una vez aquí, una hermana de este amigo me ofreció asistir al concierto en el que la vi a usted por primera vez. El resto ya lo conoce. Estoy convencido, señorita Sandoval, de que todo se ha desarrollado de esta forma para que nos conociéramos y yo pudiera cumplir los deseos de Lucrecia.

Ana estaba segura de que aquel hombre decía la verdad, su verdad, pero, aunque así fuera, ella no podía atender sus deseos. Sin embargo, en el fondo deseaba ver los escritos de Lucrecia, le pediría que se los enviara a Madrid.

—No, no me voy a arriesgar a que se pierdan —le contestó Renato—. Sé que para Lucrecia eran importantísimos. ¿Qué puedo hacer para convencerla de que aplace, por unos días, su regreso a Madrid?

—Nada, y lo siento. Me gustaría atender sus deseos, pero me resulta imposible.

Renato Brascciano, desilusionado, se puso en pie para despedirse, pero Ana le sugirió que siguieran charlando un rato, aún era pronto para irse a la estación.

—Me decía usted —le comentó— que conoció a Lucrecia hace siete años...

—Sí, en ese tiempo fue cuando yo regresé a mi ciudad, Pienza, después de una larga estancia en el extranjero. No pensaba quedarme mucho tiempo, pero me encontré con ella y todos mis proyectos desaparecieron. Recuerdo que la primera vez que la vi fue en la Piazza Pío II, iba con su madre, casi nunca se separaban. Más tarde supe que no tenían a nadie más en el mundo, que no tenían más familia. Le confieso, señorita Sandoval, que Lucrecia me pareció el ser más maravilloso que había visto en mi vida y que me enamoré de ella como un colegial. Poseía una belleza que me atrevería a calificar de sublime: al estar envuelta en ese halo de melancolía que siempre la acompañaba, era como si su espíritu viviese de recuerdos que por hermosos jamás abandonaría. Nos hicimos buenos amigos y me confesó que nunca podría corresponder mi amor porque su corazón no le pertenecía.

El relato despertaba en Ana cierta ternura que intentó disimular.

—No sé si yo podría comportarme de esa forma, tal vez sí —dijo pensativa.

—Querida señorita, el corazón siempre espera que quede un resquicio abierto para la esperanza, aunque ese no era mi caso.

—¿Entonces?

—La amaba y preferí continuar a su lado. No podría vivir sin escuchar sus maravillosas interpretaciones al violín.

Ahora fue Ana quien se sobresaltó: Lucrecia era violinista. Parecían demasiadas coincidencias.

—También yo soy violinista —exclamó sin poder contenerse.

—Por favor —rogó Renato—. ¿Entiende ahora por qué tiene que acompañarme a Pienza?

—Pues no —repitió ella con energía—, resulta de todo punto imposible que me desplace con usted.

Uno de los porteros del hotel se acercó a ellos.

—Señorita, el coche la espera.

Se levantó y tendió su mano hacia Renato al tiempo que le decía:

—Lo siento. Tal vez algún día le haga una visita a Pienza, pero ahora es imposible. Adiós, señor Brascciano.

Ana caminó hacia el coche. Renato la miraba desde la puerta del Gran Hotel y cuando vio que estaba a punto de subirse, le dijo en voz alta para que pudiera oírle:

—¿Y es usted especialista en Paganini?

Se quedó petrificada. Le pidió al cochero que aguardase un momento y se acercó a Renato Brascciano.

—¿Por qué quiere saberlo?

—Intentaba encontrar una nueva coincidencia. Lucrecia era la mejor con los Caprichos. El 24 era su preferido.

Ana no lo dudó ni un momento, mandó bajar su equipaje del coche y con mirada ardiente le dijo a Renato Brascciano:

—Estoy dispuesta a viajar con usted a Pienza.

XII

A pesar de que durante todo el viaje —más de diez horas de conversación con Renato— no había conseguido averiguar nada que avalase su sospecha sobre una posible conexión entre Lucrecia Roccia y Elsa Bravo, Ana era consciente de que había hecho lo correcto. Antes de salir de Roma se preocupó de escribirle a su tía contándole los motivos que la llevaban a viajar a la Toscana.

Una vez más pensó en Victoria Bertoli y en el significado que pudiese encerrar la pulsera. Seguro que no revestía ninguna importancia que Lucrecia poseyera una igual, aunque no pudo evitar una extraña sensación: le parecía que no estaba sola en aquel misterio, que alguien la ayudaba y le iba desbrozando el camino.

Miró la inmensa llanura de un paisaje sin fin y sintió que su ánimo se expandía en aquella paz infinita, solo alterada por unas discretas lomas y algún que otro esbelto ciprés que recordaba la finitud. Era el valle de Orcia, situado en la Italia central y comprendido entre el sur de Siena y el monte Amiata. Recibía su nombre del río que fluía apacible, mecido por la suavidad de las colinas en un paraje único y como tal, fuente de inspiración para muchos de los pintores renacentistas, que lo plasmaron en sus lienzos.

Se recreó en la panorámica que iban dejando a uno y a otro lado del coche y se dijo que no era aquel mal sitio para perderse.

—Mire al fondo a su derecha —le pidió Renato Brascciano.

Sobre una colina se erigía Pienza. Ana tuvo la sensación de que era como una flor expuesta a todas las miradas, solo que en su entorno no existían nada más que tranquilas y solitarias llanuras.

—A Pienza se la conoce como la ciudad de la colina —dijo él—. ¿Sabe algo de su historia?

—Nada. Nunca la había oído nombrar —confesó la joven.

—Es preciosa, ya verá como le gusta.

Silenciosa, Ana observaba... Las casas, casi todas de piedra porosa, le parecían muy cuidadas y en consonancia unas con otras; las calles rectilíneas proporcionaban una sensación de cuidado orden. «Sin duda —pensó—, la estética ha estado muy presente en los proyectos de quienes diseñaron esta ciudad.»

El coche se detuvo al llegar a la Piazza Pío II y contempló entusiasmada uno de los recintos más originales que había visto hasta entonces. Tenía forma trapezoidal y los adoquines en ángulo contribuían a su indudable originalidad. La plaza, convertida en el centro neurálgico de la villa, llevaba el nombre de la persona a cuya iniciativa se debía la creación de Pienza. El papa Pío II, Eneas Silvio Piccolomini, vino al mundo en 1405 en aquel lugar, cuando este no era sino una pequeña localidad medieval llamada Corsignano. Al llegar al solio pontificio a mediados del siglo xv mandó edificar sobre su pueblo una ciudad modélica que se convirtiera en lugar de veraneo papal. De ahí que además del Duomo, la plaza estuviera circundada por los palacios Piccolomini, municipal y episcopal, todos ellos hermosas construcciones renacentistas. Desde su creación, Pienza fue considerada la primera ciudad ideal, ya que por medio de su diseño urbano se había dado forma al humanismo predominante en el Renacimiento.

Ana comprobó que además de las fuentes —mucho más sencillas que las romanas— los pozos ocupaban un lugar predominante en alguna de las plazas italianas, como aquella en la que se hallaban. Le sorprendió que el pozo de cuidado travertino no estuviera en el centro del recinto, sino situado en el ángulo que correspondía al palacio Piccolomini: la llevó a imaginar que el arquitecto lo había planeado para, de esa forma, distinguir el edificio más importante de la plaza.

Ante aquel pozo renacentista, se lamentó de que pasara de moda la costumbre de construirlos. Entendía por qué ya no eran necesarios, pero seguían siendo hermosos como elementos decorativos y encerraban un halo de espiritualidad por sus connotaciones bíblicas. Ana recordó una de las más hermosas citas evangélicas, que precisamente se desarrolla a la vera de un pozo: la conversación de Jesús con la Samaritana.

—El cochero ya ha llevado el equipaje al hotel que está en la siguiente calle —dijo Renato—. Nosotros podemos ir andando. Si le parece, paso a buscarla dentro de dos horas para que pueda descansar un poco.

—¿Es esta la plaza en la que conoció a Lucrecia? —le preguntó.

—Sí, estaba ahí, más o menos donde usted se encuentra, al lado del pozo.

Ana percibía unas vibraciones muy especiales en aquel lugar y deseaba quedarse sola para recrearse en sus sensaciones.

—Señor Brascciano, utilice todo el tiempo que necesite —le dijo—. Yo no estoy cansada y me gustaría dar un paseo. Luego iré al hotel y allí le espero.

La casa de Lucrecia no estaba lejos; en Pienza no existían grandes distancias. Se trataba de una edificación de dos plantas, armónica con el entorno, algo esencial en aquella modélica localidad.

—He pensado en trasladarme a vivir aquí —dijo Renato—. Mi casa es más grande, pero la ubicación de esta es especial.

En aquellos momentos la joven era incapaz de prestar atención a lo que le decía su interlocutor. No sabía en qué zona de la ciudad se encontraban y le costaba muchísimo mostrarse serena. Su corazón latía de una forma desacostumbrada. Cuando cruzaron el umbral de la casa de Lucrecia creyó que no podría disimular más, pero poco a poco se fue serenando...

—Está tal cual ella la tenía. No he querido cambiar nada —comentó Renato.

Era una decoración sencilla, aunque se adivinaba la delicadeza de quien la había realizado. Pasaron a una especie de salón comedor, y al mirar por un ventanal, Ana entendió el primer comentario de Renato: la casa ocupaba uno de los pétalos externos de aquella flor, Pienza, que se abría sobre una colina dominando todo su entorno.

—Es una vista increíble —exclamó.

—Maravillosa, pero acompáñeme al segundo piso —pidió él.

La escalera desembocaba en un salón que a su vez se prolongaba a una logia con un fondo de ensueño. En una de las arcadas que daban paso a esta, un sofá, una silla con un violín y una mesita auxiliar. Ana tuvo que apoyarse en Renato para no caer desplomada. Juraría que así era como ella tenía colocado el violín la noche de fin de año.

—¿Se ha mareado? ¿Le sirvo un poquito de agua? —se preocupó él muy amable.

—No, no es nada, ya se me está pasando —respondió la joven, y le comentó para disimular su asombro—: Ya sé que las personas somos diferentes, pero desde que he llegado no dejo de darle vueltas a lo mismo: no consigo entender cómo una mujer, excelente violinista, se encierra en un lugar como este, maravilloso sin duda, pero solitario y sin posibilidades de relación más que con uno mismo.

—Es fácil que esa fuera la razón por la que Lucrecia y su madre eligieron este lugar. Buscaban el aislamiento —dijo con tristeza Renato.

—¿Nunca le preguntó por qué deseaban aislarse?

—No. Siempre respeté sus silencios. Muchas tardes nos pasábamos horas y horas sin decirnos nada. Leyendo y contemplando el paisaje. Otras, Lucrecia tocaba el violín y yo me convertía en el más feliz de los mortales. Era un privilegio escucharla. A veces me dejaba asistir cuando impartía sus clases de música —siguió contando—. Recuerdo que me decía que era muy importante para ella conservar parte de su antigua actividad.

—¿Acaso era profesora? —preguntó Ana presa de la excitación.

—Creí que se lo había dicho. Ella me contó que durante un tiempo fue profesora de violín en un centro importante.

Por su estado de ánimo y por los últimos datos que le acababan de facilitar, Ana estaba convencida de que se acercaba a la verdad tanto tiempo buscada. De repente se dio cuenta de que no sabía la edad de la mujer.

—Perdone, Renato, no le he preguntado, ¿qué edad tendría ahora Lucrecia?

—No lo sé con exactitud, aunque era cuatro o cinco años mayor que yo. Calculo que tendría alrededor de los cuarenta y cinco. Yo cumpliré dentro de unos meses los cuarenta.

Ana se quedó muy pensativa: era un dato más que debía tener en cuenta, ya que en sus elucubraciones Elsa Bravo tendría los mismos años que Lucrecia. Se acercó al violín. Lo tomó en sus manos y comprobó admirada que se trataba de un amati.

—Es maravilloso. Solo había visto uno en mi vida.

—¿Lo prefiere al stradivarius?

—No es cuestión de preferir. Los violines creados por Antonio Stradivari, que fue discípulo de Nicolò Amati, sin duda son más perfectos, aunque fueron los amatis los que abrieron el camino de la innovación en este arte y su valor histórico y simbólico es indudable —dijo Ana mientras colocaba el violín sobre la silla.

Renato había sacado de uno de los cajones del secreter una especie de diario que le acercó a ella, a la vez que le decía:

—Si le parece, mientras empieza a leer el diario de Lucrecia voy a recoger y a organizar unas cosas por la casa. Le traeré unas frutas y algo de queso y vino, que en esta tierra son bastante buenos.

En un intento de relajarse, Ana aspiró en profundidad. Se había sentado en el sillón al lado del violín. Desató con cuidado la cinta que actuaba como broche del diario y lo abrió despacio... Sentía deseos de saber qué contaba y al mismo tiempo temía estar cayendo en una trampa ideada por un loco. ¿Quién le aseguraba que aquello no era un secuestro y el tal Renato no volvía a aparecer hasta dentro de un tiempo? ¿Qué podría hacer ella encerrada en aquella casa? Por más que gritara desde la logia, nadie la escucharía. ¿Y si el supuesto diario no era tal?... Aunque solo tenía que abrirlo.

Hace un tiempo que vivimos en Pienza. Me he decidido a escribir esta especie de diario, porque creo que nunca nos volveremos a ver en esta vida... y como sé que no estás muerto, tengo la ilusión de que un día puedas conocer cómo mi amor permaneció firme y no existió nadie más que tú hasta el final de mi existencia. También porque me ayuda...

Ana dejó de leer. Juraría que aquella letra era la misma del texto de la partitura, aunque se percató con rabia de que nunca podría comprobarlo: la señorita Belmonte lo había borrado. La odió con todas sus fuerzas. Siguió leyendo:

¿Qué ha podido sucederte para que en todo este tiempo no supiera nada de ti? Los primeros meses creí que llegarías a buscarme. Aguardaba esperanzada en la casa que mi familia materna posee en las afueras de Florencia y me repetía que aunque no hubieses leído el mensaje que te dejé, al no verme, tratarías de localizarme. Tú conocías la casa y habíamos hablado muchas veces de que si algún día Ernesto se encontrase en un apuro, acudiría al lugar donde vivieron algunos de nuestros antepasados. Yo, cuando decidió que saliéramos de Madrid, desconocía el destino que mi hermano había elegido, aunque sospechaba que sería Florencia y que tú entenderías mi mensaje, porque de no encontrarme allí, la familia que cuida la casa te informaría de nuestro paradero. ¿Qué te ha ocurrido? Estaba tan segura de que aunque fuera para romper nuestro compromiso acudirías a verme... Como pasaban los días y no llegabas, pensé que te darías un margen para que nadie sospechase, pero a un año le sucedió otro, y todo siguió igual, en silencio, ni una sola noticia tuya.

Aunque muchas veces en todo este tiempo me angustie la idea de que has dejado de quererme, jamás lo creeré. Siempre estuve segura de tu amor, lo mismo que ahora. Vendería mi alma al diablo por saber qué te ha sucedido, pero creo que Dios, que me está dando muestras de quererme mucho para hacerme sufrir de esta manera, impide que Satanás se me acerque.

Si pudiera, ahora mismo saldría a buscarte y no pararía hasta dar contigo. Sin embargo, sé que nunca lo haré: mi madre me necesita.

Al año de marcharnos intenté regresar, pero mi hermano me había puesto vigilancia día y noche. Era su prisionera. Vivíamos aislados de todo. Ernesto estaba obsesionado con que nos perseguían y no quería que nadie descubriera nuestra identidad. Ya sabes cómo era. Además, te odiaba y jamás consentiría nuestro matrimonio. Aun así nosotros, tú y yo, mi amor, ya teníamos decidido en qué momento nos uniríamos para siempre y sin embargo no acudiste a rescatarme.

A veces me apetece gritar, ¿por qué algo ajeno a nuestras vidas tuvo que separarnos? ¿Qué nos iba a ti y a mí en el atentado del general Prim?

Ana levantó los ojos y se dijo que la autora de aquel texto no podía ser otra que Elsa. Seguro que Lucrecia Roccia era la identidad bajo la que se escondió. Eran demasiadas coincidencias; primero un hermano llamado Ernesto, como el que le regaló el fonógrafo a su padre, y ahora esto de Prim.

Te juro que Ernesto llegó a contagiarme su miedo. Un día nos comentó que estaba buscando una casa en otra ciudad, para que nos fuéramos. Creía que nos habían descubierto. Lo cierto es que yo nunca supe el papel que desempeñó mi hermano en aquel suceso. Él estaba muy relacionado con el mundo de la política y tenía amigos en el Gobierno. Recuerdo que una vez le pregunté y se limitó a contestarme que peligraba su vida porque sabía demasiadas cosas.

Ahora no me importa decirlo, pero creo que mi hermano participó en la organización del atentado al general. Tú sabes que él se movía en ambientes distinguidos y que tenía grandes contactos en los bajos fondos. Constituía el eslabón perfecto. No puedo asegurarlo, aunque estoy convencida de que fue él quien contrató a algunos de los hombres que dispararon a Prim. Siempre tuve la impresión de que la única persona con la que se desahogó mi hermano fue con Pablo Sandoval, bien sabes, mi amor, que eran amigos.

Ana deseaba continuar leyendo, pero no pudo por menos de detenerse al ver el nombre de su padre y pensar que esas confidencias podían ser una de las razones que la llevaban a discutir tanto sobre el tema del asesinato de Prim. Prosiguió con la lectura.

No había transcurrido ni un mes cuando nos dijo, muy contento, que estaba a punto de cerrar un trato y que iniciaríamos una nueva vida en Siena. Pero fue pasando el tiempo y seguíamos en el extrarradio de Florencia.

Él solía regresar a casa sobre las siete, nunca más tarde de las ocho. Pero aquel fatídico día, mi madre, inquieta, vino a verme para decirme que eran las nueve y Ernesto no había vuelto. La tranquilicé como pude, aunque yo estaba mucho más nerviosa que ella.

A las diez aún no había llegado. No sabíamos qué hacer. Carlo, el hijo de los caseros, seguro que te acuerdas de él, se ofreció para salir a buscarlo. No habían pasado cinco minutos cuando de nuevo sentí la puerta y me alegré de que ya estuvieran en casa, pero de repente escuché un grito. Era la voz de mi madre. Acudí corriendo a su lado. Mi hermano Ernesto agonizaba tirado en el suelo a pocos metros de casa, apuñalado. No pudimos hacer nada por salvarle. Murió a las pocas horas.

Es probable que contra nosotras no tuvieran nada, pero sus asesinos siempre estarían más tranquilos asegurándose de que nadie iba a hablar de lo sucedido. Además, teníamos miedo. Pensamos que lo mejor era desaparecer y confiar en que no tuvieran el interés suficiente para buscarnos. Mi madre y yo decidimos vender la casa. Reunir el poco dinero que teníamos y marcharnos a otro lugar.

Con el asesinato de mi hermano se cerraron para mí todas las posibilidades de regresar a Madrid. Nuestra presencia pondría a muchos nerviosos y en peligro nuestras vidas. Te aseguro que no me importaría y que estaría dispuesta a volver, pero me debo a mi madre. No podría vivir sin mí.

En aquellos momentos, mi amor, supe que no volveríamos a vernos, aunque para qué engañarte: todavía hoy deseo equivocarme y verte llegar a este lugar de ensueño que te entusiasmaría. Solo Carlo conoce nuestra dirección y únicamente a ti te la daría. Confío en él y de todas formas a alguien tenía que decírselo por si te presentabas.

Nadie en Pienza nos conoce por nuestros nombres auténticos. Ahora somos María y Lucrecia Roccia. De esa forma evitamos posibles indiscreciones.

Ana se revolvió inquieta en el sillón. Dejó de leer y miró en derredor, como si buscara la presencia de Elsa, porque aunque aún no tenía la confirmación exacta, sabía que era ella la autora de aquel texto. Se la imaginó sola paseando por la logia y lloró. Lloró haciendo suyo el dolor que se palpaba en cada rincón de la casa... Cuando logró recuperarse, retomó la lectura.

Es duro vivir sin ti, aunque resulta mucho más doloroso no saber qué te ha pasado ni qué estarás haciendo. Con frecuencia me digo que no debo seguir engañándome más y que si no has acudido a reunirte conmigo, es porque estás muerto. Pero algo en mi interior se niega a creerlo, aunque si es verdad que vives, ¿por qué no luchas por nuestro amor? ¿Te has enamorado de alguien que ha llegado a tu vida cuando yo ya no estaba? ¿Te has visto comprometido en alguna aventura de la que no has podido salir? Mi hermano siempre censuró nuestra relación por la diferencia de edad y por tu fama con las mujeres, pero yo le doy gracias a Dios por haberte conocido, por haber podido disfrutar de tu cariño, por quererte como te quiero.

No te imaginas el sufrimiento que me produce tu ausencia. Hay días en los que no me importaría morir, aunque de inmediato rectifico porque tal vez tú puedas llegar la mañana siguiente. Como verás, si alguna vez lees estas líneas, me contradigo sin cesar. Lo cierto es que la razón me dice que si no te has ocupado de mí en todo este tiempo, ya no lo harás. Sin embargo, mi corazón, mis sentimientos se rebelan y siguen manteniendo viva la esperanza de que aparezcas en cualquier momento. Si no fuera por el violín, me volvería loca. Te quiero tanto. Me hago a la idea, al escribir estas líneas, de que las leerás y eso me da fuerza.

Antes de que asesinaran a mi hermano pensé en escribirle una carta a Pablo Sandoval para que me informara sobre tu paradero y para que me contara si mi hermano había hablado con él. No lo hice porque consideré que no debía molestarle. Estaba felizmente casado y nada que le recordara el pasado le haría bien.

—¡Dios mío! —exclamó Ana sin poder contenerse—. Mi padre estaba enamorado de ella.

El texto que acababa de leer no era tan claro como para permitirle hacer esa afirmación, pero ella lo sabía. Se había dado cuenta de que la intérprete del *Capricho 24* que su padre escuchaba todas las tardes era Elsa Bravo. Regresó al diario con auténtica voracidad.

Pasé varios días dándole vueltas en un intento de encontrar a la persona que pudiera darme información sobre lo que podía haberte pasado. Por fin me decidí y escribí a Inés Mancebo. Le envié la carta a su domicilio particular. En el remite figuraba mi nombre y una dirección que Carlo me proporcionó. Él fue mi única ayuda en los años de Florencia. Sé que la carta pudo haberse perdido o quizá fuera la contestación de Inés la que corriera esa suerte, pero nunca obtuve respuesta ni tampoco nos llegó la devolución al no haber encontrado al destinatario.

Soy una experta en soledad. Hay días en los que no hablo con nadie. Conozco cada árbol, cada flor de los jardines de Pienza y el pozo de su plaza se ha hecho tan amigo que se enfada si tardo en visitarle. No sabes cuántas veces soñé que te encontraba en ese lugar tan propio de las mujeres de la Biblia. ¿Por qué no iba yo a tener tanta suerte como Hagar, Rebeca, Raquel o Séfora? Ellas hallaron la solución a sus vidas a la vera del pozo; tal vez a mí me suceda lo mismo.

He dejado de escribir solo unos segundos, los precisos para tomar la fotografía que nos hicimos al lado del tilo en tu casa. ¿Te acuerdas de nuestras tardes bajo sus ramas? Él se convirtió en el símbolo de nuestro amor. Cuánto daría por tener alguno de tus dibujos que siempre quisiste firmar con el nombre de tu hermano tristemente desaparecido.

¡La casa del tilo! ¡Los cuadros! Ana recordó que, efectivamente, el dibujo que a ella le había interesado de aquella estaba firmado, lo mismo que otros, por *Giovanni*. Es posible —se dijo— que ese fuera el nombre del hermano. Lamentó estar sola ante semejante descubrimiento. Todas aquellas conjeturas a las que había llegado eran la pura realidad. Se sentía reforzada con la lectura del diario y deseaba compartirlo de forma especial con su tía Elvira, que había creído en ella. Porque aunque no hubiese leído el nombre, resultaba evidente que la persona amada era el bibliotecario: Bruno Ruscello.

Pienso tanto en ti que tu imagen se vuelve borrosa y tengo que acudir a la fotografía. ¿Se habrán vuelto tus cabellos blancos? Los míos se mantienen sin una sola cana, pero he envejecido, mi amor. Teníamos que haberlo hecho juntos.

Hace unos días sucedió algo que me ha estimulado; he vuelto a sentirme un poco útil. Algunas personas saben que toco el violín y una señora me ha visitado para preguntarme si accedería a enseñarle música a dos de sus hijas. No necesito decirte lo que significa la enseñanza de la música para mí, así que puedes imaginarte mi alegría. Las recibo dos tardes a la semana. Esta actividad, además de hacerme sentir viva, como te comentaba, me proporciona unos pequeños ingresos que me vienen muy bien, aunque he descubierto que no es difícil sobrevivir en lugares como este cuando no se tienen grandes necesidades.

Mi madre ha estado enferma unos días y no me he separado de su lado. Es una mujer admirable. Nunca sabré lo que supone perder un hijo, pero tiene que ser horrible. A ella jamás la escuché protestar de su mala suerte, ni de vivir aquí encerrada; solo lo siente por mí, que tendría que estar, como siempre me dice, en los grandes escenarios asombrando al público con mi arte. No creas que a veces no me siento frustrada al verme aquí aislada del mundo. Pero pronto me contento al tomar el violín en mis manos y doy gracias a Dios por poder seguir interpretando, porque si eso no me fuese posible... en tal caso, solo el tenerte cerca podría aliviar mi dolor.

He decidido no poner fecha cuando me siento a escribir: a veces pasan días entre línea y línea; otras, las palabras vuelan y me tienen ocupada toda una tarde. También por la noche me gusta hablarte, sí, Bruno, porque este es mi pequeño desahogo: soñar que te hablo y que tú algún día te enteres de todo.

Por fin, Ana supo que estaba en lo cierto; era Bruno, y ella no podía ser otra que Elsa.

Me gustaría tener poder decisorio sobre mis sueños, así esta noche y todas las pasaría contigo. ¿Te acuerdas de nuestras veladas en Biarritz al lado del mar? ¿Qué habrá sido de mi amiga Valeria? Estarás de acuerdo en que su casa era mágica. Fui muy feliz a tu lado, mi amor soñado. He dicho bien, soñado; a veces dudo de la realidad de mi existencia anterior, puede que vaya a volverme loca, aunque loca y todo seguiría queriéndote.

Algunas noches, como esta, antes de irme a dormir me recreo con el recuerdo de alguno de nuestros momentos. Doy plena libertad a mi memoria para que sea ella quien elija. Hoy me sitúa en una tarde de la primavera de 1867. Había almorzado con una amiga y regresaba sola a casa, iba por la calle Almagro, luego supe que vivías allí. Te vi venir a lo lejos y a punto estuve de cambiarme de acera, pero me di cuenta de que tú no me conocías. Yo sí, yo ya me había enamorado. En apariencia, no te había tratado, me parecías el ser más seductor que jamás había visto. Sabía que estabas soltero y que tus conquistas numerosas estaban en boca de todos, pero nada tenía importancia; solo tu cara, tus ojos, tus manos me esponjaban el alma. Eras mucho mayor que yo (treinta años creo que tenías entonces, yo cumpliría los diecisiete), pero eso tampoco me importaba. Según nos íbamos acercando, te seguí mirando con admiración: alto, delgado, pelo castaño muy liso, ojos verdes inmensos que aún no había descubierto cómo miraban. Al llegar a tu altura mi timidez me hizo bajar los ojos. De pronto escucho tu voz que me dice: «Señorita Elsa, no sabe cuánto me alegro de encontrarme con usted. Deseaba felicitarla por su interpretación en el concierto de ayer. Ha sido la mejor, es usted buenísima con el violín».

Me lo decías mirándome de una forma tal que yo creí morir. El hecho de que supieras quién era y me estuvieras hablando me hacía tan feliz que casi no podía ni respirar. Solo pude articular un tembloroso: «Muchas gracias. Es usted muy amable». «Perdóneme —me dijiste—, soy un maleducado, no me he presentado. Soy Bruno Ruscello, el bibliotecario.»

Me diste la mano y quisiste saber si vivía por la zona. Cuando al despedirnos me sugeriste la posibilidad de charlar alguna tarde para que te contara cosas de Madrid —hacía solo un mes que habías llegado—, me sentí la persona más importante del mundo.

Fue nuestro primer encuentro. No me declararías tu amor hasta un año después. Recuerdo que lo hiciste de una forma atípica pero muy hermosa. Era la fiesta de final de curso y entre risas y bromas nos despedíamos alumnos y profesores. Tú participabas como uno más y siempre estabas rodeado de mujeres guapas. Creo que unas cinco compañeras y puede que otras tantas profesoras estuvieron enamoradas de ti. En un momento en el que en mi entorno hablaban varios grupos a la vez, te acercaste y muy bajo me dijiste: «La quiero, Elsa. Deseo seguir viéndola cada día. Por favor, hablemos mañana. La espero en la biblioteca».

Dios mío, Bruno, no podías dejar de verme ni un solo día. ¿Cómo lo soportas ahora? Puede que te hayas olvidado de mí, pero no, mi amor, no lo creo, porque yo de forma voluntaria tampoco podría olvidarte. Sé que nuestro amor no conocía fronteras ni límites.

Es probable que haya idealizado nuestra relación, aunque en el fondo sé que no es así. Cuando en las noches estrelladas miro al cielo, obtengo la confirmación. Ellas, las estrellas, tantas veces testigos de nuestro amor, me hablan de aquellos momentos.

Hace poco ha llegado un hombre a Pienza, Renato Brascciano. Nos hemos hecho amigos. Su familia es natural de esta localidad, pero Renato se educó en España, como nosotros, y me resulta muy sencillo hablar con él. Es todo un erudito y solo con él me atrevo a retomar el español y a abandonar este italiano que aún no domino tanto como me gustaría. Se dedica a viajar y a escribir novelas de aventuras, también relatos románticos. Creo que se quedará durante mucho tiempo aquí porque se ha enamorado de mí. Es bueno, cariñoso e intenta hacerme la vida más llevadera. Me cuenta historias de sus viajes por el mundo y también me ha regalado unos cuantos libros, entre ellos «Il Piacere», que acaba de salir a la venta.

Es el primer libro de Gabrielle D'Annunzio, un personaje muy de moda en Italia, porque dicen que entiende como nadie la forma de promocionarse. No es malo, aunque lo cierto es que no me ha apasionado. No estoy de acuerdo con el concepto que del amor tiene el protagonista, cuya prepotencia me provoca rechazo y me aleja del personaje. Lo mejor, una cita atribuida a Shelley que dice: «Música, llave de plata que abre la fuente de las lágrimas, donde el espíritu bebe hasta que la mente se extravía; suavísima tumba de mil temores, donde su madre, la Inquietud, semejante a un niño que duerme, yace sosegada en las flores».

Opinan que este libro tendrá mucho éxito, es posible. Pero para mí está aún lejos del acierto de Flaubert...

Allí estaba otra clave, Ana comprendió entonces por qué su padre guardaba un ejemplar de *Madame Bovary.* Tal vez lo hubieran leído juntos... Volvió al diario.

... y de Stendhal. Gracias a él, hace unos días pude volver a pasear por la ciudad de mi corazón.

Querido Bruno, tú y yo podríamos ser personajes de una novela de Stendhal, creo que damos el perfil... Aunque me rebelo, nuestro final tiene que ser feliz.

Ana estaba inmersa en la lectura, pero el ruido de unos pasos a su espalda la hizo volverse. Era Renato, que entraba en la habitación con dos bandejas: una de queso y jamón y otra de fruta. Se miraron sonrientes al comprenderse. Ella fue la primera en hablar.

—No sabe cuánto le agradezco que haya insistido para que viniera a Pienza. Gracias a usted he encontrado a una de las dos personas que busco desde hace tiempo.

Renato la miró de una forma que la llevó a pensar que no era a ella a quien veía y se sintió como si fuera transparente. Muy serio y con los ojos perdidos en alguna ensoñación, dijo:

—Yo lo presentía. Pero ella la esperaba a usted.

—Creo que debería leer estos textos.

—Si ella no lo sugiere, no lo haré.

—Se lo digo porque habla de usted, Renato, y se nota que le aprecia mucho. Asegura que su presencia le hizo mucho bien. Debe saber que Lucrecia era un nombre falso: se llamaba Elsa Bravo y era española.

La expresión de Renato se volvió melancólica y respondió con los ojos empañados.

—Lo sabía, ella me lo dijo antes de morir. Deseaba que en su tumba figurase su auténtico nombre, aunque me rogó que no se lo revelara a nadie.

—¿Ni a la persona que usted considerara que debía leer estos escritos? —quiso saber Ana.

—A esa especialmente debía ocultarle la verdadera identidad, para conocer su auténtico interés.

Resultaba evidente la suerte que había tenido Elsa al encontrarse con un amigo tan maravilloso con quien poder desahogarse los últimos años de su vida. Ana sentía la necesidad de compensarle y nada mejor que volver a insistir sobre lo que de él contaba Elsa.

—Le decía que en estos textos se alegra de haberle conocido y asegura que su presencia fue muy importante para ella.

—El afortunado fui yo. Era una mujer única. El amor de mi vida.

Sin duda, Elsa y Renato eran dos personas especiales. Ana no entendía que pudieran considerarse felices por haber encontrado el amor de sus sueños, aun sin posibilidad de materializarlo. De pronto se acordó de Elvira, también ella era capaz de experimentar un sentimiento como el de ambos.

Ana no sabía qué quería decir Elsa en el texto cuando aludía a que había paseado con Stendhal por la ciudad de su corazón. Suponía que se refería a un libro, y se aventuró al imaginar cuál sería la ciudad amada:

—Renato, ¿conoce usted un libro de Stendhal dedicado a Roma?

—Sí, *Paseos por Roma.* Yo le regalé a Lucrecia un ejemplar y con mucho gusto le obsequiaré a usted con otro. —Ana pensó que bien podría darle el de Elsa, pero como si hubiera leído en su mente, él apuntó—: No le regalo el de ella porque hemos leído pasajes juntos y es un recuerdo muy hermoso para mí.

—Entiendo muy bien lo que usted significó en la vida de Elsa. No tanto por su compañía agradable, que sin duda lo fue, como por lo que usted representaba para ella. Corríjame si me equivoco, pero tengo la sensación de que Elsa era una persona que disfrutaba con el saber, que para ella la cultura nunca fue un deber o una obligación, sino un placer. Le gustaba estar al tanto de todo lo que sucedía en los ambientes culturales y usted era quien le facilitaba esa información.

—No ha errado en nada. Para tenerla informada, un amigo romano me enviaba con cierta regularidad los programas y las críticas de las actuaciones en el teatro Costanzi de Roma, de las que luego yo le informaba. También le facilitaba cuantos libros y revistas conseguía. Recuerdo que un día me dijo que sentía una gran curiosidad por leer la *Historia de dos amantes,* libro escrito por Eneas Silvio Piccolomini.

—¿Escribió el papa un libro con ese nombre? —preguntó Ana incrédula.

—Sí, pero antes de ser elegido. Me costó bastante conseguirle un ejemplar, aunque al final tuve suerte.

—Fue usted un gran consuelo para ella —manifestó Ana muy convencida.

Él no dijo nada. Se limitó a sonreír. Tomó una manzana de la bandeja y se puso en pie.

—La dejo para que siga leyendo. Pruebe el queso, creo que le gustará.

—Renato —llamó Ana—, no me ha preguntado para qué buscaba a Elsa. ¿No le interesa o ya lo sabe?

—Me lo imagino, aunque espero que usted me lo cuente. La invito a cenar esta noche, ¿acepta?

—Sí, encantada, muchas gracias.

Lo miró con detenimiento mientras se alejaba. Diría que Renato era un hombre un tanto decadente, como de otra época, aunque muy interesante, y reconoció que le apetecía cenar con él.

Llevaba más de cuatro horas leyendo y estaba convencida de conocer a Elsa Bravo. Aquella especie de diario, dirigido al amor de su vida, resultaba diáfano y reflejaba la personalidad de una singular mujer.

> Hoy, después de tanto tiempo, querido Bruno, he tenido la confirmación de que algo te ha sucedido. Lo sé porque me han devuelto la carta que por fin me decidí a escribirte. De acuerdo con Renato, pusimos su nombre y su dirección en el remite y te la enviamos a la Escuela de Música. Hace unos días nos la han remitido, no te conocen.

¿Qué te ha pasado, mi amor, que te impide comunicarte conmigo? Tal vez lo hayas intentado. No he vuelto a saber nada de Carlo, ni de sus padres, los caseros de Florencia. Es posible que ya no vivan allí y que tú hayas acudido a buscarme y te hayas encontrado que la casa tiene ahora diferentes dueños y nadie sabe informarte del lugar en el que estoy ahora. Solo de pensarlo me siento morir. Tendría que haberme ocupado de que pudieras seguir mi rastro. Hice todo cuanto estuvo en mi mano dada mi situación, ya que cualquier pista podría ser descubierta por los asesinos de mi hermano.

En todos estos años no me he movido de Pienza. Es el sitio perfecto para esconderse; casi no tiene visitantes. Hace días que mi madre está enferma de gravedad. El doctor me ha dicho que puede que no viva más de un mes y estoy triste, mi amor. No sé qué voy a hacer sin ella.

Sabes que soy creyente. Voy todas las mañanas al Duomo para pedirle a Dios por mi madre y siempre me acuerdo de ti. Espero que el doctor se equivoque y mi madre se quede mucho más tiempo entre nosotros, pero quiero decirte, mi amor, que cuando me quede sola venderé todo y viajaré a Madrid. Estoy segura de que te encontraré.

...

Llevo más de una semana sin escribir nada. No he hecho otra cosa más que llorar. Mi madre ha muerto y yo la seguiré muy pronto. Una tuberculosis vigorosa y activa no da tregua a mi pobre organismo, que cada día se muestra más retraído y débil.

Bruno, no quiero irme sin verte. Me cuesta sostener el violín y sé que al final no podré tocar, por ello todos los atardeceres te dedico el *Capricho 24*. ¡Qué feliz he sido a tu lado! La vida nos sonreía... ¿Cómo íbamos a imaginar lo que nos deparаría el destino? Hasta el último aliento mantendré la esperanza de volver a verte. Cuando empecé a escribir este diario lo hice para que un día conocieras cómo fue mi vida sin ti y lo mucho que te quise y quiero. Si llegaba mi final sin que hubieras aparecido, lo destruiría, no contaba con nadie a quien pudiera confiárselo, pero la llegada de Renato ha sido decisiva.

Mis visitas al precioso pozo de la plaza dieron su resultado. Allí le conocí. No era la solución a mi vida que yo imploraba, pero sí una ayuda para irme tranquila porque sé que él intentará ayudarme aun cuando ya no esté.

...

El doctor se ha ido hace un momento. Ha intentado engañarme, pero sé que me muero. Le he pedido a Renato y a una mujer que le ayuda que me acerquen a la logia. Está lloviendo y sopla un fuerte viento. Las copas de los pinos se mueven nerviosas. Los cipreses aguantan los embates con mayor serenidad. Como aquella vez en Roma, ¿te acuerdas, mi amor? Salíamos de visitar Santa María Maggiore y miramos al cielo sorprendidos por la tonalidad con la que nos recibía la tarde. Al entrar en la iglesia, el cielo estaba azul y despejado, ahora aparecía oscurecido por la presencia de unas enormes e inquietas nubes negras. Miramos en derredor y lo cierto es que resultaba inquietante ver la ciudad con aquella luz. Todo en Roma es diferente... No habíamos terminado de bajar la escalera cuando nos cayeron las primeras gotas, enormes, despiadadas. Me agarraste de la mano y casi gritando me dijiste que querías besarme, y que debía ser bajo la lluvia, en lo que fue el templo de Vesta. Bajamos corriendo hasta los Foros Imperiales. Llegamos exhaustos.

Y allí en medio de aquella inmensidad de pasado, nuestro presente se convirtió en protagonista y fuimos envidiados por las sacerdotisas de todos los tiempos consagradas a Vesta. La colina del Capitolio nos miraba escandalizada de que en un lugar como aquel, la casa de las vestales, en medio de la mirada ciega de muchas de aquellas mujeres inmortalizadas en mármol, unos jóvenes enamorados se atrevieran a manifestar su amor y la alegría de vivir.

Eras muy romántico, Bruno, pero no percibías el hechizo de Roma. La ciudad más vieja y novedosa del universo. La mística y pagana; la augusta e imperial urbe, testigo de excepción de la Historia. ¿Te acuerdas de la pulsera etrusca que me regaló el viejo profesor napolitano que conocimos en Tívoli y del que nos hicimos amigos? Se la he dado a Renato, no porque sea mi único heredero, sino porque él sabrá cómo utilizarla. Mi queridísimo Bruno, Renato me ayudará a recuperarte, lo sé.

Me gustaría morir de repente. Te juro, mi amor, que me cuesta soportar la presencia del violín y no poder utilizarlo. Es muy triste enfrentarse de forma pausada al final. ¿Sabes?, voy a emplear toda mi energía en conseguir que alguien se interese por nosotros. Ya sé que es difícil, mas no imposible, con eso me conformo.

Llovía en Roma, en el mundo, en el cerebro —que diría mi amigo poeta—. Llovía de una forma intensa, igual que esta tarde. Agradezco al cielo que me haya permitido recordar aquellos momentos felices.

Espero que alguien lea estas reflexiones a modo de diario. De ser así, estoy convencida de que será una mujer. ¿Por qué estoy tan segura? Solo una mujer sensible puede entender el dolor de otra mujer, meterse en su piel, comprenderla. Amiga mía, gracias por estar leyendo mis notas, que no son una invención o las divagaciones de una loca solitaria. Es la verdad. Ayúdeme, por favor. Intente encontrar a Bruno Ruscello, bibliotecario en 1870 de la Escuela de Música de Madrid que poseía una casa cerca de Valdemorillo. Cuéntele por qué me fui de Madrid y dígale que le quiero y seguiré haciéndolo más allá de la muerte...

Estoy tan cansada... Mañana seguiré.

Cerró el diario y con él abrazado muy cerca del corazón, Ana se puso en pie emocionada y salió a la logia. Sentía tan cerca la personalidad de Elsa —le parecía conocerla desde siempre— que necesitaba ver el mismo escenario al que ella se asomaba... Le parecía increíble lo que le estaba sucediendo. Ella ya conocía mucho de lo escrito en el diario. ¿Cómo pudo Elsa transmitirle su inquietud? ¿Lo había hecho ella o había sido su padre?

Acarició el diario y decidió no hacerse ninguna pregunta más. Ya llegaría el momento de analizarlo todo. Ahora deseaba fundirse con el mismo escenario que Elsa miró tantas y tantas veces...

Las copas de unos pinos cercanos la saludaban risueños. Y aunque ya había tenido oportunidad de admirar el paisaje toscano en el viaje, la contemplación del valle, desde la cima de una colina, le pareció increíble. Distintas tonalidades de verde proporcionaban reposo y descanso en aquella inmensa alfombra serpenteada por un estrecho camino que llevaba a alguna parte y a dos o tres casitas, preciosas, envueltas en cipreses. Advirtió la importancia del ciprés en el paisaje de la Toscana. Jamás se había fijado en este árbol propio de los cementerios, aunque al verlo aquí se percató de su belleza y elegancia. Comprendió muy bien que Elsa saliera a la logia a tocar el violín, ella habría hecho lo mismo. En aquellos momentos en los que el sol estaba a punto de ocultarse, la tonalidad era tan increíble que la joven envidió las veces que Elsa había disfrutado de la belleza de los atardeceres en Pienza.

Desde el interior del salón, Renato la miraba embelesado, de espaldas: juraría que era Lucrecia. Se acercó despacio.

—Es hermoso, ¿verdad?

—Mucho. Es especial, único —contestó Ana sin volverse.

Él se dio cuenta de que había terminado de leer el diario.

—Murió a los pocos días. Lo último que me dijo fue que destruyera la fotografía en la que estaba con Bruno y me recordó que si no encontraba a la persona adecuada para leer el diario, debía deshacerme de él. Tenía su mano entre las mías. Se quedó en silencio y pensé que dormía, pero ella... —Renato no fue capaz de seguir hablando.

Ana, contagiada del dolor y la emoción, sintió como suya la pena del hombre y juntos lloraron por la desaparición de aquella mujer a la que no había conocido pero que sentía tan cercana a su corazón.

—He pensado que mejor dejamos para mañana la cena —dijo la joven—. No me siento con ánimos de ver a nadie; ni a usted, Renato. Me quedaré unos días en Pienza y tendremos tiempo para hablar. Quiero que me acompañe al cementerio y también me gustaría conocer alguno de los lugares que más le gustaban y frecuentaba Elsa.

—¿Nunca le habló Elsa de Pablo Sandoval? —preguntó Ana.

Renato y ella se encontraban en un pequeño restaurante. Habían pasado tres días desde su llegada a Pienza y en este tiempo, siguiendo sus deseos, el hombre la había llevado al cementerio. Allí, ante la tumba de Elsa Bravo en la que Ana depositó unas cuantas rosas amarillas y blancas, le prometió hacer todo lo posible por localizar a Bruno.

Visitaron el Duomo y los distintos palacios de Pienza. Renato quiso que Ana le acompañara a una de aquellas casas solitarias en las afueras, circundadas por cipreses y tan características del paisaje toscano, y también la llevó al pueblecito cercano de Bagno Vignoni. «Este era el único lugar por el que Lucrecia abandonaba durante unas horas Pienza. Considero —siguió contándole Renato, que aún usaba a menudo ese segundo nombre para referirse a Elsa— que es un emplazamiento único y muy original.»

Lo cierto es que no le faltaban razones para calificarlo así. Bagno Vignoni era desde la época medieval una estación termal de aguas calientes y sulfúreas, procedentes de las rocas volcánicas del monte Amiata, que según la tradición solucionaban todo tipo de problemas reumatológicos así como afecciones ginecológicas. La llegada a la localidad resultaba en verdad impresionante. Después de pasar entre algunos árboles, un precioso castillo recibía a los visitantes, que tras detenerse unos minutos en su contemplación, pasaban a una serie de calles estrechas y rústicas viviendas, sobre las que sobresalían los altivos cipreses, efecto que le proporcionaba un aspecto recóndito y de gran belleza. Pero lo sorprendente y original era que la plaza del pueblo no existía: su lugar lo ocupaba una gran piscina de aguas termales, que cautivó a Ana, y no dudó en calificarlo de enclave mágico, fuera del mundo, una localidad de ensueño.

Habían sido tres días plenos de actividad y sobre todo de conocimiento mutuo: habían hablado de sus respectivas familias, de la adolescencia de Renato en España, de la vida y la muerte...

—Perdón, ¿me decía? —se disculpó él.

—Le preguntaba si recuerda que alguna vez Elsa le hablara de Pablo Sandoval. Ya le he comentado que era mi padre —repitió Ana.

—No. Jamás mencionó ese nombre. En realidad nunca me comentó nada de su pasado.

Los dos se quedaron en silencio mientras las llamas de las velas de los candelabros jugaban a iluminar distintas partes de sus rostros.

Ana no entendía de vinos, pero paladeó con agrado el Nobile de Montepulciano que había pedido Renato. La elección de la cena, como entendido que era en la gastronomía del lugar, también fue cosa suya. Ella se sentía bien a su lado; tenía la sensación de que le conocía desde hacía muchísimo tiempo. Y él, por su parte, miraba a Ana con disimulo. «Es hermosa —se dijo—. Jamás he visto unos ojos más apasionados.»

Estaban sentados a la mesa, dispuestos a cenar. No era la primera vez que lo hacían, pero aquella noche resultaba especial por ser la última.

—¿Qué habría hecho usted si yo hubiese rechazado su ofrecimiento de acompañarle a Pienza?

—Esperar. No podía forzarla. Es posible que pasado un tiempo apareciera otra persona. Además, debo confesarle que a pesar de todos los indicios que me hacían creer que usted era la elegida, no tenía la completa seguridad de haber acertado al inclinarme por usted. No supe que era la adecuada hasta que observé su nerviosismo al entrar en la casa de Elsa.

—No hemos vuelto a hablar de ello —apuntó Ana—, pero recuerdo que cuando le pregunté si le interesaba saber por qué buscaba yo a Elsa, usted me contestó que se lo imaginaba.

—Sí, es muy sencillo. No tengo ni idea de las experiencias que usted ha tenido, pero sí sabía que la persona que, por una serie de coincidencias, me llevara a fijarme en ella como candidata para leer el texto, si había acertado y era la elegida, tenía que estar interesada en localizar a Elsa Bravo, porque su deseo era ayudarla a esclarecer algo que ella no pudo hacer en vida.

—Pero eso no pasa en la vida real. Muchos dirían que las personas se mueren y ya está —dijo Ana en un intento de que le aportase luz sobre lo que le sucedía a ella—, no se siguen comunicando con los vivos.

—Hay tanta energía que se puede captar —afirmó él con cierta melancolía, para añadir—: Lo que sucede es que resulta necesaria una sensibilidad especial. Pocos secundarían una afirmación como esta, pero es que vivimos de espaldas a lo oculto.

Cuanto más tiempo pasaba a su lado, más unida se sentía a Renato: hablaban un mismo idioma. Ana le contó cómo se había desencadenado todo.

—Después de la sesión de hipnosis, obtuvimos respuesta para algunas cosas, aunque no para otras. Uno de los doctores habló de la adivinación por contacto, aunque no he consultado a ningún especialista, ¿qué sabe usted de eso?

—No sé nada de adivinación ni de ocultismo ni de temas paranormales. No me interesan, solo me dejo llevar de mi intuición y no me pregunto el porqué de mis reacciones. En Roma pude no haberme encontrado con usted o simplemente no verla, aunque tenía que suceder por la serie de circunstancias que se dieron para que yo estuviera en la ciudad esos días.

Ana se acordó en aquellos momentos de Victoria Bertoli y de su interés en que acudiera al recital de Paganini en la Accademia Nazionale di Santa Cecilia, que era el lugar donde Renato la había visto.

—Alguien le ayudó. Le aseguro que si no fuera por Victoria Bertoli, jamás hubiera ido al concierto —aseguró.

—Usted fue libre para ir o no.

—Acudí porque me pareció curioso que me recomendara un recital precisamente de Paganini.

—No le dé más vueltas, Ana. Mi consejo es que no busque explicaciones a lo que le ocurra, siempre que no sean reacciones extrañas que llamen la atención. Usted encontró un texto en una partitura que despertó su curiosidad; después se dio cuenta de que si fue así, es porque perseguía alguna finalidad y quiso localizar a las dos personas implicadas, perfecto. ¡Hágalo! Y deje de preguntarse por qué le sucede eso.

Ana lo escuchaba muy atenta. Con Renato todo parecía más fácil. Le costaba entender cómo Elsa no se había enamorado de él. Aquel era un lugar idílico y la vida al lado de un hombre tan interesante tenía que ser placentera y maravillosa. A ella no le importaría quedarse una larga temporada. Advirtió que el vino le estaba haciendo efecto.

—Yo ya he cumplido mi misión, Ana. Ahora le toca a usted. ¿Qué es lo que piensa hacer para localizar a Bruno?

—Aún no lo sé. Pensaré en ello en el viaje de regreso a Madrid. Haré todo lo que esté en mi mano.

—¿De verdad no quiere que la acompañe a Siena? —preguntó Renato.

—No, muchas gracias. Aceptaría su proposición si se brindase a acompañarme a Madrid —respondió Ana muy sonriente.

—Me encantaría, pero me resulta imposible. Algún día la visitaré. Puede estar segura.

La idea de que Renato se presentara en Madrid no la entusiasmaba y se dio cuenta de que para ella el atractivo de aquel hombre residía en el entorno idílico de la Toscana.

—No me ha dicho si da clases de violín, si se dedica a la interpretación o si simplemente utiliza la música como desahogo —se interesó Renato en un intento de conocerla aún mejor.

Ella le contó sus proyectos de integrarse en un conjunto de cuerda vienés y él la felicitó animándola a emprender ese camino, sin duda mucho más atrayente, ya que le permitía, además de realizar un trabajo para el que estaba capacitada y la hacía feliz, conocer los distintos ambientes de las ciudades más destacadas y a muchas personas interesantes.

—Es usted la primera persona que me anima a dedicarme profesionalmente a la música en vez de centrarse en recalcar los inconvenientes de hacerlo —le aseguró.

—Tal vez porque mi espíritu es aventurero, como el suyo —dijo Renato, mirándola de tal forma que Ana notó cómo sus mejillas se sonrojaban.

—No creo que me caracterice por mi afán de aventuras.

—Puedo equivocarme, pero aseguraría que usted ama mucho más el riesgo y lo nuevo, incluso, que yo.

Siempre le molestaba que alguien diera muestras de conocerla mejor de lo que ella misma se conocía. En un gesto de enfado y sinceridad, no exento de cierta provocación, le dijo:

—Se equivoca, querido amigo. Cuando me vaya mañana no podré evitar las lágrimas. Soy tan feliz en este lugar que desearía quedarme aquí para siempre. Y usted, Renato, tiene mucho que ver en esta apreciación.

—La creo. Porque usted es una sentimental y se entrega a las emociones, aunque con reservas. Nos parecemos mucho, Ana, más de lo que se imagina. Yo solo cambié mi comportamiento y me di por entero, convirtiéndome en otra persona, cuando me enamoré de Lucrecia.

—¿No se había enamorado antes? —le preguntó ella sin disimular su interés.

—Enamoramientos, muchos. Amor de verdad, solo ella. Algún día me entenderá.

¿Por qué algún día y no ahora?

—El día que usted se enamore de verdad, entonces comprenderá lo que quiero decir.

—¿Y cómo sabe que no estoy enamorada?

—Salta a la vista: si lo estuviera, desearía que fuese la persona amada y no yo quien se hallase aquí esta noche a su lado.

Ana se quedó muy seria y se dio cuenta de que no se había acordado de Santiago en todos los días de Pienza. Tomó la copa de vino y con un gesto animó a Renato a que levantara la suya.

—Por usted, Renato. Por esta cena tan maravillosa que repetiremos algún día.

—Por usted, Ana. Espero que sea pronto.

XIII

No había estado más de quince días fuera de Madrid, pero para Ana era como si hubiese transcurrido mucho más tiempo, se notaba distinta. Su vida cotidiana al lado de los suyos le parecía carente de interés, anodina. Se le iluminaba el rostro cuando pensaba en su estancia en la Toscana. El recuerdo de la visita a Bagno Vignoni la hacía sentirse diferente y la posibilidad de volver inundaba su espíritu de fuerza. Desde entonces había soñado muchas veces con aquel pueblo mágico y siempre lamentaba despertarse. Solo el nombre de Renato era capaz de hacer sonar mil campanillas en su interior. ¿Tal vez se estaba enamorando?

La última noche que pasaron juntos estuvieron en el restaurante hasta que les dijeron que iban a cerrar. Hablaron mucho de Elsa y de su gran amor. Para Ana era muy difícil entender cómo se podía alimentar una pasión tan profunda a través del tiempo; sin embargo, Renato sí creía en ese sentimiento y había tratado de explicárselo. Según él, siempre que no existiera rechazo de una de las dos partes, el amor entre ellas podía mantenerse aunque una hubiera muerto o fuera inaccesible. En opinión de Ana, eso era vivir de ilusiones.

—Un amor así solo existe en la imaginación, Renato.

—Sí, aunque a efectos prácticos funciona a la perfección. Me explicaré: imagínese que usted se ha enamorado de un profesor mayor que corresponde a sus sentimientos con la misma intensidad. Él muere y usted decide seguir amándole. A partir de ese instante vivirá del recuerdo. Y eso no quiere decir que dicho sentimiento no se convierta en el motor de su energía, del que disfruta en los momentos de soledad. Son muy pocas las personas que pueden adoptar un comportamiento de este tipo. Lucrecia... Elsa... era una de ellas. Yo soy testigo de que su amor por Bruno le daba fuerzas para seguir viviendo.

Ana se ruborizó al recordar la última conversación que mantuvo con Renato. No estaba acostumbrada a tomar vino y se había comportado de forma impertinente al preguntarle si él podría amar a otra mujer.

—Lo dice usted porque Elsa no me aceptó, ¿verdad?

—Sí, y también para comprobar si pudiera existir alguna posibilidad...

—No se muestre usted como una chiquilla caprichosa. Seguro que dentro de tres meses me habrá olvidado. Piense que cuando usted tenga cuarenta años, yo seré un viejecito de sesenta, pero iré a verla a Viena o a cualquier otra ciudad en la que actúe.

No pudo evitar sonreír al recordar esas palabras. Ana no sabía qué le estaba pasando. ¿Ansiaba sustituir a Elsa en el corazón de Renato? Era la primera vez que se planteaba su posible interés por aquel hombre que podría ser su padre. Lo que Ana tenía muy claro era que no podía conformarse con un amor mediocre. Había empezado a leer *Madame Bovary*, y no se convertiría nunca en una Emma más de las muchas que se han visto obligadas a hacer frente a un aburrimiento destructivo. Hablaría con Santiago.

Una vez hubo puesto un poco de orden en su caos emocional, Ana empezó a pergeñar la estrategia que habría de seguir para intentar llegar a Bruno Ruscello, y se dio cuenta de que era muy poco lo que podía hacer. Toda su actividad iba a resumirse, ahora que conocía la identidad de las personas que buscaba, en regresar a la Escuela de Música para recabar información más precisa y en escribir a Inés Mancebo con el fin de preguntarle por la carta que Elsa le había enviado.

Consultó la hora en el reloj de la pared y comprobó que aún le quedaba tiempo. Podía escribir a Victoria Bertoli y a Inés. Así le enseñaría la carta a su tía, a la que pensaba ir a ver sobre las cinco.

—Dios mío, estás preciosa —exclamó Elvira abrazándola con auténtica emoción—. ¿Qué ha pasado en el viaje que te ha iluminado de esta forma? ¿Localizaste a Elsa Bravo en Pienza o era todo una falsedad, un invento del hombre que te propuso que le acompañases?

Muy risueña y feliz de encontrarse a su lado, Ana miraba a su tía. Estaba más delgada y tenía un rictus de preocupación que no le pasó desapercibido porque la conocía muy bien. Tiempo tendría de preguntarle qué le pasaba...

—¿Tú sabías que mi padre estuvo enamorado de Elsa? —preguntó Ana casi a bocajarro.

Elvira nunca había escuchado nada referido a ese tema en conversaciones familiares, pero sí tenía conocimiento de que a

Pablo le sucedió algo en la Escuela de lo que quería olvidarse para siempre. La joven seguía hablando.

—¿Y que la intérprete del *Capricho 24* que papá escuchaba continuamente era ella, Elsa Bravo?

—¿Te lo dijo Elsa? —preguntó Elvira sorprendida.

—No, Elsa murió hace unos meses. Calculo que más o menos cuando papá. Todas nuestras suposiciones eran ciertas. Elsa Bravo pasó en Pienza los últimos años de su vida. Fue ella quien escribió el texto de la partitura y dejó una especie de diario que yo he leído con admiración y respeto... En él cuenta las razones que la llevaron a irse de Madrid.

Elvira escuchaba emocionada y cuando su sobrina aludió al asesinato del hermano de Elsa, la interrumpió para decirle:

—Por eso Pablo se enfadaba tanto cuando escuchaba los comentarios sobre el atentado del general Prim. ¿Cómo iba a permanecer impasible conociendo de primera mano tantas cosas?

—¿Crees que papá sabía de la participación de Ernesto Bravo en el complot para asesinar a Prim?

—Estoy segura. Tú misma, al leer la tarjeta que tu padre guardaba junto con el fonógrafo, has comprobado que eran amigos. El hermano de Elsa fue uno de los que murieron asesinados en el extranjero para que nunca pudiera hablar.

—Tía Elvira, ¿crees que algún día se sabrá la verdad de lo sucedido?

—Es muy probable que no, porque siempre habrá distintas versiones y muchos han elaborado la propia. Suele suceder con los casos importantes que se han dado en la Historia y que no se han aclarado, dejando abierto el camino a todo tipo de especulaciones. Pero sigue contándome más cosas del diario —pidió Elvira.

Ana prosiguió con un exhaustivo relato en el que no omitió ningún detalle, tampoco sobre su estancia en la Toscana y la impresión que le había producido Renato Brascciano. Elvira creyó comprender entonces la razón de aquella luz interior y sintió envidia por no haber disfrutado ella de vivencias semejantes.

—Qué suerte, Ana. No sabes cuánto daría por tener una experiencia como la tuya.

—Pero, tía, tú has viajado por toda Europa.

—Sí, pero nunca abierta a lo nuevo. Llevaba mi mundo, mis amigos incorporados... ¡y eso era maravilloso!, aunque no dejaba de ser un muro que me impedía sumergirme con libertad y en soledad en nuevas experiencias. No he sabido abrir nuevas sendas en mi vida y ahora lo lamento. Me aferré a un imposible y por eso me encuentro vacía.

Resultaba evidente que el estado de ánimo de Elvira no era bueno y Ana imaginó que su tía atravesaba una crisis. Nunca la había visto así. Pensó que tal vez lograra hacerla reaccionar si se centraba en rebatir sus argumentos.

—Sé a qué imposible te refieres y no estoy en absoluto de acuerdo contigo. Te aferraste a él porque eso era lo que querías. Tía Elvira, ¿no has sido feliz en los atardeceres de Capri? ¿No has llorado ante la tumba de Shelley en Roma? ¿No has disfrutado en el teatro San Carlo de Nápoles?

—Sí, pero podía haberlo hecho de otra manera.

—No, tía, Juan era la persona con la que deseabas estar. Ahora crees que te has equivocado y puede que sea así, mas ello no debe hacerte sufrir porque tú tomaste la decisión libremente. Dime, ¿qué ha pasado? Antes de irme trataste de convencerme de que tu amor por Juan era inquebrantable y habías decidido unir vuestros destinos respetándoos el uno al otro.

—Eso creía yo —afirmó Elvira pesarosa—, pero me he estado engañando todo este tiempo.

—¿No le quieres?

—Mi cariño sigue siendo el mismo.

—¿Entonces?

—Ha sucedido algo que me ha abierto los ojos.

—Y a mí, que vuestro amor me recordaba al de Elsa por Bruno: un amor eterno, un amor que permanece vivo en el tiempo a pesar de la distancia o incluso de la muerte.

—No te has equivocado, querida Ana. Si Juan hubiera muerto o estuviera muy lejos, me resultaría mucho más fácil seguir amándole.

—¿Por qué dices eso?

—Porque en ese amor maravilloso del que hablas no interfiere la realidad. Ese amor se alimenta del recuerdo, de la ilusión... Pero en el mío sí ha tomado cuerpo «el día a día», y esa realidad hace tanto daño...

Ana recordó el análisis que Renato le había hecho sobre el amor y se dio cuenta de lo acertada que era su apreciación. Miró a su tía con cariño y lamentó que estuviese pasándolo mal. No iba a preguntarle nada más sobre aquel tema, aunque tampoco hizo falta: tras una breve pausa, Elvira retomó la palabra.

—Todo empezó la noche antes de irte de viaje. Me enteré por Gálvez de que Juan acudía muchas noches con un grupo de amigos a tomarse unas copas al Levante. El asunto no tendría mayor importancia, pero todos eran homosexuales, algo que no debería sorprenderme. Aun así fui incapaz de asimilarlo. No podía dejar de pensar en lo imaginable y hablé con él.

—¿Y qué pasó?

—Nada. Me dijo que él nunca me había engañado. Su condición sexual era la que era y las posibles relaciones que pudiese tener no iban a influir en el inmenso cariño que sentía por mí. ¿Entiendes mi frustración?

—Sí, lo que no comprendo es por qué no te diste cuenta antes.

—Muy sencillo: me engañaba a mí misma. Pensaba que si yo era capaz de renunciar a unos hijos, a un matrimonio, a todo tipo de relación con otros hombres, él haría lo mismo. Sin embargo, no es así.

—¿Qué vas a hacer?

—No lo sé. Ya no puedo tener hijos, ni formar una familia. Es demasiado tarde.

—Nunca es tarde para encontrar a esa persona que dé un vuelco a tu vida, que abra una ventana por la que entren atardeceres reales y no soñados como hasta ahora. Una ventana que tú considerabas cerrada para siempre. Tía Elvira, ¿serías capaz de enamorarte de otra persona que no fuera Juan? —le preguntó Ana sin ningún tipo de rodeos.

—Me gusta eso de abrir una ventana a otros atardeceres, suena muy bien.

—Sí, pero no has contestado a mi pregunta —insistió.

—Yo creo que sí, aunque no quiero hacerle daño a Juan.

—Piensa en ti, tía Elvira, a veces es conveniente quererse un poco. Por cierto —le preguntó Ana—, ¿qué sabes de Gálvez? Sería interesante que hablara con él ahora que tengo la certeza de quiénes son los protagonistas de la historia. También podría preguntarle por mi padre. Es fácil que lo conociera.

—Vendrá dentro de un rato a buscarme. Iremos juntos al teatro.

Ana no comentó nada, pero tuvo la seguridad de que Gálvez no era ajeno a la situación emocional que atravesaba su tía. Elvira no tuvo reparos en seguir hablando del tema.

—¿Sabes? Salgo con él con mucha frecuencia.

—Lo desconocía, aunque no me sorprende —dijo Ana con la sinceridad que la caracterizaba—. Creo que él ha sido un revulsivo para ti y, en cierta forma, la causa de que te replantees tu relación con Juan.

—Es verdad. Jamás podría imaginarme que a mis años, y enamorada como estoy de Juan, alguien pudiera despertar en mí ilusiones propias de la juventud.

—Eso es estupendo, tía Elvira.

—Sí, no está nada mal. Lo que sucede es que me pilla un poco mayor —comentó riéndose—. No se lo he contado a nadie, pero además de mi sobrina, tú eres mi amiga del alma y sé que me entiendes.

Ana tomó las manos de su tía, en un intento de darle fuerza, de decirle sin palabras que no se equivocaba, que siempre estaría a su lado. Elvira la miró con cariño y siguió hablando...

—Gálvez ha obrado el milagro. De repente me he dado cuenta de que la sexualidad sigue existiendo. De que disfruto observando cómo es la mirada de un hombre que te admira y desea. Presto más atención a mi arreglo personal, y pienso que debe de ser muy agradable tener a alguien querido cerca de ti por las noches. Te confieso que Gálvez me ha conquistado. Es una persona culta, simpática, que ama la música como yo, que me hace la vida más agradable y no me gustaría pedirle que dejemos de vernos.

—¿Por qué tendrías que hacerlo? —quiso saber Ana.

—Porque amo a Juan.

—Pero quien te hace feliz es Gálvez.

—Sí, pero si Juan me necesita...

Ana no quería hacerle daño a su tía, pero no iba a traicionarse.

—Tía Elvira, podrás atender las necesidades de Juan aunque estés casada con Gálvez.

—Entonces ¿tú consideras que debería hablar con los dos?

—Si estás segura de tu cariño por Gálvez, hazlo. Creo que Juan lo entenderá —siguió diciendo Ana— y en cierta medida se sentirá feliz de ver que tú lo eres. En cuanto a Gálvez, lo conozco menos y aunque es posible que a veces le ataquen los celos, podrá superarlos si conoce la situación de antemano.

—Ana, meditaré tus consejos y te contaré. ¿No te apetece acompañarnos al teatro?

—Prefiero volver a casa. He quedado con mamá y unas amigas suyas para hablarles de la Toscana.

—Cuánto me alegro de que las relaciones con tu madre hayan mejorado —exclamó Elvira—. Pero cuéntame, ¿qué piensas hacer para dar con Bruno Ruscello?

Ana le enumeró las pocas posibilidades con las que contaba y le leyó la carta que había escrito a Inés Mancebo.

—Casi no dispongo de ninguna pista que pueda seguir, pero confío en que algo sucederá.

—¿Crees que tendrás respuesta de esa mujer?

—Puede que sí, aunque solo sea para decirme que nunca recibió ninguna carta de Elsa.

—Esa señora no te gusta, ¿verdad?

—No es que no me agrade, lo que sucede es que desde el primer día tuve la sensación de que ni me decía toda la verdad ni deseaba hablar conmigo —confesó Ana—. Si no me contesta a la carta, viajaré a Córdoba para verla. No pienso aceptar el silencio.

Elvira observaba a su sobrina y le parecía otra persona, mucho más madura y segura de sí misma. No pudo evitar contemplar la pulsera etrusca que llevaba puesta y sobre la que ya le había hablado.

—¿No te la quitas nunca? —le preguntó de repente.

—Sí, pero la llevo mucho porque me gusta sentirla cerca.

—Y me decías que Elsa tenía otra igual.

—Exacto, y también se la regaló alguien en Roma.

—¿No has pensado que tal vez sea el distintivo de los miembros de una sociedad secreta?

—Y tan secreta que no la conozco —rió Ana.

—Déjame ver.

—Desabróchala tú misma —le dijo la joven a la vez que extendía el brazo. Elvira la observaba muy interesada.

—Me gustaría conocer la opinión de un joyero amigo mío. ¿Qué te parece si le hacemos una visita?

—Cuando quieras, pero ¿qué es lo que tanto te intriga de esta pulsera? —preguntó Ana mientras se la colocaba de nuevo en la muñeca.

—Toda ella, aunque sobre todo me sorprenden la amatista y el coral. Es una combinación extraña.

—Perdón —dijo María entreabriendo la puerta—. El señor Gálvez ha llegado.

—Dígale que pase.

Ana no daba crédito a lo que veía: Fernando Gálvez se había convertido en un señor elegantísimo. El cabello blanco y lacio estaba tan cuidado que podrían utilizarlo como anuncio de cualquier champú.

—Mi querida Ana, ¡qué alegría! Hace cinco minutos que me he despedido de Santiago y no sabía que usted estuviera en Madrid.

—Llegué ayer muy tarde y no tuve tiempo de avisar a nadie... Le ruego que si vuelve a encontrarse con Santiago, le diga que ya estoy aquí. Mañana intentaré localizarlo.

—¿Y cómo le fue la investigación?

Ana no recordaba haberle dicho nada sobre el objetivo de su viaje a Roma, aunque no le dio importancia, seguro que Elvira le había hecho algún comentario.

—Bastante bien —respondió—. Pídale a mi tía que se lo cuente, ya hablaremos mañana o pasado.

—¿Por qué no te animas y vienes con nosotros? —insistió Elvira.

—Ya te he dicho que me esperan en casa, y además quiero que esta misma noche salga la carta para Córdoba.

Inés Mancebo no tenía un buen día. Se había levantado de mal humor y además le molestaba muchísimo olvidarse de algo. Sabía que debía traer a la tienda un pequeño paquete para que su marido, Luis, lo llevara a casa de su amiga camino del médico. La noche anterior lo había dejado en la consola de la entrada para verlo por fuerza al salir y así evitar un posible olvido, pero ni con esas. De todos modos, tampoco es que aquello le originase un gran trastorno: a Luis le bastaría con salir media hora antes, podía pasar por casa a recoger el paquete y todo solucionado.

En el fondo, Inés sabía que no era eso lo que la tenía de tan mal humor: lo que de verdad le molestaba era no poder acompañar a su marido al médico. No entendía por qué el doctor, que siempre los había recibido fuera del horario comercial, no encontró aquel día más hora para ver a Luis que las doce del mediodía.

Podían haber cerrado, aunque no debían hacerlo. Inés Mancebo y su esposo Luis Pérez tenían una pequeña tienda de regalos y objetos de papelería en la zona antigua de Córdoba, que abrieron después de su boda al poco de instalarse en la ciudad. Los dos se ocupaban del negocio, aunque era ella quien llevaba las riendas de todo no por ser más joven —era unos doce años menor que su marido, que estaba estupendo—, sino por su carácter dominante y protector. No tenían hijos e Inés volcaba todo su afecto maternal en él. Luis Pérez era un hombre tranquilo y se podría afirmar que formaban una pareja bien avenida. Su marido se acercó a ella y dándole un beso dijo:

—Inés, me voy. ¿Dónde me has dicho que está el paquete?

—En la consola de la entrada.

—Muy bien. Adiós.

—¡Espera! Imagino que no tardarás mucho con el médico. Lo mejor será que me quede aquí después de cerrar.

—No creo que me dé tiempo a volver por la tienda. Prefiero que me esperes en casa.

A veces, Luis se sentía un poco agobiado. Inés lo hacía por cariño, pero intentaba controlar todos sus pasos. Su círculo de amistades era más bien reducido y a todos tenía que darles ella el visto bueno. Él lo llevaba con paciencia y con relativa frecuencia se escapaba a charlar con Justo, el barbero; eso era lo que pensaba hacer hoy mismo. La consulta con el doctor era un puro trámite, un resfriado fácil de diagnosticar. En eso sí tenía razón Inés, que siempre le reprendía por no enterarse de esas corrientes de aire que si te pillan te dejan su huella..., pero el calor de Córdoba a menudo resultaba insoportable y más que molestar, las corrientes se convertían en un alivio.

Luis recogió el paquete para la amiga de su mujer. Lo cierto era que no entendía el interés de Inés en que lo recibieran de inmediato, pues se trataba de unas invitaciones de boda y faltaban más de tres meses para la celebración, pero en fin, cosas de Inés y mejor no llevarle la contraria.

En la acera se encontró con el cartero.

—Don Luis, tengo una carta para su señora, ¿se la entrego a usted?

—Déjeme ver el remite —pidió Luis, que leyó: «Ana Sandoval, Almagro, 36, Madrid».

No le decía nada aquel nombre, pero una especie de escalofrío le recorrió de arriba abajo. «Me ha debido de subir la fiebre», se dijo. No dejaba de ser raro. Ellos nunca recibían cartas, jamás... Miró de nuevo el remitente y se la devolvió al cartero tras pedirle que la introdujera por debajo de la puerta, ya que no había nadie en casa.

Los deseos de Luis no se cumplieron, porque cuando iba a entrar a ver al doctor llegaron unos pacientes con un accidentado y tuvo que esperar a que le curara. De regreso a casa no pudo evitar el pensar en la poca libertad de la que disponía. ¿Desde cuándo Inés lo decidía todo por él? «Desde siempre», tuvo que admitir, y él tenía mucha culpa por no haber sabido imponerse, claro que después de la enfermedad necesitaba apoyarse en ella. Se portó tan bien... Luego estaban los celos: Inés sufría solo de pensar que él pudiese mirar a otras mujeres. No podía sonreír a ninguna clienta, porque si su esposa lo presenciaba le sometía a un juicio sumarísimo.

Aunque no daba mayor importancia a la carta, debía reconocer que desde que la había visto, tanto la palabra «Sandoval» como «Almagro» no se alejaban de su mente y no alcanzaba a comprender la razón por la que un apellido y una calle provocaban en él una reacción de vacío y lejanía. En cuanto llegase a casa se enteraría.

Nada más sentir la llave en la puerta, Inés se tranquilizó. Podía considerarse una persona con suerte: la posibilidad de que Luis hubiese llegado primero a casa y hubiese encontrado la carta la hacía temblar. Bien es cierto que venía a su nombre y siempre podría mentirle sobre el contenido, pero mucho mejor así. No sabía si sería capaz de disimular la inquietud que sentía. «¿Cómo habrá conseguido mi dirección?» Pensar que alguien pudiera haberla seguido la ponía histérica. Esa misma tarde contestaría y le pediría a aquella pesada que se olvidase de ella para siempre.

—Hola, cariño —dijo Inés con la mejor de sus sonrisas y el amor pintado en la cara—. ¿Qué te ha dicho el médico?

—Nada, un simple resfriado. Me ha recetado unas pastillas.

—¿Pudiste entregar las tarjetas?

—Sí, se las di a tu amiga.

Luis era incapaz de discernir en qué consistía el cambio, pero algo le pasaba a su esposa. Como quien no se interesa nada y lo hace por mero formulismo, preguntó:

—¿De quién era la carta que han traído esta mañana?

—¿Carta? —exclamó Inés simulando sorpresa—. No he recibido ninguna carta. ¿Por qué me lo preguntas?

Iba a decirle que el propio cartero se la había enseñado y que él había leído el remite, pero, por alguna razón que desconocía, optó por mentir.

—Se habrá equivocado. Me lo dijo la vecina del segundo, que creía que el cartero se dirigía a nuestra casa, pero habrá ido a otro sitio. Ya me sorprendía a mí que alguien nos escribiera.

—¿Has estado con Justo? —le preguntó Inés en un intento de desviar el tema.

—No. El doctor me recibió muy tarde y ya no me dio tiempo.

Inés no estaba segura de haber actuado de forma inteligente. Tal vez si hubiera inventado una historia sobre la persona que le había escrito, Luis se quedaría tan tranquilo. Sin embargo, ahora podría darse cuenta de que le mentía. Aun así se tranquilizó al observar el aspecto de su esposo: parecía haberse olvidado del tema.

Al día siguiente ninguno de los dos había dejado de pensar en la carta, aunque entre ellos era como si nunca hubiese existido.

Juntos se fueron a abrir la tienda, algo infrecuente en Inés, que siempre llegaba más tarde: aquella mañana no quería dejar solo a Luis ni un minuto. Juntos habían regresado a casa y ahora en la sobremesa, ella dudaba si acudir a la cita semanal que mantenía con sus amigas en la cafetería cercana a la iglesia de San Pablo o volver a la tienda con Luis.

—No he podido avisarlas y temo que se preocupen si ven que no llego —comentó pesarosa.

—Yo creo que debes irte tranquila. Ya sabes que me las arreglo muy bien. Lo que puedes hacer es dejar a tus amigas un poco antes y pasar a recogerme, así volvemos juntos.

—Una idea estupenda, eso haré.

Luis respiró satisfecho. Por fin iba a quedarse solo.

Mientras se arreglaba, Inés seguía pensando en lo mismo y en la posibilidad de contarle a Luis que sí había llegado una carta, pero que sin darse cuenta la había metido en el bolso y como tenía tantas cosas en la cabeza, se le olvidó que la había guardado allí.

Se sonrió pensando en lo acertado de su argumento y decidió que aquella tarde, cuando volvieran juntos a casa, se lo contaría.

—Cariño —llamó Inés desde la puerta de la habitación—, me voy. Sobre las seis pasaré por la tienda.

—No te apures, ya sabes que estaré allí hasta las siete y media.

—Ya, ya lo sé, pero así te hago compañía.

No había pisado el portal y Luis, con toda la celeridad de que era capaz, ya estaba sacando una pequeña maleta en la que introdujo ropa interior, alguna camisa y útiles de arreglo personal. Buscó una libreta y en la primera hoja escribió:

No te preocupes. Estaré fuera tres o cuatro días.

Necesito pensar. Un abrazo. Te quiero,

Luis

Cerró la puerta con energía, y bajó las escaleras casi corriendo.

Antes de decidirse, lo había pensado mucho: no podía seguir con una incertidumbre e inquietud que no le dejaban vivir. Aunque aquellos nombres producían en su cabeza un efecto extraño, lo más grave era que su mujer le había mentido. ¿Qué podía contener la carta para negar su existencia? ¿Cuántas veces le habría engañado? ¿Tendría un amante? Seguro que esta no era la primera carta que recibía.

Caminó con paso firme hacia la estación. Debía tomar el primer tren a Madrid.

XIV

Cerró el libro. Era una historia triste con un final más triste aún y Ana pensó que si ella fuera la autora, no castigaría a Emma con la muerte, sino todo lo contrario, porque aquella mujer valiente no se resignó a su destino, sino que reivindicó su derecho a vivir en plenitud. Le desagradaba que a la protagonista de *Madame Bovary* la hubieran obligado a expiar su pecado. Y que incluso se hubieran excedido en la pena, ya que en vez de proporcionarle una muerte quizá dulce por enfermedad, Flaubert optó por arrojarla al tortuoso camino del suicidio, absolviendo sin embargo a sus amantes, tan culpables como ella de su adulterio.

Ahora entendía las razones por las que no le dejaron leer aquella novela, pero no las compartía, porque si la protagonista procede —según la opinión generalizada de la sociedad— de un modo inadecuado, buscando la solución a un matrimonio tedioso y a un marido del que no está enamorada —en el campo de lo prohibido a las mujeres—, y que por lo tanto no constituye un buen ejemplo, en el libro quedan muy claras las consecuencias para quien se atreva a seguir «tan inadecuada conducta».

Quizá su estado de ánimo no hiciese de aquella la mejor tarde para zambullirse en la lectura de *Madame Bovary*, pero lo cierto es que la había enfadado bastante. Desde su regreso de Italia se notaba mucho más susceptible y exigente con su propio comportamiento y con el de los demás. Y sobre todo sentía que cada vez era más pragmática: siempre había sido valiente y se había enfrentado a los problemas, por mucho que le dolieran, pero ahora no deseaba perder ni un minuto en preocupaciones que se podían solucionar de inmediato. Así, no había dudado en contarle a Santiago su decisión de seguir siendo amigos, pero nada más.

—Es posible, y no te voy a negar, que si no hubiese hecho el viaje a Roma, tal vez esta conversación no se produciría —le dijo Ana—. Te quiero mucho, Santiago, eres mi amigo más cercano. De hecho, mi primera noche en Roma no dejé de pensar en ti. Aunque me he dado cuenta de que mi independencia es lo más importante para mí y la causa de que necesite hablarte de mis sentimientos, porque jamás me perdonaría hacerte daño.

Santiago se sentía morir, era como si le faltase el aire... La miraba y no soportaba la idea de que no fuera suya. Ana era su primer amor. Nunca querría a nadie como a ella.

—Perdóname, Santiago, jamás ha estado en mi ánimo hacerte daño. Lo siento si ha sido así.

Lo miró con ternura y lamentó no estar locamente enamorada de él.

Santiago protestó, pidió perdón, buscó motivos..., pero por fin Ana tenía claro qué deseaba: ansiaba conocerse a sí misma, conocer a otra gente, otros países, ser libre... y eso debía hacerlo ella sola. Cuando después de todo aquello Santiago cerró la puerta a su espalda, Ana sintió pena y a punto estuvo de salir tras él. No lo hizo y comprobó un poco asustada cómo la pena se transformaba de forma inmediata en una sensación de libertad, como si se hubiese quitado un peso de encima.

Llamó a Ignacia para que la ayudara a vestirse. Iba a un concierto con su tía y Juan. No pudo por menos de preguntarse qué habría pasado entre ellos.

—Señorita Ana, ¿se pone el vestido verde? —le preguntó Ignacia.

—No, prefiero la falda de rayas con la blusa rosa, hace demasiado calor. —Era su blusa preferida, el tono rosa pálido la favorecía y sobre todo le daba ese aire romántico que a ella tanto le gustaba. Se miró al espejo y sonriendo comentó—: ¿Sabes qué estoy pensando? Voy a encargar un vestido de este mismo color, ¿no crees que me sienta bien?

—Señorita, usted con cualquier color está muy guapa. —Lo decía de veras—. ¿Quiere que le peine un moño?

Estaba terminando de peinarla cuando escucharon que llamaban a la puerta. Ana se sobresaltó.

—No puede ser que vengan a buscarme si aún no son las siete.

—Voy a ver, señorita.

—Deja, Ignacia. Que abra Berta.

—Libra esta tarde.

Mientras Ignacia iba a abrir, Ana se probó varios pendientes y al final se decidió por unos de perlas.

—Preguntan por usted, señorita. Es un señor mayor que dice llamarse don Luis Pérez.

Ana dudó unos segundos. Tenía el tiempo justo y no le gustaba hacer esperar.

—Está bien, Ignacia, dile que ahora estoy con él. Hazle pasar al salón.

Luis no podía disimular su nerviosismo. A la sensación que experimentó nada más pisar la calle Almagro, incrementada al entrar en el portal del número 36, se unía ahora la visión de aquel vestíbulo en el que juraría haber estado muchas veces. Sintió como un mareo y en su mente aparecieron las mismas imágenes —la calle, la casa y el hall que tan familiares le resultaban—, pero en otras tonalidades y difusas. «No puede ser —se dijo—. Es imposible. No conozco Madrid, seguro, Inés me lo dijo, así que no he estado nunca en esta casa... Aunque dicen que en ocasiones se tienen sueños premonitorios.» Pensó que más le valdría no dejarse llevar por la fantasía. Cuando pasó al salón al que lo condujo la criada, respiró tranquilo: aquel lugar no le resultó conocido, aunque apenas tuvo tiempo de fijarse en los cuadros y objetos que llenaban mesas y estanterías. Antes de eso, se abrió la puerta dando paso a una hermosa mujer a quien Luis observó con auténtica admiración.

Ana se dio cuenta y se dijo que así solo miran los hombres que han amado a muchas mujeres.

—Buenas tardes, señor Pérez. Siéntese, por favor. Soy Ana Sandoval.

—Buenas tardes, muchas gracias por recibirme, señorita.

—Desea usted verme...

—Sí, y perdone mi atrevimiento por presentarme en su casa, pero verá usted... —Luis no sabía muy bien cómo abordar el tema. Debería hacerlo de forma directa, la verdad siempre era la mejor consejera—. Yo, señorita, he venido a verla porque su nombre figura en el remite de una carta que recibió mi mujer.

Ana estudiaba a Luis. Le parecía un hombre guapísimo y cuanto más lo examinaba, más se reafirmaba en aquella primera impresión. Cuando escuchó lo de la carta dio un respingo.

—¿Es usted el marido de Inés Mancebo?

—Sí.

Llamó a Ignacia haciendo sonar la campanita de cristal y preguntó a Luis si deseaba tomar café o té. Ella misma necesitaba tranquilizarse para poder seguir hablando

—Prefiero café, aunque corro el riesgo de no dormir.

—¿Le ha mandado su mujer que venga a verme?

—En absoluto, no sabe nada.

Luis no quería desvelarle los verdaderos motivos que le llevaron a viajar a Madrid. De hecho, había ensayado cómo plantear el tema, pero comprobó con gran disgusto que no se acordaba de nada. No entendía qué le estaba sucediendo. Era como si su mente se hubiera quedado en blanco.

Ana advirtió que algo le sucedía y para darle tiempo a que recobrase la tranquilidad le preguntó:

—¿Se quedará mucho en Madrid?

—No, solo he venido a verla a usted.

Se estaba impacientando un poco, aquel señor no terminaba de decirle lo que quería y Ana, como hacía muchas veces, alargó la mano para acariciar la cabeza del payaso *Bepo.* No se fijó en la cara de su visitante.

Luis miraba aquella figura como quien ve visiones. «Me voy a marear. ¡Dios mío! Qué hace ese payaso aquí...»

—Y bien, señor Pérez, ¿para qué deseaba verme? —le preguntó Ana mientras seguía acariciando a *Bepo.*

Al no obtener respuesta, la joven levantó los ojos para mirar a Luis y asustada ante su aspecto, salió a buscar a Ignacia, que en aquel momento acudía a abrir la puerta de la calle.

—Si es el señorito Juan, que pase de inmediato —dijo Ana casi gritando.

Después de varios minutos, todos los intentos para que volviera a la normalidad resultaron inútiles. Luis Pérez estaba en un estado de semiinconsciencia, mantenía la mirada perdida y de vez en cuando repetía:

—No puede ser, ¿qué ha pasado?

Elvira y Juan escuchaban atentos las explicaciones de Ana, que muy poco podía contarles sobre quién era ese hombre.

—Es posible que esté enfermo y el viaje desde Córdoba, con el calor que hace, le haya afectado —opinó Elvira.

—Todo lo que podemos decir son conjeturas. Creo que deberíamos llamar a un médico —apuntó Ana.

—Tendría que ser de confianza. No nos interesa que luego haya comentarios —dijo pensativa Elvira, y exclamó de repente—. Juan, nuestro amigo el doctor Martínez Escudero está en Madrid y esta tarde iba al concierto. ¿Por qué no te acercas y le pides que venga?

—Ahora mismo —contestó Juan.

—Ha sido una idea estupenda, tía —le dijo Ana mientras con un abanico daba aire a Luis Pérez. Este, ausente, reclinaba su cabeza contra el respaldo del sillón.

—Qué raro resulta todo, ¿no? —dijo Elvira—: Viene desde Córdoba solo a verte, sin que su mujer lo sepa, no te dice nada y se pone malo.

—Señor Pérez, beba un poquito de agua, le hará bien —le pedía Ana.

Luis las oía, pero tenía la sensación de que no hablaban con él. Por su mente pasaban imágenes que no terminaba de identificar.

—¿Por qué no te sientas? —le sugirió Elvira a su sobrina—, es cuestión de minutos. Cuando llegue el doctor, ya nos dirá.

Ana volvió a ocupar la misma butaca y tomó a *Bepo* en sus manos.

—Él se quedó en la casa de Biarritz —dijo el hombre de forma casi inaudible. Tía y sobrina se miraron atónitas. Le preguntaron a qué casa se refería. Ana intentaba recordar el nombre de la villa antes de que su tía le pusiera La Barcarola, pero no lo lograba. Por suerte, Elvira se dio cuenta y dijo de inmediato:

—Señor, ¿se está usted refiriendo a Villa Olimpia?

Luis, que permanecía con los ojos cerrados, no dijo nada. Continuaba como ausente, aunque la calma estaba volviendo a su rostro.

Las dos mujeres lo miraban en silencio.

—Qué casualidad que hable de una casa en Biarritz —comentó muy pensativa Ana.

—No es nada extraño. Cada año aumenta el número de visitantes y este señor tiene una pinta estupenda. ¿Te has dado cuenta? Debió de ser guapísimo, aún lo es. Qué ojos, brillan como los de un joven —dijo Elvira en un aparte con admiración manifiesta.

—A cierta edad esa luz se recupera al recordar, o al mirar algo que despierta sensaciones seguro olvidadas.

—¿Desde cuándo te has convertido en una sabia que sabe de todo? —apostilló en broma Elvira.

—Perdón —dijo Luis, reanimándose poco a poco—, siento haberlas importunado con este malestar. Casi nunca me sucede, pero a veces...

—No se preocupe —le contestó Ana. Luego miró a Elvira y añadió—: Es mi tía.

—Elvira Sandoval —dijo ella tendiendo su mano.

Luis les había mentido, jamás se había encontrado tan mal: todo se había originado con la visión de aquel payaso de porcelana. Dudó si preguntar o no, y al final lo hizo.

—Ese payaso...

—¿Le gusta? —quiso saber Ana.

—No, no es eso. Habrá muchos iguales, imagino, porque juraría que he visto uno idéntico.

En aquel momento entraron en el salón Juan y el doctor Martínez Escudero.

—Les voy a presentar —dijo Ana—. Luis Pérez, Juan Blasco y el doctor Rodrigo Martínez Escudero.

Elvira miró a Ana, para interrogarla con la mirada sobre lo que deberían hacer. El doctor se anticipó y dirigiéndose a Luis preguntó:

—Cuénteme, ¿qué le ha sucedido?

—Perdón, señor Pérez —se disculpó Ana—. Tal vez no desee hablar con el doctor. Nos hemos asustado y como es muy amigo nuestro, le rogamos que viniera, pero si no lo considera necesario, no se sienta obligado.

Luis estaba inquieto. Era como si recobrase imágenes que sin duda conocía y le impactaban de tal forma que se sentía muy mal; hubo momentos en que creyó perder la consciencia. No le vendría mal hablar con el doctor, aunque si era de medicina general, poco o nada podría orientarle.

—Soy un auténtico desastre, no sabe cómo lamento el trastorno que les he causado —dijo ajeno a la sorpresa que le esperaba en cuanto a la especialidad del galeno—: Por supuesto que no tengo inconveniente en hablar con el doctor.

—Ana, ¿no crees que deberíamos dejarlos solos? —preguntó Elvira, siempre pendiente de todo.

Salieron y cerraron la puerta. Juan le preguntó a Elvira si podía utilizar su coche para recoger unas cosas en casa —«Son unos libros para Martínez Escudero. Así en media hora estoy de vuelta»—, y ellas dos se fueron a una salita pequeña, que era la que utilizaba Dolores para jugar a las cartas con sus amigas.

—¿Dónde está tu madre? Mejor que no se entere de nada, ¿verdad? —comentó Elvira.

—En ese sentido podemos estar tranquilas, me dijo que cenaba en casa de las Martín-Gómez y como sabía que yo salía con vosotros, no tendrá ninguna prisa por llegar. Tía Elvira, tengo una corazonada y unas enormes ganas de llorar. —Elvira miró a su sobrina, que estrujaba un pañuelo entre las manos y tenía la mirada como perdida—. ¿No te has dado cuenta? —le preguntó Ana con un hilo de voz—. Quien provoca el malestar al señor Pérez es la visión de *Bepo.*

—El hecho de que nos haya preguntado si habría otros payasos iguales, porque su imagen le resultaba familiar, no creo que pueda interpretarse como que el pobre *Bepo* fuese el desencadenante de su indisposición.

—En eso tienes razón, pero ¿no escuchaste cuando dijo angustiado que «tenía que estar en la casa de Biarritz»? Tía Elvira, creo que *Bepo* tiene algo que ver en esta historia. Seguro que era de Elsa o de Bruno. Estoy convencida de que pertenecía a uno de ellos. ¿Recuerdas cuando nos hablaron de la adivinación por contacto? Nos dijeron que los objetos pueden quedar impregnados de quienes los poseyeron y algunas personas sensibles son capaces de percibir a través de ellos cualidades o defectos de sus antiguos dueños. Es *Bepo* quien ha provocado en mí todas esas extrañas sensaciones, tía. Es él quien desde el primer día me transmite una energía que nada tiene que ver conmigo. Y ese hombre que está ahora con el doctor no puede ser otro que Bruno Ruscello.

Al cabo de una hora seguían esperando. Juan ya se había unido de nuevo a ellas y Elvira había pedido a Ignacia que preparara tila para Ana, que se encontraba muy excitada y según avanzaban los minutos aumentaba su nerviosismo. Les costaba comprender de qué podrían estar hablando durante tanto tiempo.

Cuando les pareció que se abría la puerta, los tres salieron al pasillo y al verlos, Martínez Escudero les pidió que pasaran al salón; tenían que hablar. Ana apretaba la mano de su tía y caminaba muy pegada a ella. Luis Pérez se hallaba sentado en el mismo sillón en el que le habían dejado; su cara estaba sonrojada y su aspecto era de cansancio. Martínez Escudero se colocó a su lado.

Me parece providencial que este hombre se haya sentido mal aquí y que vosotros me llamarais, porque pocos mejor que yo para diagnosticar su mal. Hace años el señor Pérez sufrió un accidente que le produjo, según le diagnosticaron, una amnesia irreversible. En todo este tiempo así lo pareció, de hecho, a veces sucede que debido a un traumatismo la amnesia resulta definitiva, pero con seguridad nunca se sabe... Sin embargo, hoy algo le ha causado una honda impresión y gracias a ello recuperó alguna imagen de su pasado, con lo cual es posible que poco a poco pueda ir recobrando su memoria anterior al accidente.

Todos se quedaron en silencio menos Ana, que tomó a *Bepo* en sus manos.

—Es posible que me equivoque, querido señor, pero creo que ha sido esta figura quien le provocó el recuerdo y a no ser que tenga usted pruebas fehacientes que me demuestren que eso es imposible, yo juraría que su auténtico nombre no es Luis, sino Bruno. Bruno Ruscello.

—No entiendo nada. Eso que dice no tiene sentido. Mi mujer me conocía antes del accidente y ella sabe bien quién soy. ¿Esa figura?, sí tengo la sensación de haberla visto y me produce cierta irritación.

Ana estaba alterada y no dejaba hablar a nadie.

—Aún no me ha dicho por qué vino a verme.

—Se lo he contado al doctor. Me enteré por casualidad de que usted le había escrito a mi mujer, pero ella negó la existencia de esa carta y decidí venir porque tanto el nombre de la calle como su apellido me resultaban conocidos.

—Lo curioso —añadió el doctor— es que asegura que jamás ha estado en Madrid.

—Pues claro que los tiene que reconocer. Si es Bruno Ruscello, como creo —aseguró Ana—, vivió en este mismo piso.

—Eso no puede ser —dijo Luis muy pensativo—. Inés me lo habría dicho. Me ha asegurado en más de una ocasión que yo no conozco Madrid.

—Puede haberle mentido, como hizo con la carta —replicó Ana con rabia contenida.

—Si usted quiere, yo puedo ayudarle —apuntó el doctor—. Tengo que hacerle varias pruebas para comprobar si existen posibilidades de recuperación. Si es así, deberá seguir una terapia que nos llevará un tiempo. Pero quizá usted, don Luis, prefiera viajar a Córdoba para comentárselo a su mujer.

—Le escribiré —dijo muy serio—. Cuanto antes empecemos, mejor.

Elvira escuchaba en silencio. Estaba casi segura de que Ana tenía razón y en un deseo de ayudarla y llegar cuanto antes al final, preguntó:

—Doctor, si Ana estuviera en lo cierto y este señor fuera Bruno Ruscello, ¿sería interesante que ella intentara hacerle recordar con pasajes de su vida que conoce?

—Por supuesto, yo me mantendré en contacto con ustedes —dijo Martínez Escudero.

—Estoy pensando que nos resultaría a todos más cómodo que el señor Pérez se alojara en mi casa —dijo Elvira, que añadió mirando a Luis—: Tengo una casa muy grande, vivo sola y no me importa nada lo que puedan decir algunos cotillas. Si acepta mi invitación, estaré encantada.

El hombre no entendía las razones por las que aquellos desconocidos eran tan amables con él; bueno, sí lo sabía: lo confundían con un tal Bruno. La chica joven era guapísima, sus ojos denotaban una vida interior y un aire de misterio que le subyugaban. ¿Por qué habría escrito a su mujer? Tal vez para decirle que él era otra persona, ¿Bruno? Pronto sabría quién era ese personaje. Aceptaría la invitación, entre otras razones, porque no tenía dinero suficiente para vivir en el hotel.

—Se lo ofrezco de corazón —insistía Elvira en ese momento—, y creo que será mejor para todos.

—Acepte usted —dijo el doctor—. Estará mucho mejor que en el hotel.

—Muchas gracias por su invitación —dijo mirando a Elvira—. Pasaré por el hotel a recoger mis cosas.

Ana observaba cada gesto de aquel hombre. Se fijó en sus ojos, eran verdes y recordó cómo Elsa en el diario hablaba de su mirada: «La misma que me dirigió a mí al entrar. Tiene que ser él», se dijo. Y decidió hacerle una pregunta.

—Perdón, ¿habla usted italiano?

Luis la miró un tanto sorprendido y le dijo que no.

Entonces ella muy sonriente manifestó:

—Tú, tía Elvira, tampoco lo dominas, pero tal vez usted, doctor, me puede traducir esta frase: *Si hai ricevuto l'incarico di trovare queste persone, non preocuparti, perché ce la farai.*

—Lo siento —contestó el doctor—, no puedo ayudarla.

Luis se había quedado pensativo... y de pronto dijo:

—Yo sí puedo. Ha dicho: «Si has recibido el encargo de encontrar a esas personas, no te preocupes, porque lo conseguirás».

—Gracias, es usted muy amable —dijo Ana—. Es un dato más a mi favor. Bruno Ruscello era italiano o de origen italiano y usted, por lo que acabo de comprobar, lo habla bien.

Luis se sentía abrumado, podría no haber dicho nada, pero él no tenía ni idea de sus conocimientos de italiano, se estaba asustando un poco y pensó que podrían aparecer cosas de su pasado que mejor estaban en el olvido y quizá por ello su mujer, que le quería bien, se lo había ocultado. Aun así, necesitaba saber quién era de verdad.

XV

Inés siempre fue consciente de su fortaleza. Nadie como ella para enfrentarse a situaciones difíciles. Sin embargo, en esta ocasión sabía que estaba a punto de romperse. No podía soportar por más tiempo aquella incertidumbre, aquel sinvivir. Tres días habían pasado desde que su marido desapareció y ni una sola noticia sobre su paradero. Solo de pensar que Luis se hubiera marchado para siempre, la hacía enloquecer. Pero ¿adónde iba a ir si no conocía a nadie? ¿Qué le podía haber sucedido? Por más que le había insistido, Justo, el barbero, le aseguró no saber nada.

Muchas horas pensando en lo mismo la llevaron a concluir que la razón de la huida de su marido tenía que estar relacionada con la carta, ya que constituía la única anormalidad en sus vidas.

Le había costado mucho organizar su existencia al lado del hombre que amaba y no iba a consentir que nadie estropeara su labor.

Elsa, siempre Elsa... Ni después de muerta les podía dejar vivir tranquilos. Volvió a tomar el sobre en sus manos y se dio cuenta de algo que hasta entonces le había pasado desapercibido. ¡Almagro, 36! Entonces supo que Luis había visto la carta antes que ella. Sin pensarlo ni un minuto más, Inés Mancebo se puso a preparar una maleta. Saldría para Madrid lo antes posible. Esperaba que no fuese demasiado tarde.

Paseaban por el Retiro y Ana tenía que hacer auténticos esfuerzos para no hablarle a Bruno de Elsa. Le daba lo mismo que para todos siguiera siendo Luis Pérez hasta que se demostrara lo contrario; ella estaba segura de que aquel hombre que caminaba a su lado era el bibliotecario Ruscello, pero el doctor le había pedido que no le diera datos a Luis sobre quién era Bruno, porque tenía que ser él quien recuperara su pasado. Ana no podía evitar pensar en cómo sería la reacción de Bruno al recobrar su vida anterior: ¿amaría tanto a Elsa como ella lo amaba a él?

Había convencido a su tía Elvira para que convidara a Gálvez a almorzar en casa, con el propósito de comprobar si identificaba a Luis, pero el resultado no fue definitivo: Gálvez reconoció que no guardaba una imagen nítida del bibliotecario y mirando a Luis con intención de descubrir en él los rasgos de Bruno Ruscello, podía decir que sí, aunque también era verdad que si nadie le hubiese dicho nada, al verlo jamás habría pensado en la persona que trataban de localizar.

A pesar de estar viviendo una situación complicada, Luis Pérez se sentía bien. Tal vez aquella joven tuviera razón; la evidencia de algunas mentiras de su mujer había quedado demostrada. No por el conocimiento del italiano —Inés podría ignorar que él hablara—, sino en lo referido a Madrid. Luis descubrió que había vivido en aquella ciudad. Tuvo plena consciencia de ello al pasar al lado del Teatro Real. La impresión que le produjo su presencia le hizo recuperar imágenes en las que él entraba en el edificio. Siempre había sido consciente de que poseía un pasado olvidado a causa de un traumatismo, pero lo que ahora se revelaba, cada minuto con mayor intensidad, era que su mujer le había mentido en lo que se refería a su vida anterior al accidente.

Además, Luis no entendía por qué aquella mujer tan joven se interesaba por él. Decía estar segura de que su identidad era otra, aunque no había querido decirle quién era Bruno y a qué se dedicaba, y también se negaba a comentarle nada sobre la carta que había escrito a su esposa.

Paseaban los dos solos.

—No estoy seguro de quién era antes del accidente, y a pesar de ello me atrevo a afirmar que me gustaban los árboles tanto como ahora —comentó el hombre al pasar junto a un castaño.

Ana pensó de inmediato en la casa del tilo. Aquel era el lugar ideal para que recobrase su pasado, se lo comentaría al doctor.

—¿Cuál es su árbol preferido?

—Me gustan los que tienen flores.

—Eso es porque no ha visto los cipreses en la Toscana.

—Italia, ¿verdad?

—Sí.

—¿Se da cuenta de lo terrible que es para mí pensar que tal vez conozco ese lugar, si como usted dice soy de origen italiano, y no tengo ni idea?

—No se preocupe, estoy segura de que recuperará todo su pasado.

—Dios lo quiera.

—Estoy pensando en llevarle a un lugar que le va a gustar —dijo Ana.

—¿Aquí en Madrid?

—No, en las afueras.

Esta vez los cuatro hicieron el viaje de un tirón. A Ana y a Luis los acompañaban Elvira y el doctor Martínez Escudero, que insistió en no parar en la venta: si eran ciertas las sospechas de la joven, la ventera podría reconocer a Luis y el galeno prefería evitar posibles complicaciones... Y es que Ana tenía la fuerte sospecha de que entre Bruno y la ventera algo había pasado, ya que ahora que conocía a Bruno, podría jurar que Carmen —la hija— se parecía a él.

A la entrada de la casa los esperaba el criado al que tía y sobrina ya conocían de la vez anterior, en la primera visita que les habían hecho. Ana le aseguró que serían unos minutos, pero que necesitaban pasar al patio interior para que el señor que las acompañaba conociera el lugar. Le insistió en que era muy importante para ellos.

El criado miró entonces a Luis y dijo sorprendido:

—Pero usted ¿no es el antiguo propietario de la casa?

—¿Yo? —preguntó sorprendido Luis.

—Sí, ¿no es usted el señor Ruscello?

Era el mismo nombre y le decía que él había sido el dueño de aquella casa. ¿Lo sabría Inés? Luis pensó que si era cierto lo que aquel hombre acababa de apuntar, quizá la hubiera vendido mucho antes del accidente. Aunque poco importaba, cada vez se afianzaba más en la incertidumbre. ¿Por qué su mujer quiso hacer de él una persona nueva aprovechando la amnesia? ¿Dónde estaban los amigos de su vida anterior, su familia? Ella le había asegurado que no llevaba ni un año viviendo en Guadalajara cuando se produjo el accidente y que allí le conocían muy superficialmente, como ella, que nada sabía de su vida anterior. Empezaba a darse cuenta de que había sido manipulado por su mujer: si no sabía nada de su vida anterior, ¿por qué le aseguró que nunca había estado en Madrid? La respuesta resultaba sencilla: trataba de evitarle los lugares que podrían resultarle familiares. ¿Deseaba Inés aislarle por completo de su pasado? «Dios mío —se dijo—. Llevo más de veinte años viviendo a su lado, fiándome de ella. Jamás hubiera podido imaginar que me engañaba.»

Al ver que aquel señor no seguía la conversación, el criado se dirigió a las dos mujeres del grupo:

—Ustedes estuvieron aquí hace unos meses con doña Teresa, ¿verdad?

—Sí, por eso conozco el patio que nos gustaría volver a ver. Le aseguro que tardaremos muy poco —insistió Ana.

—Está bien, pasen.

Mientras caminaban por la casa, ella no dejaba de observar a Bruno, que a su vez hacía lo mismo con cuanto le rodeaba. El criado, que era quien los iba guiando, abrió la puerta y dejó que Ana pasara la primera. El tilo aparecía hermoso, aunque no fuera época de floración y por lo tanto el ambiente tampoco estuviera perfumado como la otra vez. Aun así el lugar seguía siendo muy especial.

Ana se giró para observar la reacción de Bruno y vio cómo el doctor Martínez Escudero, que estaba a su lado y muy pendiente de él, impedía que cayera al suelo. Con la ayuda del criado, lo colocaron en un amplio diván y abrieron la otra puerta para que entrara un poco de aire.

Martínez Escudero miró a Elvira y a Ana, encendió su pipa y como hablando consigo mismo musitó:

—No cabe ninguna duda. Es Bruno Ruscello.

Gracias a Ana, el doctor estaba al tanto de toda la historia y conocía la importancia de aquel lugar en la vida de Bruno y Elsa, de ahí que cuando Ana le contó la idea, le pareciese oportuna y decidiese acompañarlos; presentía lo que acababa de suceder. Aquella había sido la casa de Bruno —en la que permanecía mucho más tiempo que en la de Madrid— y parecía lógico que los recuerdos acumulados allí surtieran efecto.

Por su parte, Ana pensaba en todas sus experiencias y se sentía reconfortada. Había hecho todo por solucionar aquella tristísima situación, aunque no podía evitar preguntarse si para Bruno no hubiese sido mejor permanecer en la ignorancia. Inmediatamente cambió de opinión al pensar en Elsa. Ella sí había sufrido su ausencia y tenía derecho a que el hombre al que había amado conociera la grandeza de su sentimiento. Como un fogonazo, pasó por su mente el dibujo que le había llamado la atención la primera vez que estuvieron allí, porque la mujer que aparecía de escorzo le recordaba a aquella que en ocasiones veía en sueños. En el diario, Elsa aludía a los dibujos realizados por Bruno y decía que firmaba con el nombre de un hermano desaparecido. Sin pensárselo dos veces, se levantó y fue en busca del criado para que le dejara descolgar el cuadro y enseñárselo a Bruno.

—Doctor, ¿esperaba que se comportara así? —preguntó Elvira.

—Más o menos. Debido a la fuerte emoción se ha roto la barrera del olvido. Es probable que ahora, cuando se encuentre mejor, sepa quién es. Después irá recordándolo todo poco a poco.

—Pero doctor, lleva más de veinte años con amnesia. ¿Cómo es posible que recupere ahora la memoria? —quiso saber Ana, que volvía en ese momento.

—Las amnesias traumáticas, como os dije el primer día, pueden ser irreversibles debido al estado en que haya quedado la zona afectada por el golpe. Por contra, otras pueden resolverse a base de recuperaciones parciales, siempre estimuladas por algo.

—Entonces, ¿es posible que Bruno hubiese recuperado la memoria hace mucho, de haber tenido a su lado a alguien capaz de ayudarlo?

—Puede ser.

El doctor miró a Bruno y al ver que parpadeaba se acercó a él.

—¿Cuál es su nombre? —le preguntó.

—Bruno Ruscello —contestó sin titubear.

—¿Es usted italiano?

—No, español. Mis padres eran italianos, pero yo nací en Zaragoza.

—¿No tiene hermanos?

—No. Uno que tenía, mellizo, murió antes de cumplir los once.

Ana no pudo contenerse y le preguntó:

—¿Se llamaba Giovanni?

—Dios mío, ¿cómo lo sabe?

—Es el nombre con el que usted firmaba sus cuadros.

Todos se quedaron en silencio. Elvira miraba emocionada a Ana, que se había aproximado a Bruno. Este, tomándola de las manos, dijo:

—Gracias, muchas gracias, señorita Sandoval, por haberme devuelto una parte importante de mi vida. De no ser por usted, nunca la habría recuperado.

—No me dé las gracias a mí. Todo se lo debe a Elsa —dijo Ana a la vez que le mostraba el cuadro—. ¿Esta mujer es Elsa?

—Sí, sí. ¡Elsa! ¿Dónde está?, ¿qué ha sido de ella?, ¿por qué ha dejado que me casara con Inés?, ¿qué le ha pasado? Ella jamás me abandonaría. Habíamos quedado aquella tarde a mi regreso de Guadalajara.

Bruno se había levantado y recorría la habitación nervioso y con lágrimas en los ojos.

—Por favor, hábleme de Elsa. ¿Desde cuándo la conoce? ¿Dónde vive? ¿Está bien? ¿Se acuerda de mí? ¿Por qué no está conmigo?

Elvira miró al doctor y le hizo un gesto sobre la conveniencia de marcharse de la casa. Se estaban entreteniendo demasiado y podían ocasionarle problemas a los criados. Martínez Escudero lo entendió de inmediato.

—Creo que deberíamos irnos —apuntó—. En el coche tendremos tiempo para que Ana le explique todo.

Nunca había visto llorar a un hombre y menos con aquel sentimiento. Ana lloró con él, sentía que el corazón se le partía y abrazaba a Bruno en un intento de infundirle tranquilidad a su espíritu.

—No se angustie, Bruno. Ella nunca dudó de usted —le aseguró.

—Eso no me consuela. No puedo recuperar solo su recuerdo, la necesito a ella. Elsa era lo más importante de mi vida.

Bruno veía desfilar ante sus ojos escenas de su vida con Elsa y no lograba dejar de llorar. Escuchaba su música. «¡Dios! Quítame la vida, pero permíteme besarla una sola vez.» La sentía a su lado, apretando su mano, percibía su energía... El doctor le había dado unos tranquilizantes que comenzaban a hacer efecto. Antes de quedarse dormido, Bruno le preguntó:

—¿Cómo se puede vivir más de veinte años sin acordarse de la persona a la que quieres más que a tu propia vida?

—Ni de ella ni de nada de su existencia anterior —le dijo el doctor.

—Es como si en estos veinte años hubiera estado muerto —dijo Bruno con la voz entrecortada.

—En cierta forma así ha sido —le respondió el doctor.

La mano de Bruno se relajó entre las suyas y Ana, sin necesidad de mirarlo, supo que se había dormido.

—Doctor —llamó—, ¿cómo cree que se comportará a partir de ahora?

—Irá recuperando todos sus recuerdos y deberá enfrentarse a su realidad actual. Tendrá que poner orden entre el pasado y el presente y en ese sentido hemos de apoyarle. Sobre todo usted, Ana. Ya sé que sus deseos son que la acompañe a Pienza, pero no se precipite.

—¿Y qué pasará con su mujer? —preguntó ella con rabia.

—Dependerá de él —respondió pensativo el doctor Martínez Escudero.

Mientras se acercaba al número 36 de la calle Almagro, Inés Mancebo apretaba su bolso con auténtica furia. Los recuerdos la estaban martirizando: cuántas veces se escondía en los portales para verle llegar. En alguna ocasión le acompañaba ella. Jamás sintió odio por nadie, solo por aquella mosquita muerta. ¿Qué tendría Elsa Bravo para que Bruno se enamorara olvidándose de todas sus conquistas?

Desde el día que Bruno Ruscello llegó al Conservatorio, Inés Mancebo se enamoró locamente. Era una joven guapísima y con mucho éxito entre el sexo masculino, pero se encaprichó de aquel hombre mucho mayor que ella y no vivía más que para él. Conocía la fama que Bruno tenía con las mujeres, cada día con una, pero no le importaba: ya llegaría el momento en que la descubriera a ella. Sin embargo, el tiempo pasaba y sucedió lo inevitable: el guapísimo bibliotecario se enamoró como un colegial de su compañera, Elsa Bravo, una violinista maravillosa, pero a los ojos de Inés, una joven muy corriente, una especie de niña buena y un poco mística en la que los hombres no se fijaban. Por eso no entendía el motivo de aquel amor.

«Qué coincidencias tiene la vida —se dijo Inés—. Esta Sandoval, mal rayo la parta, tiene que vivir en la misma casa que lo hizo Bruno.»

Al entrar en el portal comprobó que no había cambiado mucho, y pensó en la reacción que habría tenido su marido al llegar allí. Aun así confiaba en que su amnesia fuera total, como le informaron, y esta visita no le hubiera despertado ningún recuerdo.

—Señorita Ana, una señora, Inés Mancebo, pregunta por usted —dijo Ignacia.

—Hazla pasar al salón. Ahora bajo. Ignacia, cuando sientas que llego, sin que yo te llame, vienes a ofrecernos alguna bebida.

Inés no tenía humor ni ganas de fijarse en nada de cuanto la rodeaba. Sus preocupaciones la llenaban por completo. Tal vez debería haber cambiado también ella de identidad; así nadie los identificaría nunca. De hecho, lo había pensado, pero su primo la hizo desistir de la idea. De lo que sí se preocuparon fue de no dejar rastro. Sin embargo, esta señorita pesada como ella sola lo consiguió a través de la iglesia donde se casaron.

—Qué sorpresa, pero si es doña Inés Mancebo. ¿Ha decidido contestar a mi carta personalmente? —preguntó Ana con una sonrisa desde la puerta.

—¿Dónde está mi marido?

—Por favor, doña Inés, yo he preguntado primero. ¿Por qué no contestó a la carta que Elsa Bravo le envió desde Italia?

—Eso a usted no le importa. Deje de inmiscuirse en nuestra vida.

—De acuerdo —asintió Ana—, entonces buenos días.

—Espere, no se vaya. Quiero localizar a mi marido, dígame dónde puedo verle, por favor —suplicó Inés a punto de llorar.

—Ya conoce mi postura.

—Está bien. Recibí la carta y la destruí de inmediato. Pensé en decirle que estaba muerto, pero temí que se presentara y no podía correr riesgos. El destino se decantó por mí y Bruno me pertenecía. Solo a mi lado podía ser feliz. Yo fui la única que se ocupó de él después del accidente, quien le cuidó desde entonces. Le quiero más que a nada en el mundo —aseguró.

—Mejor hubiera sido que no se acercara a él. Fue usted quien labró su desgracia, ¿cómo puede decir que quiere a una persona a la que miente de forma continuada? ¿Qué tipo de amor es el suyo?

—No tengo que darle explicaciones. Ya he contestado a su pregunta. ¿Dónde está mi marido?

—Se encuentra en Madrid. No le voy a decir dónde. Pero mañana a mediodía puede usted venir a esta casa, que aquí estará esperándola. De todas formas, quiero anticiparle que Bruno ha recobrado la memoria y sabe quién es. Ayer estuvimos en la casa del tilo de Valdemorillo y reconoció el lugar.

—No es verdad lo que me está contando. Los médicos me aseguraron que la amnesia parecía definitiva y después de más de veinte años...

Ana no la dejó terminar.

—Sí, pese a sus esfuerzos por aislarle de todo cuanto había sido su vida, para que no recordara en todo este tiempo, sus planes se han frustrado. Aunque tiene que estar muy contenta, ya ha hecho usted bastante daño. Ahora entiendo por qué siendo tan buena profesional dejó usted de tocar el violín: no podía correr el riesgo de que su marido pensara en Elsa. ¿Tanto le quiere?

—Más que a mi vida. Mataría y moriría por él.

—Pero no le diría la verdad —puntualizó Ana, para añadir—: No entiendo ese tipo de amor.

Inés intentaba disimular, pero estaba a punto de desmayarse. ¿Qué iba a hacer hasta mañana a mediodía? ¿Cómo reaccionaría su marido? Según le decía Ana en la carta, Elsa estaba muerta y por tanto no ofrecía ningún peligro. Aun así habría de utilizar todas sus armas para convencer a Bruno de que su comportamiento no tenía más objetivo que ayudarle. Ella no había sido responsable del accidente, lo único que había hecho era reconstruir su maltrecha vida. Habían sido felices; tenían que seguir juntos hasta el final de sus días... Todas estas reflexiones la ayudaron a tranquilizarse. Tenía ante sí un enorme problema, pero era fuerte.

Ana estaba impresionada. Aquella mujer presentaba un cuadro patológico claro. Sintió pena.

—¿Está en algún hotel? —le preguntó.

—No, pensaba quedarme con mi marido. Por favor, apiádese de mí —le suplicó llorando—, dígame dónde está.

Le estaba haciendo daño aquella conversación. Ana se dio cuenta de que le resultaba muy duro dominar los sentimientos. Sin duda, era muy triste presenciar el dolor de cualquier ser humano, aunque fuese de alguien perverso y malvado, pero debía mantenerse firme. ¿Acaso se había apiadado Inés de Elsa cuando desde Pienza le preguntaba por Bruno?

—Lo siento. No voy a hacerlo. Entre otras razones, porque el doctor le ha dado tranquilizantes. Créame, será mejor para usted verlo mañana cuando ya se encuentre más tranquilo.

—¿Más tranquilo? No me fío de ustedes. Sabe Dios qué le habrán hecho para que recuerde. Señorita Sandoval, no voy a maldecirla por el daño que me está ocasionando esta tarde... solo le deseo que sufra lo mismo que yo estoy padeciendo por su despiadado comportamiento.

—Lamento mucho no poder ayudarla. De todas formas, usted tenía que ser consciente de que esta situación podría planteársele en cualquier momento —dijo Ana mientras la acompañaba a la puerta.

XVI

Al pasar ante la casa de Elvira, el doctor Martínez Escudero decidió visitarla. Era muy temprano, pero estaba deseando saber qué tal había acabado la compleja historia de Inés y Bruno. Él había estado presente en el reencuentro del matrimonio y se sorprendió ante el amor patológico que aquella mujer sentía por su marido. «No me importaría tenerla como paciente —dijo para sí mientras pulsaba el timbre de la puerta—. Sin duda, es un reto para cualquier psiquiatra.»

María, la doncella de Elvira, le abrió tan sonriente como siempre.

—Acompáñeme, doctor, la señorita está desayunando.

—Esperaré, no la moleste —dijo Martínez Escudero, pero ante la insistencia de la criada no tuvo más remedio que seguirla.

No se podía imaginar el doctor que encontraría a Elvira acompañada. «Pero ¿desde cuándo estos dos...?» En la mesa, aferrando con gesto posesivo una mano de la mujer entre las suyas, Gálvez observaba divertido la reacción del galeno.

—Mil perdones —dijo el doctor dedicándoles a ambos una sonrisa abierta—. Sé que no son horas, pero la impaciencia es mala consejera.

—No se disculpe, querido doctor —le contestó ella—. Venga, siéntese aquí y desayune con nosotros.

—Estoy impresionado con la historia de Inés. —Gálvez sacó el tema antes de que Martínez Escudero añadiera palabra—. ¿Sabe que yo fui uno de sus muchos pretendientes?

—¿Cómo terminó ayer el asunto? —quiso saber el doctor.

—Como usted sabe, doctor, una vez Inés comprobó que su marido había recuperado la memoria, no ocultó detalles de toda la operación que había realizado con el apoyo de un primo, muy bien relacionado, que la asesoró y ayudó a camuflar la venta de la casa de Valdemorillo, así como el cambio de identidad de Bruno —recordó Elvira.

—Sí —convino el doctor—, y tenía razón al afirmar que ella se había sacrificado para mantener esa nueva vida. Es verdad que esa mujer lo hizo todo por amor y que renunció a su profesión.

—Por amor a sí misma —apuntó Elvira—. No entiendo cómo se puede querer a una persona sabiendo que la haces desgraciada.

—No estoy de acuerdo —discrepó el doctor—. Con su nueva identidad, Bruno no fue desgraciado; lo es ahora al descubrir el engaño y sobre todo al pensar en la mujer a la que amaba.

—Ha sido un cúmulo de mala suerte —apuntó Gálvez—, porque imaginemos que Inés no se llega a ocupar de él después del accidente. ¿Quién lo habría hecho, si Elsa no estaba en Madrid?

—No lo sé —respondió Elvira—, imagino que volvería a Madrid y el contacto con la gente a la que veía todos los días, los edificios de su calle, la casa de Madrid y la de Valdemorillo... Seguro que hubiesen acelerado su recuperación.

—Sí, es posible.

—Pero me preguntaba usted por el final. Veamos... Se reunieron, a diferencia de las otras veces, aquí en casa. Bruno nunca quiso encontrarse con ella en otro lugar que no fuera la casa de Ana, pero Inés sentía tal odio por mi sobrina que solo con verla echaba chispas. Ayer le propuse a Bruno que se encontrara con su mujer aquí para evitar situaciones desagradables. Bruno me pidió que me quedara, pero salí y los dejé solos, así que no sé qué se dirían... Lo que sí le puedo comentar es lo último que hablaron al despedirse, delante de mí. Bruno, que estaba de lo más tranquilo, le pidió que le olvidara, que se hiciese a la idea de que había muerto, porque muerto estaba para ella. «No te guardo rencor —le dijo—, pero no podría soportar volver a estar a tu lado.»

—Eso es terrible —manifestó el doctor—. No puedo imaginar cómo habrá reaccionado ella.

—¡Jamás he visto más odio en los ojos de nadie! —exclamó Elvira—. De haber podido, lo habría fulminado. Sin embargo, se limitó a decirle: «No creas que en mi desesperación podré pensar en el suicidio, eso nunca». Le aseguró: «Tengo que vivir para hacerte pagar todo el daño que me estás haciendo. No creas que Elsa Bravo se va a salir con la suya». Y entonces Bruno la agarró de un brazo y le gritó: «¡No te consiento que menciones su nombre!», y le dio la espalda.

—Y ella ¿qué hizo?

—Se fue sin mirar atrás.

—De no haberla vivido de cerca, jamás hubiera creído semejante historia —intervino Gálvez—. Aún os estoy viendo: tu sobrina y tú en el Levante, el día que nos conocimos... Nunca habría imaginado la realidad que se escondía tras vuestras pesquisas. ¿Cree usted que Ana tiene poderes extrasensoriales, doctor?

—Lo desconozco. De todos modos, lo que yo creo es que Ana es una joven muy sensible y que han concurrido una serie de circunstancias que lo han potenciado. Nada más. No debemos darle más vueltas.

—¿Le parece que Bruno se quedará en Pienza?

—Estoy seguro —afirmó el doctor, que ya sabía que Bruno y Ana habían partido ayer noche hacia Italia—, porque cuando lea el diario que Elsa dejó escrito, según me contó Ana, no podrá irse... Aunque tal vez me equivoque y se vaya a otro lugar con el que soñaron juntos, quién sabe. Por cierto, Elvira, su sobrina me comentó que el conjunto vienés le había contestado aceptando su incorporación, aunque fuera más tarde, ¿cuándo piensa irse?

—Me parece que a finales de año, pero seguro no lo sé. Ya sabe que Ana puede sorprendernos en cualquier momento...

—Sí que son hermosos los cipreses en este lugar —dijo Bruno, que miraba entusiasmado en derredor—. No me sorprende que estos parajes hayan alimentado la creación de tantos artistas.

—Usted es un buen dibujante —dijo Ana convencida.

—Soy aficionado, ahora lo sé. ¿Cómo es posible que en todo este tiempo no haya recordado nada? —se lamentó de nuevo. El desconcierto en el espíritu de Bruno tenía que ser grande y por más que lo intentaba, Ana no conseguía ponerse en su situación. Había vuelto a ser el mismo, veinte años después. Y ¿qué sucedía con el que había sido en este tiempo? ¿Cómo se armonizaba el uno con el otro?

El hecho de que Inés le hubiera engañado facilitaba las cosas: le resultaría más sencillo alejarse de ese mundo que resultó irreal, el mismo que poco a poco iba disolviéndose como las brumas del ensueño. Aun así la decisión de no volver a verla significaba sin duda un trago amargo, del que tardaría en recuperarse.

—Está usted muy triste, Bruno. —Ana no preguntaba, hacía constar un hecho—. Debe sobreponerse.

—Es complicado. No puedo evitar sentir pena por Inés, pero lo cierto es que no podría soportar su presencia, y no por el daño que me ha hecho, que ha sido mucho, sino porque cerca de ella viviría atemorizado. —Guardó silencio y cuando retomó la palabra tenía la vista fija en el brazo de Ana—. Hablemos de otras cosas. ¿Sabía que Elsa tenía una pulsera exacta a esa que lleva usted?

—Sí, lo sé. Me lo dijo Renato, que es quien la tiene ahora porque Elsa se la regaló. También recuerda en su diario el día que se la regalaron.

—Yo estaba con ella —afirmó Bruno con la mirada perdida en algo que le preocupaba y que decidió contar a Ana—. ¿Sabe?, tuve una especie de premonición el día antes de que me ocurriera el accidente. Presentí que algo le pasaba a Elsa... y no hice caso.

—¿Qué pasó?

—A Elsa no le apetecía que me fuera de caza, pero al final la convencí y quedamos en vernos el domingo por la tarde. Solo estaría fuera de Madrid el sábado y la mañana del domingo. Antes de irme pensé en darle una sorpresa y como sabía que ella asistía los sábados a misa de once en la iglesia de Santa Bárbara, me acerqué para verla a la salida. Esperé varios minutos después de que se marchase todo el mundo; entré en el templo y no la vi. Fue entonces cuando tuve la sensación de que algo le pasaba, pero no quise atender mis miedos y me tranquilicé, me animé a pensar que tal vez su madre se había sentido indispuesta. Ahora sé que no asistió a misa porque ya no estaba en Madrid... Y estoy seguro de que el texto de la partitura lo escribió el viernes por la tarde.

—Perdóneme, Bruno, pero ¿por qué le escribió el mensaje?, ¿no podía ir a su casa a contárselo?

—No, porque yo había ido a Valdemorillo a recoger los útiles de caza y, además, estoy seguro de que Elsa se acercó a la Escuela inventando alguna excusa y que fue acompañada de su hermano, que no la dejaría sola ni un minuto por miedo a que se escapara. Él fue nuestra desgracia. Tenía que haberse ido solo de Madrid, no implicar a su madre y a su hermana en su desventura...

—No estoy muy de acuerdo, Bruno. Usted sabe tan bien como yo que si determinadas personas tratan de localizar a alguien, presionan, amenazan y chantajean a quien sea, con tal de localizarlo. ¿Cree que a Elsa y a su madre las hubiesen dejado tranquilas si deseaban encontrar a Ernesto?

—Tiene razón —reconoció Bruno—, lo que no tenía que haber hecho fue implicarse en una acción de ese tipo.

Ana pensaba lo mismo, pero no disponía de la información necesaria para opinar al respecto del papel jugado por Ernesto Bravo en aquel contubernio. Si se atenía al escueto comentario de Elsa, podría pensarse que él había sido uno de los que contrataron a algunos de los asesinos que dispararon al general. No quería dejar pasar el tema, sin enterarse de ciertos aspectos.

—¿Usted y Elsa estaban en Madrid cuando se produjo el atentado contra el general Prim?

—Aquella tarde noche volvíamos de la casa de Valdemorillo, donde habíamos pasado la tarde.

—Pero ¿tenían conocimiento de la participación de Ernesto Bravo en el complot?

—A decir verdad, yo nunca supe a qué se dedicaba Ernesto. Viajaba con frecuencia, lo que nos parecía maravilloso porque así Elsa disponía de mayor libertad. Después del asesinato de Prim, sé que se ausentó de Madrid varios días. Recuerdo que a su regreso Elsa me comentó que estaba preocupada porque lo encontraba muy nervioso. Yo la tranquilicé diciéndole que dentro de muy poco no tendría que seguir soportando su difícil carácter, teníamos pensado casarnos en abril.

Ana se quedó en silencio respetando el dolor de Bruno. A los pocos segundos volvió a interesarse:

—¿Y por qué el hermano de Elsa no quería que ella mantuviese relaciones con usted?

—Lo cierto es que yo tenía muy mala fama. Bien merecida, por supuesto, pues había mantenido relaciones con muchas mujeres. Pero desde que me enamoré de Elsa mi vida cambió y me convertí en otra persona.

Ana recordó a la ventera y a su hija, y a punto estuvo de hacer un comentario, pero prefirió callar. Bruno parecía obsesionado con su responsabilidad.

—Todo habría sido tan distinto... ¿Se da cuenta? Si hubiese hecho caso a mi instinto, si después de la iglesia hubiese tratado de enterarme de lo que sucedía... Aunque no hubiera conseguido información alguna, porque para entonces Elsa ya no estaba en Madrid, al menos no habría ido a cazar cerca de Guadalajara y no habría dado lugar a que se produjera aquel fatal traspié que me precipitó a la hondonada.

—Quién sabe si, de no ser esas, el destino hubiese seguido otras vías para acabar en los mismos fines, e igualmente Elsa y usted habrían terminado lejos el uno del otro. Piense solo que aun así su amor perdura. —Ana pudo ver cómo las lágrimas se fijaban poco a poco en la mirada seca de Bruno. Trató de cambiar el curso de la conversación—: Hay algo que me gustaría saber, Bruno. ¿Cuál era la relación de mi padre con Elsa?

—¿Su padre? —preguntó él sorprendido.

—Pablo Sandoval.

—¡Dios mío, usted es hija de Pablo! Ahora comprendo la razón de que su apellido me resultara conocido. —Si bien Bruno había recuperado gran parte de su memoria, aún iba poco a poco incorporando datos, nombres y fechas de su vida anterior—. No puede imaginar la manía que yo le tenía —dijo con una media sonrisa—. Tanto que no podía soportar la presencia del payaso que su padre le había regalado. Elsa estaba encariñada con él, incluso lo llevaba con ella en los viajes. Yo sabía bien que ese cariño que le tenía no venía determinado por quién se lo regaló, pero de todos modos a mí me hervía la sangre al verlo, solo de pensar que Pablo podría apartarme de la mente de Elsa siquiera fuese un instante, y ella lo sabía. Así que un día después de una acalorada discusión, me dijo que, para mi tranquilidad, no volvería a llevarlo de viaje con nosotros. Pensé que lo mejor, para asegurarme de ello, sería dejarlo olvidado en la casa de Biarritz. Me ofrecí a hacer las maletas y me encargué de que el payaso no volviera con nosotros a Madrid. Más tarde, en el tren me arrepentí y le confesé lo que había hecho. Elsa se enfadó, pero me perdonó ante la promesa de volver en la próxima primavera a Biarritz con la excusa de recogerlo.

Ana casi no podía respirar. Le resultaba increíble lo que le estaba contando Bruno y era consciente de que no se había equivocado: aquel payaso había sido el desencadenante de todo.

Recordó el tema de la adivinación por contacto, ¿podía un objeto impregnarse tanto de la esencia y energía de alguien para poder transmitirla? Ana intentó evocar todos los detalles de las dos veces que había interpretado el 24, como ella sola no podría hacerlo, y en las dos estaba presente *Bepo*. En Biarritz lo tenía colocado al lado de su violín y en Madrid estaba interpretando con toda normalidad el 24, pero al caérsele la partitura se fijó en el payaso y a punto estuvo de perder el equilibrio también. En cuanto a las hojas dibujadas de forma inconsciente, Ana se dio cuenta de que el payaso *Bepo* viajaba en su bolso de mano y durante todo el viaje lo tuvo muy cerca de ella. Estaba segura de que en aquella figura, con la que se había encariñado sin saber nada de ella, se concentraban tanto energía de Elsa como de su padre. Probablemente sus razonamientos careciesen de explicación científica, pero no iba a consultar con ningún experto. Pensó que lo mejor era hacer caso a lo que Renato sabiamente le había aconsejado, «Ana, no sé nada de adivinación ni de ocultismo ni de temas paranormales. No me interesan, solo me dejo llevar por mi intuición y no me pregunto el porqué de mis reacciones». Sí, Renato tenía razón, y en aquellos momentos Ana se prometió a sí misma no volver a inquietarse ni preocuparse por algunas sensaciones que pudiera experimentar.

—Así pues, cuando vi el payaso en su casa —seguía diciendo Bruno—, sufrí una especie de conmoción.

—Me di perfecta cuenta —asintió Ana—. Pero ¿mi padre estaba enamorado de Elsa?

—Lo estuvo cuando eran muy jóvenes. Pablo y Elsa fueron alumnos en el mismo curso de violín y su padre se enamoró de ella. Creo que fue muy duro para él ver que su amor no era correspondido, ya que en realidad nunca fueron novios. Cuando yo llegué a Madrid, ya hacía un tiempo que su padre sabía que Elsa no le correspondía. Es curioso —exclamó pensativo Bruno—, a pesar de lo que le estoy diciendo, que es la verdad, siempre sentí celos de su padre porque su espíritu y el de Elsa se movían al unísono ante la mística de la música. Yo jamás he podido emocionarme como ellos, y eso que Elsa era la mejor. Paganini se hubiera sentido orgulloso de escuchar su *Capricho 24* interpretado por ella.

Ante el recuerdo de su padre, Ana se emocionó y volvió a pensar que era él quien la llevaba de la mano en aquella historia.

—Mi padre murió hace unos meses... Más o menos cuando Elsa. Yo creo que nunca dejó de quererla.

—¿Por qué lo dice? ¿Le habló alguna vez de ella?

—Jamás. Pero en el diario Elsa cuenta que pensó en escribir a Pablo para que le informara de lo que podría haberle sucedido a usted, aunque desechó la idea porque no quería hacerle sufrir.

—Qué pena —se lamentó Bruno—. De haberlo hecho, estoy seguro de que su padre me habría buscado...

—No haría como Inés, ¿verdad?

—Prefiero no pensar en ello... —Bruno volvió a guardar silencio unos segundos—. ¿Por qué ha intentado usted localizarme a pesar de las dificultades con las que se encontró?

—Tenía que hacerle llegar el mensaje de Elsa. Creo que fue Goethe quien escribió: «Solo puede ser salvado aquel que se esfuerza siempre con sus anhelos». Y ella empleó toda su fuerza en que usted supiera que después de más de veinte años sin verle, moría amándole. Su amor ha sido más fuerte que la muerte. Mire, allí está Pienza...

Bruno se secó un rastro de lágrimas y miró por la ventanilla. Le costaba creer la historia que le había contado Ana sobre cómo se inició todo la noche de fin de año en la casa de Biarritz. Le resultaban muy extrañas todas aquellas vivencias que le había ido enumerando de forma pormenorizada, aunque en realidad le daba igual. Gracias a ella se había encontrado a sí mismo y le estaría agradecido por siempre. Desde que recobró la memoria, el recuerdo de Elsa —que le hacía llorar con frecuencia— también le llenaba de felicidad, y apoyada la cabeza contra el cristal de la ventanilla del coche, se dejó envolver por el traqueteo al tiempo que su memoria evocaba una vez más, ya por siempre, los momentos que pasó al lado de su amada.

Por su parte, Ana se sentía satisfecha. Estaba a punto de cumplir su promesa: volvía a Pienza con Bruno Ruscello. Se alegraba de haberse dejado llevar de su instinto; la experiencia había resultado positiva, habían sido muchas e importantes las enseñanzas asimiladas, y el aprendizaje para conocerse un poco mejor a sí misma, definitivo. En cuanto a Bruno, la joven no tenía ni idea de qué haría él después de leer el diario. Ella se limitaría a llevarlo a la casa de Elsa, donde los esperaba Renato. Al recordar este nombre, Ana detuvo sus pensamientos y trató de traer a su mente el rostro de ese hombre en el que pensaba con bastante frecuencia. Sin esfuerzo, la imagen irrumpió nítida en su recuerdo. «Tengo ganas de verle —hubo de reconocerse a sí misma—. ¿Se habrá acordado de mí en algún momento?»

El coche se detuvo al lado del hotel, el mismo que la había alojado a ella durante su estancia. Ana pidió al cochero que bajase las maletas y las dejase en la recepción: ellos irían directamente a casa de Elsa.

—Tiene que perdonarme —la interrumpió Bruno, al oír las indicaciones de la joven—, pero necesito ir al cementerio antes que a ningún otro lugar. Quiero arrodillarme ante su tumba, que sepa que estoy aquí, que la sigo queriendo como el primer día, que siempre será así.

—Tendríamos que pasar a recoger a Renato Brascciano para que nos acompañase. Es posible que yo no sepa orientarme bien para encontrar la tumba y además...

—Por favor.

Al ver la decidida determinación en su mirada, Ana supo que no podría seguir negándose. Bruno mantenía abierta la portezuela del coche y la apremiaba con los ojos. En su mano, una de las bolsas que había viajado con ellos, la más pequeña.

—Está bien —cedió—. Vayamos.

El cementerio no era muy grande y no les resultó difícil dar con la sepultura de Elsa. Bruno no hizo nada por contener su emoción y Ana lo dejó solo: no quería enturbiar la intimidad de aquel momento. Se alejó por uno de los pasillos y al volverse para tomar otro de los senderos, vio cómo Bruno abría la bolsa y cómo poco a poco iba sacando pequeñas ramitas de tilo con las que al cabo terminó cubriendo toda la sepultura...

—La felicito por el éxito de su empresa y me felicito por tenerla cerca de nuevo —dijo Renato al tiempo que dedicaba a Ana la mejor de sus sonrisas. Los dos se hallaban en la logia de la casa de Elsa. Dentro, en el salón, Bruno leía lo que su amada había escrito para él.

—Yo también me alegro de volver a verle.

Renato la miraba con curiosidad no exenta de cariño. Su recuerdo había estado vivo y con una gran intensidad. Ana era, como Elsa, una persona singular, trascendente y además ¡tan guapa! No deseaba encariñarse demasiado, la diferencia de edad que los separaba resultaba casi insalvable. Quería seguir manteniendo contacto con ella y acudir muchas veces a verla —como le había prometido— en sus actuaciones musicales por las ciudades europeas; era consciente de que ya nada le ataba a Pienza.

Ana percibió que Renato la miraba con interés y se sintió halagada. Al verle tuvo la sensación de que se había esmerado en su cuidado personal y le encantaba pensar que ella había sido el motivo.

—Es hermoso lo que me contaba hace un momento. Detalles como ese los guardo en mis archivos profesionales y luego me sirvo de ellos al escribir mis novelas —dijo Renato en tono confidencial.

—¿Se refiere a las ramas del tilo?

—Sí.

Ana tuvo que reconocer que aquello había sido un detalle entrañable.

—Bruno me contó que había ido a Valdemorillo a la casa del tilo, y una vez que le autorizaron cortó unas cuantas ramas, porque según él, el tilo deseaba cobijar a Elsa como había hecho tantas veces.

—Ella habría hecho lo mismo —afirmó Renato.

—¿La echa mucho de menos? —preguntó esperando que la respuesta no fuera del todo afirmativa.

—Sí, y no puede ser de otra manera, ya que sigo viviendo aquí y haciendo las mismas cosas que cuando ella estaba.

—¿Piensa continuar en Pienza?

—Es posible que haga algunas escapadas, pero siempre volveré a este lugar. Le he dicho a Bruno que si quiere vivir aquí, puede disponer de esta casa como si fuera suya. Menos venderla, que haga lo que le apetezca.

Aquella tarde, Bruno recorrió uno a uno todos los rincones de la casa. Se abrazó a la ropa que había sido de Elsa, besó sus libros. Sus pequeños recuerdos se convirtieron para él en lo más preciado del mundo. Ya que Renato le había ofrecido la posibilidad de quedarse en la casa, esa misma noche dormiría allí. Pero había algo en su expresión que a Ana le preocupaba. Cuando Renato se fue al hotel en busca del equipaje, aprovechó para hablar con él.

—Tiene que resultar maravilloso sentirse amado de esa forma.

—Sí, y también insoportable al no poder responder... Creo que debo irme con ella porque mi vida ya no tiene sentido.

—¿Cómo que no tiene sentido? ¿Irse con ella? No estará usted pensando en el suicidio... —dijo Ana muy seria.

—Sería una respuesta a su amor. No seguir viviendo sin ella, correr a su lado.

—Eso que dice es una auténtica barbaridad. Si la quiere, aunque ella no esté, debe mantener vivo ese amor. Mientras exista, Elsa vivirá en usted. ¿No le sirve de ejemplo su comportamiento? Más de veinte años amándole sin saber nada.

—Ella podía mantener viva la esperanza de verme un día, pero ¿qué esperanza puedo albergar yo?

—¿Y para qué la quiere? No necesita esperar para saber si ella le ama o no. Usted posee la certeza de su amor, y por ese motivo no puede defraudarla comportándose como un cobarde.

Bruno cerró los ojos y se encerró en sí mismo. Ana entendió que deseaba estar solo y salió a la logia.

Esa misma noche, Renato los invitó a cenar a su casa, un hermoso edificio situado en el centro, muy cerca de la plaza de Pío II. Fue una cena sencilla en la que degustaron los platos típicos del lugar; unos raviolis rellenos de espinacas, un bistec a la florentina, con el vino Nobile de Montepulciano que tanto le gustaba a Ana, y de postre las famosas cantucci, riquísimas galletas de almendras. La conversación había girado en su mayor parte en torno a Elsa. Bruno sentía la necesidad de conocer todo su mundo y cómo se había desarrollado su vida. Pensaba quedarse a vivir de forma definitiva en Pienza.

—Cuando llegue la hora de mi muerte y me vaya de este mundo, quiero que me entierren junto a ella. Doy gracias a Dios por haber permitido este último goce, reposar para siempre a su lado —dijo Bruno con los ojos empañados.

Al escuchar estas palabras, Ana lo miró y sonrió para sí. «Tal vez —pensó— haya servido de algo la conversación que tuvimos.»

—He visto algún cuadro suyo y sé que pinta muy bien. Creo que está en el lugar ideal para desarrollar sus facultades creativas —le dijo en un intento de ayudarle a asentarse en la que a partir de entonces sería su ciudad—. Seguro que Renato le puede aconsejar poniéndole en contacto con personas del mundo del arte.

—Ya le he buscado su primera ocupación en Pienza —aseguró Renato—. Como sé que trabajó de bibliotecario, le ofrecí ordenar mi biblioteca y hablar con otros amigos que, estoy seguro, desearán encomendarle trabajos similares.

—Piensas en todo.

—Sí, puede que sea un poco por deformación profesional.

La joven miró a uno y a otro. Los dos se habían enamorado de la misma mujer, pero a diferencia de Elsa, Ana nunca se habría decantado por Bruno: su elegido sería Renato. Le resultaba muy difícil desprenderse de esa especie de magnetismo que emanaba de la personalidad de su amigo italiano. También ellos se observaron: Bruno, sabedor de lo mucho que lo debió de amar Elsa si rechazó por él a un hombre como Renato, después de más de veinte años sola; Renato, con la certeza de que Elsa tenía buen gusto, pues Bruno era una persona que merecía la pena.

Fueron días tranquilos y plenos de melancolía para Bruno. Ana y Renato tuvieron la oportunidad de conocerse mejor, y se dieron cuenta de que entre ellos se había establecido una corriente de afinidades profundas muy difícil de ocultar.

Una mañana al regresar del paseo matinal con Renato, Ana le comentó que aquella misma tarde tenía que marcharse.

—¡Pero si me has dicho que te quedarías toda la semana! —exclamó él disgustado. Su creciente amistad les había llevado a tutearse.

—Sí, pero he pensado que es mejor que me vaya. Bruno comienza a estar perfectamente encajado en la vida de Pienza; los dos habéis congeniado bien y sin duda serás de gran ayuda para él. Mi trabajo ha finalizado. Debo seguir con mi vida.

Renato advirtió que sentía en lo más profundo de su ser que Ana se fuese: se estaba encariñando demasiado con ella.

—Perdóname, estás en tu derecho. Pero prométeme que me escribirás para tenerme al tanto de todas tus actividades.

—Sabes muy bien que lo haré. ¿Me acompañas a despedirme de Bruno?

Caminaban muy cerca el uno del otro, tanto que a veces sus manos se rozaban, y a ninguno le dejaba indiferente aquel contacto.

—Ayer oí por casualidad que en Pienza se conoce la casa de Elsa como la de la violinista. Suena bien.

—Los últimos años todo el mundo la quería —recordó Renato—. Cuando empezó a enseñar música, la gente la fue conociendo mejor y a Elsa no tenías más remedio que quererla.

Bruno estaba pintando en la logia. Al verlos trató de ocultar de su vista los trazos plasmados en el lienzo.

—Será mi primer cuadro en Pienza... y será para usted, Ana.

—Muchas gracias. Me encantará tener su versión del paisaje de la Toscana.

—No, no será el paisaje el protagonista, sino Elsa. Es la forma de darle las gracias por lo mucho que ha hecho por nosotros. También quiero regalarle el amati, seguro que esa sería la decisión de Elsa.

Ana se emocionó. Tomó el violín en sus manos con amor, solo como una profesional sabe hacerlo. Lo acomodó en su hombro, lo acarició con la mejilla y pensó en Elsa, en su padre, en el *Capricho 24*. Pero ella amaba a Bach y decidió que lo mejor en aquellos momentos sería oír una de las maravillosas danzas de la Partitas. Con los ojos cerrados, acometió la interpretación de la allemanda, primer movimiento de la *Partita número 2 en Re menor*. Las vibrantes notas se expandían al exterior y bien parecía que las ramas de los pinos y algún que otro ciprés se dejasen llevar por los sones de aquella dulce e insinuante cadencia que los hacía sentirse ligeros como si de repente pudieran elevarse sobre sí mismos.

Cuando se desvanecieron los últimos acordes y de nuevo el silencio se hizo dueño de la logia, Ana abrió al fin los ojos y miró en derredor. Los muros, el aire, incluso la quietud hablaba de Elsa y su amor eterno. Sabía que en apenas unos minutos se despediría de Bruno y que quizá no volviese a verle. Pero también que una parte de ella misma permanecería por siempre en aquella casa.

—Creo que es hora de que me vaya —se obligó a susurrar apenas a sus embelesados oyentes, la voz atrapada en el nudo de su garganta.

—Sé que un día te escucharé tocar en Roma y me sentiré muy orgulloso de ti. —Habían hecho casi todo el camino en silencio y las repentinas palabras de Renato la sorprendieron.

—¿Por qué lo sabes?

—No me preguntes. Tiene que ser así.

Habían llegado al hotel.

—¿De verdad no quieres que espere contigo hasta que venga el coche? —insistió Renato.

—No, por favor, despidámonos aquí.

Por una vez, Renato no protestó. Simplemente la miró a los ojos, le besó la mano como si quisiera que aquel momento fuese eterno... y se dio la vuelta tras un «nos veremos pronto» que sonó más parecido a un «no te vayas» de lo que él hubiese deseado.

Ana le observó mientras se alejaba. Ansiaba volver a estar muy pronto con él. Dentro de unos meses regresaría por sorpresa a Pienza y lo haría de forma distinta, liberada de los motivos que la habían llevado a descubrir esa interesante ciudad.

Antes de entrar en el hotel, tuvo la necesidad de acercarse al hermoso pozo renacentista que le había dado la bienvenida y al que Elsa se sentía tan ligada. Se aproximó y, al tiempo que pasaba la mano por el mármol centenario y sonreía ante el apego afectivo que experimentaba en determinados lugares, pensó que aquel sería siempre su lugar preferido en Pienza. A punto de abandonar la plaza, se giró para mirar el pozo una vez más y creyó ver a una mujer apoyada en él. Aunque estaba de espaldas, juraría que era la misma imagen de sus sueños, la del cuadro de Bruno. La mujer se giró y la miró sonriendo. Un escalofrío la recorrió de arriba abajo.

Más tarde, en el coche que la alejaba de Pienza, Ana recordaría cómo había echado a correr hacia la figura, aun cuando sus pies permanecieron anclados en tierra y su mirada poco a poco fue enfocando los contornos solitarios de un pozo al que únicamente acompañaba el recuerdo de días pasados. «Otra vez mi imaginación», se reprendió justo antes de que una emoción nueva hiciese presa en ella: esa suerte de felicidad que sigue a la culminación de una tarea, la paz del deber cumplido. Cuando las palabras salieron de sus labios, no hizo amago de frenarlas.

—Querida Elsa, ya puedes descansar en paz. Tu amor ha traspasado la muerte. Dile a mi padre que le quiero.

Levantó la vista al cielo y la bajó de nuevo para recorrer con ella la plaza. Luego dio media vuelta y se alejó despacio por las recónditas calles. A su espalda, el aire mecía los cipreses y su olfato jugaba a engañarla empujando a su memoria el aroma del tilo. Y de no ser porque lo sabía imposible, Ana habría jurado que el viento, los pájaros, las hojas con su roce, toda Pienza tarareaba in crescendo la partitura del 24.

AGRADECIMIENTOS

Gracias a Marisa Bernabé y Maya Granero por sus sabios consejos.

A Ignacio Bayón por su apoyo musical.

A mi amiga, Josefina Barbas, por ser mi lectora incondicional.

A Nieves y José Manuel Otero Novas, a Luisina y Teodoro López Cuesta por su generosidad al liberarme de ocupaciones para poder seguir escribiendo esta novela.

A Paloma Gómez Borrero y Rosa María Olona, siempre dispuestas a ayudarme.

A Sefa y José Miguel Ortí Bordás por leer mi manuscrito y asesorarme sobre el paisaje de la Toscana.

A Silvia y Marcelino Oreja, cuya casa en el campo ha inspirado muchas de las páginas de esta novela.

A Lucila y Manuel Gómez por su cariño.

A Carlos Carbonell, que me ha abierto las puertas del mundo de la psiquiatría.

A Pedro Rocamora por sus informaciones sobre la hipnosis.

Y gracias a Belén López y Ana Lafuente por haber confiado en mí animándome a escribir mi primera novela de ficción.